日常日本

房雪霏 著

三联书店

图书在版编目（CIP）数据

日常日本 / 房雪霏著 . -- 北京 : 生活 · 读书 · 新知三联书店 , 2017.3
ISBN 978-7-108-05761-7

Ⅰ . ①日… Ⅱ . ①房… Ⅲ . ①散文集 — 中国 — 当代 Ⅳ . ① I267

中国版本图书馆 CIP 数据核字 (2016) 第 187415 号

责任编辑 叶 彤
封扉设计 朴 实 张 红
责任校对 王军丽
责任印制 徐 方
出版发行 生活·讀書·新知 三联书店
（北京市东城区美术馆东街 22 号）
邮 编 100010
网 址 www.sdxjpc.com
经 销 新华书店
排版制作 北京红方众文科技咨询有限责任公司
印 刷 北京铭传印刷有限公司
版 次 2017年3月北京第 1 版
2017年3月北京第 1 次印刷
开 本 635毫米×965毫米 1/32 印张 10.875
字 数 253千字 图10幅
印 数 0,001—7,000册
定 价 36.00元

（印装查询：010-64002715；邮购查询：010-84010542）

✲ 作者

✻ 23 年级的中文班，2002 年（上） 23 年级的中文班，2014 年（下）

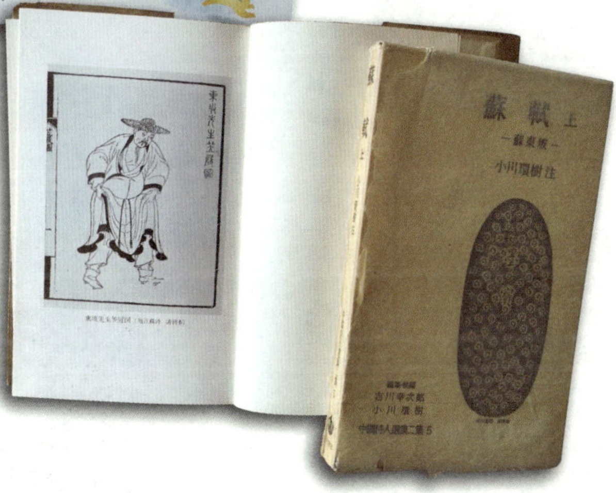

✲ 收到的贺年片（上）
横山弘先生赠送的书（中）
加茂隆弘先生做的蚕茧吉祥猴（下）

✲ 潇洒旅行（上）　洞爷湖畔（下）

目　录

自序　当下光景

《日常日本》中的六七十篇文字，差不多都是二十年来在没有写文章的感觉中写下来的，写的是日常，写得更日常。但是，没有想到的是，这种天经地义般的日常光景，就在前不久，遭到一个“恐怖事件”的冲击，致使我的身心和生活乃至人生受到前所未有的触动。为此，这篇序文的草稿也不得不跟着我住了三次院。

其一（2015年4月30日）

华、桐两位学兄：

春天好！

在大家欣享黄金周春假的时候，我又来打扰你们了。

关于《日常日本》草稿，现将我在此间陆续看过一遍的六个文件及一个目录附上，“自序”请容后提交，我打算在自然状态下酝酿。

大阪今天的气温像初夏一样，北京应该也是春末的感觉了吧。但是我的体感不稳定，忽冷忽热，需要随身佩戴或发套、帽子、围巾、披肩、口罩、手巾、体温计……最近有一个新发现，没有特别不舒服的时候，选择出门行头掩饰病姿是一件有点愉快的事。

有件事觉得有必要与两位学兄说一下，是事实，也是个解释。2014年10月收到华兄帮助做出的编目，之后陆续打印，计划按目录顺序自己重新看看。但是，就从那时开始身体出现不适，去医院检查，一检再检，确诊为乳腺癌。好在程度尚可手术，上周末第二次住院一周后出院，目前在接受第二疗程化疗。顺利的话，结束总计十六次术前化疗之后，夏季手术，全疗程大约为期一年半有余。我本人及家人已经在这四个多月的时间里接受并适应了这件事，尤其我个人，状态日益日常化。比如现在，刚刚上完下午的课，现在在学校写这个邮件，之后找个店吃饭，之后回家送车，之后坐电车去京都，明天有那边学校的课。行动移动照常，当作一个人在做环球旅行，只要没有撑不住的肌体痛苦，基本能做到不为头与发、乳与房的病症末节所困扰。癌症也是百病之一，且治疗水准每天在进步。我为能在这里接受先进方便的治疗感到幸运，积极配合，一切尽可能自理。化学药物进入身体之后副反应明显，甚至导致意识涣散、精力不集中，等等，所以，平日里就拖拖拉拉的我，遇到一点非常事，便把自己这点活儿干得十分不漂亮。

其二（2015年6月3日）

桐兄：

问好。

5月25日及6月1日两封邮件均阅。谢谢桐兄对我身体状态的关心。没有及时复信是因为没有具体进展能够汇报而心虚，真的。难为桐兄把那么庞大的“絮集”看了又看，需要调整处不要拘泥于微调，请狠狠地“调”。

图片整理和序文都在进行中，我已经不好意思使用“争取尽快”这样的表述，但这个想法和心情的确是真实的。

经桐兄提及，听了佐田雅志的《生命的理由》，也许曾经听过，但是记忆模糊了，今天听另有感触。所谓生命的感性在阅历中不知不觉地充实。

下周一将接受倒数第二次化学治疗，今天是上次用药的第十八天，处于白血球降到最低的时段，但是自觉身体状态尚稳定，心想如果能在下次用药之前完成序文和图片整理最好，哪怕是草稿也好，因为用药后的相当一段时间基本形同废人，做不成什么事。目前状态是除了被贴上了一个诊断标签而服服帖帖接受治疗以外，一切尚好。勿念。

其三 王桑，一路走好……（2015年7月2日）

前天晚上，获悉你踏上了赴往天国的路。今天是你离开的第七天。两天来，我一直在心里默默为你送行。你丈夫说你生前爱看我的微信朋友圈，那么，今天就让我为你写一篇文字，作为我们在你生命最后阶段相识于异国他乡的纪念，同时也借此表示我的悼念。

四个多月前的2月9日。在医院，我听到医护人员叫“王桑”，立刻就有一份亲切感——王桑，多半应该是同胞吧？于是，我们的缘分就结成了，当即接通微信，同时也了解到你正在遭受病魔的无情纠缠。

第二次见面时，你的表情几乎可以用惊喜来形容。“房姐！你出去玩儿了？我看你朋友圈发的图片和文字，真好！真好！”你的眼睛里有光彩，声音里有力气，这是在第一次见面时我不曾看到的。所以，我心中涌出花开一样的欣喜，我感觉到我们的相识可以给你带来一点点愉快。

一直牵挂你，想到你心里就无法安宁。感谢你在两次相隔一段时间重见时总让我看到你热情喜悦的笑容。

最后一次相见是在5月18日。在我们闲聊的两个多小时里，各自眼中不时涌出一点清水，那似乎不是泪，是我们即使已经是成熟的女人却也无论如何都抑制不住的悲伤。你我都在回避情感、情绪的干扰，毕竟我们相识相知太浅短。你说：“房姐，别人我不想说，但是我想跟你说，因为你能懂我的感受……”你说到家人、工作、治病的过程。你说你工作的德国公司待遇好，工作用语基本是英语；还说多年来经常送客人到各大酒店，但是自己从来没有进去过；又说你丈夫最近带你住遍了这些酒店，还去了环境极好的岛上旅行。说这些的时候你现出高兴的神情。我不知道能为你做什么，想来想去问你想不想吃饺子，我可以包饺子给你吃。你有点儿艰难地摆手，说没有食欲，什么也不想吃。你回顾到日本二十多年来留学、工作的辛苦付出，后悔没更多地关爱自己，还说假如不来日本一直在北京也许不会得病，并说一直渴望妹妹能从东京多来探望你几次，由你给她交通费……我一字一句听着，思维跟不上，因为心里有个念头太过努力，那就是不愿意看到你带着遗憾和伤心走过余期不多的最后一段路。虽然我一直在说着什么，但是不知道那些话是不是让你感觉到了一点轻松。

两天前的这个时间，我收到来自你丈夫的信息。当时正在路上，车水马龙的京都大街，一下子有点儿步履蹒跚的我，移动到马路一边，泪流满面地读这条终究还是到来的消息：

“房姐，你好！几天以来，好像一直是在彷徨中度过的，实在是为难，不愿把这遗憾的消息告诉你，但是记得我们每次见面时，房姐总是鼓励我和小王乐观向前，接受现实。所以，今天，我鼓足勇气告诉你这个不幸的事实：小王由于病情突然恶化，23日傍晚紧急入院，经抢救无效，于25日凌晨0点20分病逝在千里病院。找不到合适的语言，就请让我代表小王感谢你对她的关心和鼓励吧。小王生前非常爱看你的朋友圈里的丰富多彩的佳文。看到你对生活的忘我的热爱，她说能够受到很大的鼓励。但愿她在天国里也能继续欣赏你的短文。再次感谢你，请你多保重。”

人生一世，像参加一次活动，或者一场聚会，或者进入一所学校的一个班级。无奈，就当你摊上了一个任性的班主任，被宣布提前下课了……王桑，终于从病痛折磨下解脱了，轻松走好。

……

其一和其二是我给编辑的两封邮件，其三是我微信中的一篇日志。从这三个小资料中，可以看出半年来我大致的状态。5月18日之所以能够和已近垂危状态的王桑聊天，是因为正巧我和她赶在同一时间化疗。她先进去，我的验血结果出来后被叫进治疗室时，她一看见我就叫我坐在她旁边的化疗专用椅上，之后就一直聊天，用中国话。医生和护士见我们说话特别高兴，含笑说："王桑，今天真好啊哈，每次都是一个人在睡觉。"

王桑的离开对我没有构成来自病症的压力，比如丧失信心、平添忧虑等等。完全不是这样，我只是觉得难过。她一边说着自己的病还两次安抚我："房姐你没事的，我从得这病到现在十五年了呢，现在治疗方法越来越多……"一个由医生宣告已无治疗方案被劝告去临终关怀中心的人，还能够安抚别人，如果反过来，我能否做到？王桑离开后的第十天，我和家人把她丈夫丁桑请到家里来一起过了星期天。在恶病路上萍水相逢的同胞，化疗室里的病友家属。静静地听他述说妻子患病这些年的治疗过程以及最后的一系列细节。直到最后，只有他一个人面对和处理所有事情，还要关照从北京赶来的八十多岁的岳父岳母。王桑夫妇早年在东京地区留学，在大阪这边一个亲友也没有，工作认真，性情和气，人也优秀。被医生劝告回家后，她一连哭了几天，后来不再有气力哭，丁桑就每天推着轮椅上的她去附近公园散步。她特别喜欢公园，一去就坐三个多小时，说在那里呼吸通畅。他给她买了医护床，厕所里安装了扶手，"准备长期作战"，可是，她生生地就离开了。

餐桌上，他用她生前用的手机把我做的菜拍了照片，边拍边说晚上回家对她说房姐做的菜好吃。与王桑相遇相识三个多月，几次见面都是在各自的化疗日。感谢她让我清楚知道了此症朝着最坏方向发展的结局。我的病友，刚刚认识就成了故人，不由得感慨叹息。所以，我不但没有因为乳腺癌可以致死这个事实而恐惧，反而因为发生在身边而觉得人的离世有点日常。

半年多以前的2014年底，就在即将提交本书文稿的时候，体检后被乳腺科专家告知身有疾患，“恶性，必须立刻开始手术前的化学治疗”。由于无知而淡定的我，居然跟医生交涉说自己比较忙恐怕没有时间看这么麻烦的病，还临危不惧一脸天真地问：“大夫，如果不接受治疗会怎样呢？”医生说：“会有生命危险。”

去医院做活检手术那天，潜意识中有一种要进入什么仪式的感觉。找出一件很多年没穿的酒红色呢大衣穿上，出门前拍一组照片。每张照片上都有笑容，神态恬静，知足暖心的样子。照片上微笑的人，持着她的生命向命运低头，态度谦恭地说：好吧，我们合作。命归运掌管着，只好含笑臣服。可是，尽管心里已经确立起与生死相比皮毛肥瘦无足轻重的态度，内心里那些柔弱纤细的地方依然敏感。化疗开始几周后的一天早上，梳妆镜前，梳子带下成团的头发。忽然就再也举不动木梳，泪珠滚落在洗脸池里，砸在刚刚落下的发丝上，像是在抚慰这些无辜的头发，向它们哭别。女儿的手在我的肩背上轻轻抚擦着。没有对话，泪却越发止不住。开始是为头发而流，之后是为她那细软的心温柔的手。但是，治疗进入三个月的时候，来自脱发以及体重增加等各种副作用的心理抑郁就不再构成压力。在医院举办的一次乳腺病沙龙活动中，十名出席者都是乳腺癌患者，年龄小于我的占半数。自由发言时，有两三个人刚一说话就泣不成声。其中两个人是复发，都已发生脏器转移，都不到四十岁。大家认为比较痛苦的共同点是化疗导致的脱发。我发言表示为能在日本接受及时公平的治疗感到幸运，对医护人员的无微不至和在药物研发方面做出贡献的人心怀感激，与生命相比，失去头发和乳房无足轻重，还引用了“当有人为鞋子不合脚而烦恼时，想一想有的人没有脚”这样的话。座谈会间歇时主持人和护士过来红着眼圈说听了我的话很感动，说思考角度原来这么重要，等等，我想这是因为我是一个外籍患者才有的思维所带来的效果。从接受癌症治疗的国内朋友那里听来的一些情况，更加强了我这层知足心理。跟家人说了我在沙龙的发言情景，被孩子调侃说“妈你原来也会煽情”。

当头与发没有了关系，心静了许多，似乎少去了一项不小的纷扰。不是豁达了，而是习惯了，凡事一旦日复一日，就有了日常性质。进入第二疗程之后，第一疗程因毛囊受到颠覆性攻击连根脱光的头发，在停药后几星期的间隙里长了出来。如果不是中上这个大彩，恐怕一辈子也没有机会把自己的头型一览无余，也不会知觉到亲友对我倾注着如此殷切的关怀。做化妆师的女儿几次说：“妈妈现在这个头型很酷啊！再佩戴一个单只耳环，特有艺术家范儿！我觉得妈妈出门不用戴发套。”这时候硬要于公众场合展示真相也是一种叛逆，我毕竟还不能诗意到这么不流俗，发套、帽子、口罩、眼镜这些东西已经成了我身体的一部分，一样一样装戴，不仅丝毫不觉得麻烦，反而有点开心。发套、帽子、头巾的选择搭配，是一项包含美学元素的审美活动，所以，基本没有产生网络文章中所说的癌症患者常见的自卑绝望等等的心理障碍。

1989年10月2日，我在上海虹桥机场乘上中国国际航空的班机，从大阪伊丹机场着陆踏上日本。那一年恰好是日本新年号平成元年，今年是平成二十七年。《日常日本》就是对这二十七年间各种日常光景的随录。这个随录的随，既是随时随地的随，也是随兴随意的随。因为是不经意的，多是生活中亲历实事的具体描述，没有深层文化探究，可以说是一个侨居者眼中原生态旅居生活的文字图谱。话题比较宽泛，但多止于表面的自然记叙，如同像素不够好的图片，浮光掠影，但却都是真实景象。某一天的某个时辰，投射在眼前的一抹光影，在我心里牵发起一丝涌动，便成为一段记录。所以，既没有清晰的主题，也没有构思立意遣词造句方面的同一性，记录时间大多集中在上世纪90年代后半期电脑及网络普及之后到2010年之间。1996年春，我走出奈良女子大学，结束了为期七个年头的大学院生活，进入高校做契约教师。从那时起，就时常写点随笔式短文，偶尔发表在华文报刊上。从1990年开始在一家大学外语系兼任中文教师起，在不同机构担任过各种身份的学生的汉语老师：公立私立高校、报社文化设施、民间文化馆、企业汉语培训、个人（一对一）、自发团体，等等。

最近，使馆资料显示在日侨居的华人已超七十万，同时，赴日旅游者与日俱增。每一个人心目中都有一个日本。我看到的、知道的、经历的以及正在参与的日本，就是《日常日本》这样的。

十几年前，国内两位诗人朋友来访，接触两天后留下一句诗样的感言：你们夫妇是两块保存完好的80年代化石。所以，这里的有些文字在今天的读者看来也许会同样有种“化石”的感觉，尽管现在已经是2015年，已经进入微信时代，文字信息的发布传播呈现出了前所未有的变化，但是，我的视角和观念都和这些记录一样留在了彼时的当下。如果说这里的零散碎片组合起来是一道日本的日常风景，那么，它与荧屏或导游观光文字图片不同的地方，也许会引领读者进入某一天的日本，走上某一条路，进入某一条街，站在路边街头，安安静静地体会只有置身其境才能感受到的临场气息——那气息扑面而来。

本来都是记叙日常的话题，在集成之际，遇到非日常性的冲击，其突然之到来之避之不及，告诉我无常也是可以不动声色随时降临的日常之常；也正因为如此，习以为常的一切寻常事就具有了与生活和生命同等的价值。日本的新学期开始于4月，每一年的起步都如同万象更新的春天一样，朝气蓬勃，让人不觉疲惫，亦无多少岁月流逝的感觉。近三十年一如既往的“日常日本”的生活中，突然发生一个“恐怖事件”般的事实必须面对，迫使我与这个社会发生了涉及身体乃至生命与灵魂层面的关联和接触，从而让这些日常记录看上去多了几分有关人生的自然属性，也就此有了一层大于异域见闻的意义。当被宣告为一个癌症患者的时候，回头重看这个曾经对小事琐事倾注过心思笔墨的自己，也欣慰，也唏嘘。

一场病给我打开了看日本的又一扇窗。同时，也打开自己人生空间的一道门。以前，完全不知道走廊坐满人的医院也是日本社会的日常光景之一。无论住院治疗还是门诊注射，接触到的医护人员以及处于各阶段的各种癌症患者，都让我一天比一天平静安然，让我认识到眼下的现实没有那么糟糕，让我知道了病痛和死亡都是人生的一部分，而且是重要部分。化疗期间从来不打怵去医院，近两公里的路途，身体状态允许时背着双肩包步行去，轻松愉快，感觉是朝着光明的方向走。在医院里，总怀着感恩的心情——如果没有医疗科学研究者们的努力，今天的我将无以获得救助。虽然总是有人在医院临终，但是我把这里看成是我人生之旅的一个驿站，这里的工作人员都是我的天使。我在这里歇脚喝茶，接受亲切周到的检查，不畏脱胎换骨。

癌症患者越来越多，这几乎是全人类级别的现象。可是，无论怎么多，对于摊上的人和家庭来说，都是一个灾难，一个天大的事件，一场生命受到空前威胁的人生暴力袭击。无论对于谁来说，一旦遭遇上，就成了命中注定，无法躲开。可是，沮丧失落和悲观恐慌都只能使自己陷入越发无望无助的困境，勉强振作也不是谁都能轻易做到的。好在，与突发性心脑血管疾病相比，癌症尚有一抹温情，那就是即便晚期亦非大限三五天就来临。把它看成是必须要经历的，接受这个考验，就像接受命运赋予我健全的智商、肢体、亲友、儿女这些并非人人都有的恩典。凡是注定的，便是命数，唯有应然。应然了，也就从紧张状态解放出来，从容面对，使其日常化，从而在非常态中依旧可以体会到日常的趣味。如果说疗病过程中有什么收获，那就是让我认识到活着的最好状态就是每一天每一刻都在各自的日常里，只有日常才意味着安泰。从这个意义上来说，这里记录的内容如果对读者认识客观的日常性日本社会乃至日常之于人生的重要有所帮助，我会感到非常欣慰，那说明我以我的平常心诠释的“日常”，意味着正常和健康。

这篇本应该在去年底完成的“自序”，像一个一直提在手中怎么也放不下的包袱，里面包着这些日常，也包着半年多以来与病魔打交道的身心感受，既有惊心动魄，也有从容不迫；但是，碍于诸多症状导致的身体不适，一直无从着手理顺叠平，今天总算画上句号，尽管不够满意，也就这样吧。做完这件目前我心中最大的事，把家清理干净，花儿浇足了水，再完成一篇杂志的短文翻译，然后，就可以一心轻松地去住院了。三天以后，从手术室出来的那个我，将不再是癌患者，而是一个亲身经历过乳腺癌的康复者和见证者。

2015 年 7 月 31 日于大阪家中

日本第一印象

1989年9月30日早晨，我在上海下火车，赶到航空售票处去买飞往日本大阪的机票。出乎意料，窗口说必须买往返票，可我手中却没准备那么多兑换券。来上海的火车上，一连两日坐在旁边的一位年轻人，下火车时看我一个人拿那么笨重的箱子，便过来帮忙。问我去哪里，我说找饭店，然后去民航售票处买机票。出站后他叫了出租车，并说帮我介绍旅馆。最后，是他帮我买上了往返机票。

他是温州人，在上海有固定的常驻饭店。那家饭店好像叫金山。晚饭后，他带我到一个隔成上下两层的小店里，和几个身材矮小的人以1.6∶1换了兑换券。那是我第一次到上海，第一次进入上海人家的屋檐。楼道陡峭狭窄，一只油污的小灯泡空垂在房顶，上面粘着很多蚊蝇虫骸。几个我不认识的陌生人，那种意味不明的表情至今不能忘。

次日，在上海过了在中国的最后一个国庆节。南京路上人涌如潮，两边建筑里伸出无数面国旗，很多警察伫立或穿行。晚间，人流中，我挤进和平饭店旁边的邮局，给在日本的家人打电话，告诉他我买到了 10 月 2 日去大阪的机票。好像只说了不到几分钟，通话后就在窗口付出了一百多元。换完兑换券之后，手里只剩下几百元钱，临上飞机时，把剩下的钱全部托付给了刚认识两天的温州人。几天后给家里打电话时，家人对我说收到了我在上海寄给孩子的生活费。

和其他公费或自费出国留学的人不同，我出国只是出于一个家庭原因：探望一年前赴日本的家人。我几乎是在对日本没有任何物质准备和精神准备的情况下，一半兴冲冲一半有一搭没一搭地踏上出国之路的。到了日本，才知道自己面临的是一个全然陌生的世界。在这个世界里，除了掩在家人和租来的家的庇护下，没有其他空间可以立足。短期探亲签证，几乎就是为了用来吵架和选择去留的。犹豫之间，赌着气也赌着运，选择了留下来，像一只风帆饱满的船，却不知鼓着驶向哪里的风。

从出家门到上海，用了两天一夜。在上海又因为买机票出现周折，三天多就不见了。可是，登上飞机穿入云中，不到两小时，就到了日本这个从小就听熟了的国家。不认识这个国家的任何一个“原住民”，几乎不懂得他们的语言，也没有几张他们的货币。

落脚在岛国，第一次跟日本人使用日语交流，始于大阪的伊丹旧国际机场内。说是日语，能成句的就一句“すみません”(对不起)。下飞机办完入境手续，到了机场大厅，没看见应该来接我的人。等了十分钟还没见影，就拎着箱子去打投币式公用电话。投币口只有人民币五分硬币那么大，而我身上没有日元硬币，甚至还不知道日元硬币是什么样子。机场大厅中穿制服的日本人走过来，对我行着礼说了一串什么，可我根本不能识别他的话的意思。拿出一张千元纸币对付着用英语说我要打电话，他也一边比划一边用听不出是日语还是英语的特殊语言拼命想帮我解除困境。正在这时，我亲爱的亲人满头大汗地跑来，抱歉地说上午给学生上课所以来晚了，并说飞机怎么提前到了。我也不知道为什么，那天坐的是国航，的确是提前起飞提前到达了。

到日本溶在胃里的第一样东西，是一杯加冰的冷水。后来许多日本人问："你对日本的第一印象是什么？"我就说："第一印象是冰凉。"这是开玩笑。不过那杯刚坐在餐饮店桌前就端过来的一大杯冰水，的确让我大吃一惊。据我所知，90年代之前的中国，至少是北方，包括东北，似乎还没有喝冰水的习惯。当然了，五星级饭店里的外宾待遇我不了解，不过那时好像也没有几家星级饭店。

随家人到了在日本安下的家，放下东西就被领去逛商店。领到首饰柜台。柜台里的日本女人一边恭维我的中国手秀气，一边问："您是菲律宾人吗？"

这一天我有了平生第一枚金戒指。不算很贵，一万五千日元。但是，三年前成家时前前后后打理下来的全部费用才几百元钱。所以，初到日本的那个下午，第一次戴上金戒指的我，一下子产生一种迷幻般的感觉，天啊，我是不是从此就穿金戴银身价百倍了？

事实上，此后的10月3日、4日、5日……11月、12月……1990年、1991年……2001年、2010年……

此处省略一万字。

初到日本的日子

初到日本时的生活，除去最低限度的日用品和衣食能够自助以外，其他很多方面差不多都是靠“捡垃圾”和日本友人的捐助开始的。

80年代末，进入日本的自己“家”的第一感觉，是知足满意。早一年半来到日本的他，为迎接我的到来，可以说是尽最大努力把这个十分简易的家装备得有了几分家样儿。电视是刚刚攒够了买大件的钱就搬回来的——那时候，电视是要当作准备带回国的大件来置备的——直角平面，在当时相当大的尺寸。此外，房间里还有电话、冰箱、文字处理机、化纤地毯、双层窗帘、双桶洗衣机、厚厚的新被褥。另外，还有一张红桌面的电热矮桌，桌上有一盒纸巾。出国前还不曾见过这么洁白易用的盒装纸巾。所以，这个看上去物质贫乏但细节上充满外国风情的新家，让我一下子喜欢起来。只要有一个可以栖身的空间，我就会像鱼一样游动着生存下来。

加强家庭建设，是每个成人的本能。渐渐地，日常需要多起来。衣服洗了，需要晾在端庄的衣架上。洗过的碗碟，要放在可以控水的筐子里。席地坐在矮桌边吃饭不习惯，想要立式桌椅。洗脸梳头穿衣，至少需要一个照得到衣领的镜子。为提高扩大移动范围的效率，还应该有一辆自行车。这几样东西，可以用几百日元几千日元买下的就买了来。一套桌椅，便宜的也要两万日元以上，要买就不得不算计。不等算计完就死了心，学费还没凑够，怎么可以购置家具？把电热桌的桌面搭在电视箱子上，桌子就有了。椅子只有一把，是他安置这个家的时候日本友人开车送来的。

一天，上学的路上，忽然发现有好几处堆放着桌椅、书架、电风扇、电视机等家用物品。这些东西看上去都很好，尤其是那些书架和各式便利小架，正为我的空家所需。有的家什上还贴着条子，写着“不用品”或者“故障”。我一步一回头地往车站走，想不明白这些能用的东西为什么都堆在路边。

到学校跟其他留学生说了这件事，她们说：“那叫‘大型垃圾’，日本人家不要的。你可以捡回来用啊，我家的东西都是捡的，高级着呢！”有一个北京来的女孩儿，放学时跟我说：“下次再有这事儿你给我打电话，我去你家那儿捡几样。我有个朋友住的地方是贫民窟，捡不着好东西。”过了一段时间，我告诉她这边又到了丢弃大型垃圾的日子，她就坐电车赶来了。

我和她搬运了书架、收录机、电风扇、椅子、木架等等。其实，收录机我已经在电器店买了新式样的，可是她硬是提起来说：“要！要！能用。留着给别人听日语用。”光天化日下，来回搬了好几次。我心里有点局促，觉得捡垃圾用无论如何有明显的不堂皇之感。可是，她却大大方方。她是北京一家高校的留校教师，拿到日本文部省奖学金来日本留学的。她是周围留学生中的富裕户，丈夫在加拿大留学，一放假她就奔加拿大去了。

我家里，搬进来的各式东西已经快堆满了，可她还是一次一次地说："走，再去看看！"晚上，她提着收录机和一把她相中的工艺木椅上了电车，还嘱咐说其中有几样东西她下次来取，要送给在别处留学的朋友。

晚上，他回到家看见我捡进来的东西十分不高兴，说"以后不要再做这样的事。没有就不用。想要的话，等有条件了再说"。我无言以对，只是觉得有说不出的委屈。他在成长历程中，或许已经习惯了放弃而不习惯捡拾。他临出国前凑钱买这买那时，将近九十岁的祖母说："这要是那时候，咱家那柜抬出去卖一个，别说到日本，到哪儿路费也够了。"祖母说的"那时候"是旧社会，所以家里人都把她的话当糊涂话听。"文革"期间，他们一家被下放到农村，母亲当了好几年"赤脚医生"。那又是一次把家连同家具一起放弃的离开。

过了一段时间，我问那个女生什么时候来取东西，她说："不要了，该要的我那朋友都捡来了。"她住在学校提供的会馆里，基本家具样样都有，但是她性格泼辣开朗，从不避讳捡东西用的事实。学校组织留学生出去旅行的夜里，洗过温泉，十几个女生凑在一个房间里神聊。谈到捡东西时，她说："捡东西有什么不好？日本人败家，那么好的东西扔了不用，咱们为什么花钱去买？有那钱留着回国花，拿回去孝敬父母也行啊！再说，哪个中国人有钱？没必要瞎斯文。你们知道吗？我捡的电饭锅带到加拿大去，都把加拿大邻居老大妈震得眼睛睁老大，说：'日本的东西真高级啊！这么精致！'我跟你们说，不捡白不捡！装什么尊严啊！自己穷还装尊严，犯不上！一穷二白就是没尊严！等咱们混出名堂来，再讲尊严吧！"

学校当地的YMCA（基督教青年会）团体，每年搞一次面向社会的义卖活动，学校会事先向留学生发出通知。会场很大，按照出售物品的类别划分成好几个分会场。虽然有日本人扔东西，但是也有相当多的日本人排队来这里等待抢购。组织者站在入口处，门上贴一张纸，写着“留学生入场优先”。这是惯例，留学生入场三十分钟之后，才向日本人开放。这是明显的“外国人优先”政策，性质有点像扶贫。YMCA 一直这样做，他们认为自己有义务帮助从世界各地来日本学习的外国学生。环顾来到这里的外国人，从外观特征看得出多半来自发展中国家，其中，大半是中国人，很少看到白人。我家最早的基础餐具和成套的系列书籍，好几样都是在这里买的。如果是几十卷的书籍大系，组织者还负责日后送货到家。

义卖会的物品，由组织者从相关会员中征募而来。餐具和小型日用品都是盒装新品，并且质量高于一般居民区超市柜台的商品。因为很多家庭都有几样往来礼品的储备，有什么组织向自己发出这类征募呼吁时，就把这些库存拿出来。拿出像样的东西来，在热心的征募大妈面前也是一种体面。后来，我自己的孩子上幼儿园和小学、中学的时候，我也曾几次捐出没开封的礼品毛巾和套装香皂，等等。

价格的优惠程度，平均至少达到原价格的三分之一甚至十分之一。即使如此，有的人还是觉得贵。我认识的一个留学生家属，不太会说日语，只能说几个单字，看到想要的东西，明明上面贴着“300”“500”的价格标签，她还是拿在手里问“多少钱”。人家跟她解释，她硬装作不懂，就瞪直眼睛说“十日元、十日元”。以此方式，她把很多不是十日元的东西用十日元买到了手。检验“胜利成果”时，她常常提醒我说：“你买的都太贵，买那么高级的干吗？还能都带回去啊？”我有我的想法：这里的东西，已经把商品自身价格委屈到打了不知多少折扣，再讨价还价，实在有失对手里东西的尊重。

我的第一辆自行车，是一个民间中文班的学生亲自送到家里来的。那是一个热爱环境保护的普通公务员，后来辞职参加所在地的议员竞选，几年后，当选了该市市长。

家里最初用上的散热器和空调，分别是日本友人开车送来并安装调试好的。后来，家搬了一次又一次，房间越来越宽绰，东西书籍也越来越多。最初两次搬家，都是朋友租借卡车帮助搬运的。搬家时，身边认识的留学生同胞会集过来，一边干活儿一边说笑，跟过节一般。慢慢地，大家都成家就职，正式忙成了中年人，搬家之类的活就都委托给了搬家公司，安顿好之后，再请当年的“难兄难弟”们来新家喝乔迁喜酒。凑到一起，仍是要回忆一番捡垃圾、买便宜货“起家”的日子。有位朋友的妻子，多少年了，只要到我家一看见那一排大厚书，就要感叹着说那句说了多少遍的话：“我的妈呀！你家这些美术全集、文学大系啊！当时差点儿把我累背过气去！这玩意儿它怎么这么沉！”

来日半年之后，一个师弟赴日留学先到我家落脚。送他去坐赴东京的新干线时，他手里提着的收录机和电风扇，都是那次捡回来一直备在家里的。问他要不要时，他的眼睛放出异彩：“要啊！给我的？”告诉他这是捡来的，他兴奋得来不及说句谢谢，只是感慨日本人的败家奢侈。这位师弟，来日之前就有颇具影响力的专著出版，十年后，拿到学位归去就任于一国家研究机构。大学者当年拎着收录机、电风扇上新干线的风采，每每是我们聚会时调侃的话题。大家哈哈笑着，仿佛在回顾十分美好的旧时光。

买第一辆新汽车提车那天，正好是中国的农历大年初一。早上出门前，心情比过年还过年。换上彩色中式绸袄，一身过年的打扮。照相机录像机左披右挂。去途，他把着开了四年的二手车的方向盘，爱不释手，嘀咕说“这车贡献这么大，处理了还真心疼”。坐进自己的新车，开引擎，启动，出发走上回家的路。我用录像机对准刚刚出场的新车仪表，对准刚刚上市的车用导航仪，对准身边的人。“今天是正月初一，是中国的春节。我们在日本已经过了好几个年，今天这个年对于我们有特殊的重大意义。我们有了自己的新汽车……”即兴解说词说到这里,两个人突然都不知道再往下该说什么,胸中有什么东西涌动着，里面塞满理不成话语的感慨，感慨中有对自己的感谢和褒奖。

出国前两人都有百元左右的月收入，在同龄人中不算低。那时，计划经济的国策使人们丧失了物欲要求，虽无多少阔绰优越感，却也从没觉得日子拮据手头紧迫。出来后才知道，生活空间是如此之大，人生中存在着这样大的可能性。

当初的勤俭治家，于我似乎成了一种癖好。到了买房子的时候，到电器店一次买下五台最新型的空调。看着那么大一堆箱子搬进自己家门，知道自己在岁月里积累的不是空虚。

做留学生那会儿，每逢年节就聚很多人互相取暖取乐，搞革命歌曲大联唱（别的不会）,讲自己到日本“走麦城”起家的经历。有人说，静悄悄的半夜曾和一个哥们儿出去捡了一口新锅回来，一边说着小心别弄出声音来一边就把锅盖掉到了马路上。锅盖叮叮当当一直滚到马路对面去，两个人又羞又吓不敢做声。讲这话时，本人笑得上不来气，听的人也跟着哄笑，心里却泛着苦涩。还有一个人说他一个同学打工回来坐在末班电车上困得睡着了，醒来时车已经停在距家几十公里的终点站。没钱打车，有钱也舍不得，就沿铁轨一直往回走，走到家时天已经大亮了。听到这里时，一晚上没心没肺乱叫乱笑的人都说不出话来。并非怎样同情那个睡过站的人，而是勾起了每个人自己心底里的酸楚。这层东西很多人都有，为了使自己的生活像点样儿，经历过许多不情愿经历的细节。这是相同国籍的不少人曾经饱经的尊严考验，也许不值得自豪，但是我们也永远不会忘记这段凝聚着压力、努力和毅力的时光。

前一段孩子搬出去独立生活，搬家公司的卡车装了满满一车，大件小件，年轻人的所需样样俱全，比起我们当年安置在教师宿舍里的新婚家庭，不知道要奢侈多少倍。来不及感慨，只是欣慰。我们的努力目标中，第一层就是让孩子不再像我们那样在困顿中度过成长期。

承蒙日本社会和民间人士的援助与扶持，承蒙身边同胞的相互鼓励相互照顾，依仗自己的四肢和一张能传播中国话的嘴——去所能去，做所能做，说所能说，我们走到了今天。（2007.01.07）

日语、日语

读书是正事，打工是大事，语言是要事。

关于日本的最初记忆，多半是和语言不通相关的。到日本之后，知道已经有了次年4月新学年开始后的大学汉语教学工作，而自己要入学的学费却必须在次年4月一开学就交上，再说还有生活费问题。这样，就需要找工作。80年代末的日本尚处于经济繁荣期，每天会随报纸进来一大堆招工广告。打电话后去面试，招工负责人的态度好极了，但次日往往接到一个委婉华丽的回音——“尊夫人若能来敝社（敝店）工作，我们将感到无上荣幸。但我们不得不非常遗憾并诚惶诚恐地做出暂时不能采用的决定，待我们有了适合尊夫人做的工作时一定敬请协助。”（最近日本经济萧条，有的招工小店对日语不畅前来面试的中国留学生就再没有耐心这么温和友好了，干脆一句话：“我们店厨房没翻译！”）我听了家人这番既受用又不受用的日译汉，傻傻地问：“那到底为什么不行？”他大声喊：“日语！”

于是，就开始在家学日语。家人白天上班，我一个人在四壁光光的老木屋里的榻榻米上看书，间或翻看各种广告。我成了在家待夫的家庭主妇，日子简易得几乎没什么家务可做，无所事事，烦躁不堪。《新编日本语》念累了，就出去逛街买菜。拿着印有地图、电话的超市广告，专挑“本日优惠”的东西买。往筐里装黄瓜，心里就反复念“黄瓜”的日语发音，装柿子就念“柿子”，装“本日内必食用”的半价鱼就连半价也念上，念“半价鱼”。在交钱之前再把各自的价格用日语核算一遍。这样，关于饮食和计算方面的词汇很快就超过了早我一年半来日的家人。

电话是学习日语的一条重要途径。虽然没一个电话是找我的，我也无处可打电话，但是电话一响，耳朵就支棱起来。看他用日语和不知是哪儿的谁说话，心里总有点儿纠结，就想哪怕为这也得早日把日语学好。试想，一个你自己熟而又熟的身边人突然用你完全不懂的语言和别人对话，那人是中国人还是外国人，是男人还是女人，你一无所知，这时你会有何感觉呢？我的感觉是眼前的人远了，自己小了。拉人家变近变小迁就你不可能，只有自己跑过去、大起来。有了这个复杂的意欲，突然间心明耳聪，很多词句就像熟了的果子挂在枝上从早到晚在眼前晃荡就等你去采摘，又不知不觉地成了你衣袋里的东西，可以随时取用。

住在大阪市内，周边十分繁华。刚能结结巴巴地说“请问去哪哪儿怎么走”，就骑着别人送的旧赛车，穿着他的夹克衫到处走到处看。自费出国，没公家给什么制装费，当老师的工资还不够把出国的衣服从秋买到冬，所以，天一凉，就加穿男装。衣服又大又沉，特别挡风。管它什么蓝的黑的，反正这儿没人认识我。双脚踏着日本，这个日本又好像跟自己无关。那种感觉，仿佛特别安全，又似乎特别不安。就在这种恍恍惚惚的状态里到处走。那时的中国，跟现在完全不一样，来日本之前，在中国从没见过超市里把韭菜菠菜十几棵一束卖几十块钱的，也没乘过自动滚梯，更没见过身边带着两个大小孩子，肚子里又怀着胎儿的小姑娘似的女人开着汽车静静等着信号灯变绿的情景。所以，看见日本把乌龙茶水装进铁听和果汁牛奶什么的卖一样价，觉得不可思议。

日本的什么都既新鲜又不真实。所谓不真实是觉得这么好的秩序、这么好的服务、这么好的东西、这么好的一切一切，仿佛全跟自己无关，统统是日本的。日本是外国，我们只能看。就连因一件小事获得热心关照的时候，受感动的滋味里都隔着一层什么似的，特别外道。

有一次要去邮局寄信，途中用上了刚背会的"请问去邮局怎么走"，一个中年妇女说了一堆怎么怎么走，还拼命比划着。我忙说"知道了知道了！"，就朝她比划的方向走，心里别提多乐了，因为纯粹的日本人听懂了我的话。走着走着，她突然骑车追上我拉着我朝另一个方向连说带比划，原来她一直在后面看着我走得对不对。一路上我在前头走，一到该拐弯没拐的时候她就追上来，直到邮局出现在眼前她才满意地离去，笑容里带着对我终于独自走到邮局的赞赏。回家后反复沉思这件事，得出一个结论也产生一个问题。结论是光会用日语发问不行，问是为了索答，听不懂回答等于没问；问题是日本人怎么对陌生人这么负责？在中国问路时得到的回答往往只是抬抬手或努努嘴。

另一个学日语的办法，是早上看报纸，晚上看电视新闻。这是家人传授的经验。订的《朝日新闻》，我只看第一版重要新闻和末版的社会新闻。报纸的要目几乎多用汉字，发音不会不要紧，用语法知识和汉字的表意特征去联想，浏览大意也能八九不离十。晚间电视新闻最初播放的往往就是早刊头版的内容，这等于给早刊既配了音又配了画面。次日早上开始的各民间电视台都播放报纸末版的社会新闻，大阪的分尸案、神户的放火狂、电影明星离婚、著名歌手漏税，等等，日本社会的阴暗面以及私营电视台的经营方针新闻导向可一览无余。新闻使你对你所处的环境产生兴趣，为了对自己周围发生的事知道得更多更详细，于是就自觉查字典，练听说。

六频道朝日电视台的新闻节目，从周一到周五，晚 10 点准时开始，男女两个主持人。和日本的社会及家庭结构一样，女主持人是男主持人的配角和陪衬。重要新闻和重要人物采访都由男主持人久米宏主播。他短短的平头，严谨又不乏诙谐的表情，再加上机智敏捷的快节奏口才，非常有魅力。能从他的嘴里听懂几个在报纸上看过的单词，就觉得和他有几分亲近感。每晚像会情人似的近看远听，看得清楚听得模糊。几年下来，他嘴里的话越来越清晰，连他偶尔发错音读错词以及之后向观众道歉时撒娇的自嘲取宠都能听懂的时候，当初的亲近感已经没有了，反成了低头不见抬头见的老邻居似的，看也不看他，一边洗碗一边有一搭没一搭地专挑感兴趣的地方听。久米宏在我的耳里眼里失宠了，但我认他是我在日本最初也是最好的日语老师，而且是免费教学。

我们中国人有一个共同美德即勤劳勇敢。说起来这也是一个令人伤感的美德，因为贫困造就勤劳、战争造就勇敢。但正是这种勇敢的性格使刚来日本的中国人，于最初的语言障碍磨合期，趺趺撞撞地踢开了在日本的“头三脚”。不怕苦不怕难，更不怕耻笑，敢说敢问。我想每一个来到日本的中国人，在日语运用不自由的阶段都发生过不知多少让人哭笑不得的不伦不类的笑话。打听“病院”在哪儿，被人领到“美容院”；要去“警察署”，人家却说这一带没有“观察所”——

日语的“病院”和“美容院”、“警察署”和“观察所”发音很接近。还有一个朋友打工的时候和日本妇女们聊天，人家夸奖她身材好，她谦虚说我外表不胖，其实屁股上都是“国家”（日语“肉”和“国”的发音，一个是“NIKU”一个是“KUNI”，说反了就变“肉”为“国”）。回到家意识到自己的“幽默”后，她就把日本人的智商也“幽默”了一下，“她们一定以为我穿的是万国旗内裤”。

日本邻居

第一届邻居。大阪市，为时一年余。

那是日本友人提供的一套旧木屋，估计已经有百年来的历史。房费两万日元免交，条件是每周去上一节中文课。那座房子的结构是四户连栋，我住在左数第二家，只有一层。左数第一家是上下层。

右邻独居老妇人

开门，入门厅，脱鞋，再拉开一道木门，迈上高出一截的木台，正式入室。来后不久即发现，每次进屋穿过榻榻米三帖室进而迈入六帖室的过程中，总能听到门厅拉门隔壁那边会发出一阵闷响。怪呀？这门响还有时差？但也没往心里去，年轻，心也粗疏，还初来乍到的，许多事情要慢慢习惯。

渐渐地，听出了门道。那不是我的门响，我的门在我向右拉的同时就响完了。那是右边那家的门故意向我这边墙上撞击发出的回响。

那响声不是一般滑动后碰墙壁时发出的响，而是有意的非自然拉动时制造的很有共振效果的噪音。

为了证实这种声音是有意操控的，有一天进门后，我将拉门拉到直抵右墙完成正常开门动作后，没直接登堂入室，而是静候那声闷响是否按时回访。果然，很快那边的门就“嘭”一声撞了过来，吓得我心也跟着“怦”地跳了好大一下。

好啊，原来真是故意的！年轻，气也盛，就立刻把靠了墙的木门拉回左边，然后重新向右拉。这回不是平时开门的正常用力，而是跟那边传过来的闷响很对称的拉动。“共振”传递过去，紧接着又传回来。这样“嘭！”“哐！”“嘭！”“哐！”，好几个回合。开始还觉得挺好玩似的，拉了几回就开始害怕起来。天！我隔壁到底是个什么人？为什么我任何时间回家开门时他（她）都能打响这套撞门战役？

于是，开始观察起右边这家主人的真面目来。我这套旧房窗外有个小院，右边那家也有个小院。两小院之间有旧木障隔着，缝隙里可以看到那边的大致情况。那边院里堆着不少陈年不动的杂物，有一个即将散架的晾衣架快要抵到窗玻璃处了。衣架上的衣挂旧得走了形，上面撑着洗过的衣物。从那几件衣物看，是女人的衣服。其中有件白内衣，已经出了洞，不是刮破磨破的事故性磨损，而是经年穿用洗涤导致的自然破损。看见这件衣服，我心里一下子败下来。主人节俭细致的生活作风，让我对她产生了“敬而远之”的畏惧。

此后开门的时候，都用猫式动作，静悄悄地如同作案。

有一天出门，锁上门走出几步后忽想起忘了东西，转身往回走，却见隔壁那个日夜挡着的布门帘被一只白手掀开一角，手边有一张脸，暗白淡青——我的隔壁主人。天，差点儿吓散魂儿。她，是不是每次听到我锁门后都这样掀帘盯梢？

几个月后，迎来我到日本后的第一个春天。小院里的小树都长出了新叶，还开了很多花。紫阳花、瑞香，那株高树是茶花。旧木栏边上还自己长出了牵牛花，盛夏未到，就把花开满了木栏。小院里有水龙头，洗衣机放在水龙头边。有一天，进小院洗衣服，发现那些牵牛花连同花秧都枯萎在了木栏上，蔫唧唧地耷拉在我家这一边。立刻明白了，这是因为“不省人事”的牵牛花越位爬到了木障那面，并且还殷勤地向她家献了花。一定是统统被她给剪断或扯断，并且送还到了我这边。这些可怜的花，怎么就长在了尚未认识日本文化中你我内外界线分明的奥秘的我的家……

把那些枯萎的秧尸摘下来，收进垃圾箱，心里一阵凄凉。她的寂寞这样有感染力，以至于让我一旦回到家就自然而然地陷入肃穆，自觉控制发出正常音量的声音。电视音量调弱，铺位挪到远离与她共用的那面墙的位置，走路也避免引发共振。

后来跟同胞朋友回顾最初的住房罗曼史时说出这段不隔音的佳话，有人“拍案而起”，说：“你这够好了！起码两个房间，不隔音算什么啊？我当初住的地方，不隔光！”

左邻李氏

左边隔壁是一户年轻人家庭，夫妇和几个孩子。女主人经常声嘶力竭地吆喝孩子们，有时候还打，噼里啪啦，怒吼和撕打声从他家楼上都能穿越到我家来。那时候日语不行，听不太懂她喊些什么。大阪话，基本是“混蛋！”“行了！”之类。

来日本后第一个新年收到的贺年片中，夹着给陌生人的贺年片。没细看，拿出来放在一边。三四天里，收到了好几张，都是给李某某的。有点奇怪，就认真看了一下地址，发现门牌号是隔壁这家人。就去敲门。男主人出来，挺高的个子，一看贺年片上的名字，便接了过去，说了谢谢，但样子明显不高兴。当时我就反感起来，你这个李某某怎么这样啊？你的东西投进我家信箱，给你送来怎么了？难不成是因为我知道了你姓李？这算隐私吗？我家姓什么挂在门牌上，你不挂，投递员就把姓李的都当成外国人给一勺烩了。再说这姓什么算什么隐私啊？你们家黑吵白闹，把我们家本该享受的安宁都给破坏了知道不？！

后来知道，这家人还真不是中国人，是在日韩国人。这是与我隔壁作战那家隔壁的年轻人玉川跟我说的。他还说我隔壁这家深居简出的邻居是老户，独居孤寡，性情怪僻。我没说我跟她的交往经过，一是我的日语当时还胜任不了那么复杂的经纬描述，二是内心深处已作出保持远离姿态对她的生活方式予以尊重的决定。

右邻隔壁的隔壁

上面说的邻居年轻人玉川，是右隔壁的隔壁。那是一户三口之家，老夫妇和一个三十岁上下的儿子。也忘了是什么缘由，玉川家这个独生子就跟我们搭上了话，晚间来过几次，喝茶聊天。他特别健谈，目光炯炯。世界革命、学生潮、工人运动、毛泽东思想……说起来滔滔不绝，激情饱满，像遇到知音一样，聊到半夜才走。来过两三次之后，我们意识到他是一个宣传战士，口口声声池田大作先生。他出国前曾在书店翻看过池田大作的书，还买过一本。见他这样热烈，我们也跟着参与了一些话题。后来，听周边日本人说池田大作是一个有争议的人物，就没跟着深入。半工半读的生活中，精力实在有限。

对门坂田家

对面那家姓坂田。一对老夫妇，一个四十岁上下的独身女儿。老头常常站在门口望天，沉默不语。刚来不久时，有一次我去超市买菜回来，刚要进门，站在对面的坂田桑过来对我说“你家门没锁，我一直给你看着的”。道谢又道歉，一连串的对不起谢谢谢谢对不起……那时候的日语程度，用在这种情况下“救灾”正合适，反反复复地说，好像日语很流畅似的，让对方摸不着底。

我确实没锁门，一是因为家里没有什么值得盗的物品，二是觉得日本好像不会有贼，这么富裕，人的教养又这么好，哪里会有小偷呢?当然，也并非就乐观到了身居理想乡的全方位好心态的地步，警惕性松弛的另一个原因，是锁门太麻烦——是那种旧式铜锁，钥匙的形状像个带把儿的大写 F，伸进去，探半天，再左旋右旋什么的。

在这里住了一年多之后，下一个春天要接孩子来，就决定搬到一个在自己家里可以不走猫步也能自然行动的地方。搬家那天，来了几个留学生朋友，欢天喜地的，边干活边唱啊说的，好不开心。两个日本朋友分别开来一辆大卡车和一部轿车，连人带东西，呼呼啦啦驶出大阪。

临走，坂田桑上门递过来一个信封，很正式地鞠躬告别。信封上写着“饯别”，里面装着三千日元。第一次经历这项礼仪，毫无准备，只是也一味地鞠躬，道谢也道别。找出来日本时带的礼品用东北人参，送给他。他女儿也出来道别，并说他们公司有台湾人，说来日本好几年了，日语还不如我现在好什么的。感激她临别时对我这份善意的鼓励。这是我第一次跟她说话，也是最后一次。

大阪这两间旧木屋是来日本后住过的为时最短也最窄小最破旧的房子，但这个居所在旅日时光中留下的心影最浓厚。那是我落脚岛国后的第一站，许许多多的未知探索始于那里。哭过，笑过。冷过，热过。日子始于一双筷子一把匙，一只杯子两只碗，始于女人有青春没镜子，始于男人有西装没衣挂……

一直没能忘记坂田这家人，几次都想买盒点心回去看看。想了好多次，二十多年过去了，一次也没实施。所以不忘，是觉得有种隐约的歉意。如果不是他主动来行“饯别”礼，我会不会拿着礼品去道别？还有，人参虽说是高级补品，人家是否用得上？我本人对补品毫无兴趣——不能当饭吃，也不能在紧要时候当药吃，就不予认可。所以，虽说当时也算还了礼，内心里总有种类似己所不欲勿施于人的提醒，想起来就有几分不踏实。

……

如今，侨居生活已达二十六年，虽然结识了很多日本人，但多半是缘于工作关系的接触；居住地也换了六次，但是邻里间的交往都很少。主要原因似并非因为他们是外国人，而是日本人之间也不像中国人那样交往频繁。

最近几天连续发生的两件事，看上去貌似跟国际友人的交往内容颇为丰富，有种色香味俱佳的时令色彩，所以当作友邻间的时令往来记录了下来。

第一件事发生在前天上午。“保鲜快递”送来一个寄自新潟的小包裹，里面装的是几样类似粽子的时令食品，日语叫“笹团子”。“笹”是日语汉字，指一种类似竹子的小型植物，其叶自古用于盛包食物，据说有保鲜防腐的作用。包裹箱里有两种糯米团，一种包成椭圆形，糯米面里加艾蒿，呈深绿色，内包足足的红豆沙，与东北的黏豆包同质不同色，但是这种团子不加热，凉吃；另一种包成扁扁的三角形，无色无味，或者叫原色原味，竹叶清香翠绿，衬着有型有样的白米团。几个团子之间用草绳串联着，系扣精巧有致。盒里还另装了一小袋豆面和一枚纸签，写着“我们全家今年也一起做了笹团子，乡村风味，请笑纳品尝”。

第二件事发生在前日夜里 11 点以后。要睡觉了突然电话响，接起来听是同公寓的邻居。“昙花开了，想请你来看，开了三朵，就现在这个瞬间刚开的！”——“昙花一现”的昙花，日语叫“月下美人”，同科近似的还有令箭荷花。不论是冲“昙花一现”这个成语还是冲“月下美人”这个魅力四射的花名，都没有理由不去看，做人哪能不识抬举到这等地步呢？于是，马上应答：“哦，真的吗？谢谢邀请。我想看，可以拍照吗？”“当然可以，请随便拍，花也会高兴的。”

一踏上邻家阳台，丝丝香味便扑鼻而来，瞬间悟到“幽香”一词的原意中应含有时间意象：散发于暗夜里的芳华幽雅。第一次看见这种花开花，并且一次性观赏三大盏。手机拍的图片很单薄，不足以再现花之“一现”的盛大华美和雍容典雅。芬芳似有似无，又无所不在。一个平凡的仲夏夜因之而奢华。花开现场，层叠的花瓣组成圆阵，呈现着势不可当的喷射状。虽然照片平平，但人能够面对三个“月下美人”赏叹嗅拍半个时辰，也算一种一期一会的缘。“昙花一现”从此不再是传说，却也因此而更加传神。

今天又在公寓走廊遇到“月下美人”的主人，向她的邀请致以谢意。她一副十分遗憾的表情说：“已经谢了，那么大那么美的花卷缩成一个小揪揪了……”我就说：“所以说这花珍奇啊，所以我更觉得开心幸运。”她有几分欣慰地说：“也是啊哈，养了三年才开花，不管怎么说还有三个人欣赏了。”

昨夜赏完花送我出门时，花主人就嘱咐我准备个大花盆，她要给我分一盆成株的“月下美人”。她老公在一旁一直说：“分一盆分一盆，年轻人可以多赏些年，我们看不了几次了。看的人越多越好，可惜我们在本公寓没什么来往，朋友都是早年搞技术的……”

这对年龄相加一百六十多岁的老年邻居，是各自无子女的再婚夫妇。十几年前分别丧偶后，男方老同事帮助介绍提亲。“她年轻时是我们公司员工，美人噢！”老先生闻之动心，遂约相见相亲。

“什么美人啊？满脸皱纹的老太婆！”夫人就“拼理”说，“你也不是当年那个开奔驰的50年代帅哥啊！”娶进新妻后，正巧楼上那家本公寓唯一最大户型的户主因工作变动而搬迁，先生就增购下来，用作新婚之家，原来那套房屋作为前大半生的空间记录放置。两套房面积相加四百多平方米，两个人，十台电脑，挂壁式相机专用防潮柜占整面墙，里面收藏着历代尼康相机、飞机部件、一大排自制的永动钟、古典吊式大风扇、邮购的大小各式德国电动工具、印有他年轻时照片的美国技术报刊……老人领着我参观他家所有的角落，一边解说一边叨咕：“这些都没用了，都是年轻时玩儿过的，往返美国一百多次，今年夏天还要去，楼下房子的卧室就是给美国朋友来访时住宿用的。钱嘛够用，不够了还活着的话就卖一套房……要不是前几年经济危机玩儿金融游戏亏了几千万，哪用卖房子啊……”自负，因着童心不泯而显得可爱。他是一个业绩非凡的工程师，夫人是一位业余女文青。

次日上午，夫人提着几个袋子还抱着一盆青叶植物送来。我们在阳台上就花草聊了近一个小时。袋里有几枚昙花叶，还有一朵昨夜开的花，说开过的花泡在水里还能赏个半开。她解释说本来要分株给我，结果一盆根都盘结成一团，根本拔不动。还有叶兰和万年青等。她说万年青是从小她家就栽种的，父亲嘱咐她一定要保持家里有万年青，她说这盆是跟着她搬来搬去四十多年的万年青的分植。

她夸赞我的阳台园子，花草种类多，搭配好，味道清新。味道散发自薄荷，于是就问她要不要栽种，说要，就剪了几根硬实的。还有露草、雪华草和一盆今春新扦插的蟆叶海棠。她对我的朝天椒感兴趣，说主人爱吃辣的，我就分了一盆两株和她共享。她连连道谢，我说不用谢，我这都不是珍奇品种，分到府上去的这两棵辣椒命好，从此就可以充分享受全天候自然光了。她家是顶层，有几十平米的晒台，可供三十多人 BBQ。

可能是觉得辣椒基本等于蔬菜，她回头就投桃报李打电话说淡路岛友人刚寄来圆葱，让我去取。

今晚把月下美人扦插了，祈愿美人就此安胎。

神户街头的饺子摊

第一次向日本公众兜售饺子，是 1990 年深秋。是那种最为原始的商业模式，自己加工，自己叫卖，毫无成本收益计划，玩儿似的忙乎了一天。

策划人是神户一个小商社的社长。一个老乡兼同学在神户留学，在这家商社打工，一次招待社长到家里吃水饺，把我也叫去一起做一起吃一起玩儿，就这样认识了社长。不久后的一天，老乡来电话说社长让我和他夫人去神户包饺子，带上擀面杖，星期天早点儿去。还安排说俩美女都穿上中式服装，搞成超群中国美人状。

兴冲冲地就去了他的商社。原来，他是要给我们搞一次创收活动。煤气罐、大锅、面板、菜刀都已准备齐全了。问："你们俩一天能包多少个饺子？"答曰几百上千没问题。他就口头计算起来，六个一份三百日元，六十个三千，一天下来一人赚两三万没问题。好，你们去买材料吧，赶在午饭时间出锅。

面粉、白菜、肉末、香菇、佐料。用了几千日元吧。和面、剁菜、包。社长和老乡在路边搭起一个简易摊床，煤气罐安置于一旁。我们二人开始煮饺子，出锅，盛盘。纸盘和卫生筷是社长准备好的。

刚出锅的水饺，在秋天的神户大街边腾着招摇撞骗般的热气香气，让偶尔过往的行人脚步踌躇，但却极少有过来凑趣问津的。眼看饺子凉了香味消了，心里觉得辜负了饺子的青春，又为自己和饺子一起遭冷落而感到难堪。同伴倒是洒脱，说没人买拉倒，咱再煮一锅自己吃！冷风热饺子，好吃啊！吃饱了心里就像有底了，站着忙乎了一个多小时的地方，真就成了自己的地盘似的，直着腰板还吆喝起来了：饺子啊，饺子！地道中国水饺哎！一吆喝，还真有人凑过来。奉送品尝，尝过的人就端走一份。居然还有回头客来追加了几份。

直到过了午饭时间，总共也没卖出十几份。社长把我们连人带材料用具召回商社办公室，撤摊儿。

他就着啤酒吃饺子，边吃边说看来这个营销模式不行，还到处打电话，招熟人来吃饺子："我说这可是正宗中国水饺，保证你长这么大没吃过。"饺子吃饱了也吃腻了，就慢悠悠地喝酒。下酒菜是几块白不拉儿的东西，一会儿捏一块递进嘴里，嚼得津津有味。

窝坐在沙发里，脚上两只大皮鞋翘在桌子上。他个子不高，脚也不大，但是鞋一旦上桌就显得格外大。据说，社长年轻时曾在美国闯荡过。此时的他，手持酒瓶，脚放在桌上，牛仔味儿十足。他看上去有点烦恼，为了他给中国留学生策划的赚钱项目遭遇了挫折。

我们自己倒没什么失落感，因为压根儿就没这个思路。同伴看着社长一言不发只顾独饮，就问我他吃的那白的是啥玩意儿，我说我也不知道。她说你日语比我好你问问那是啥。她老公听见了就说那是奶酪，不好吃。一听是奶酪，她就说你跟他说咱也尝尝呗。社长就端过来，一人尝了一小块。她脸酸得啊……哎呀妈呀这啥玩意儿这么难吃！我倒是觉得没那么怪，因为小时候去内蒙古吃过近似味道的炒米。

临走，社长给了我们一人一万三千日元，说是材料费和交通费以及剩余饺子的收购费。

神户那条大街，可否记得 1990 年的秋天站在街头叫卖饺子的两个异国女贩儿？一红一绿中国绸袄，画了眉，涂了唇。怎么就没城管出来要求出示执照哪怕是身份证呢？人家的秩序太井然，一无所知的我们，就在那井字口里堂皇了一番。

那年冬，老乡和家人都回国去探亲了，一天，社长打电话找我说有资料要翻译，还强调说有报酬。我磕磕巴巴地说不行，我翻译不了。他说行，你来一趟吧，会日语的都不在日本，这个资料要得急。神户王子公园要从中国引进金丝猴，要翻译的内容是金丝猴的习性及饲养法。翻着字典，伏案于电热地桌，铅笔稿纸。两天后去交稿，社长看着我的日文译稿，我看着中文原稿，校对。他边听边润饰我那破日语，勾勾改改。叨咕到金丝猴发情期每日交配数次时，他还旁白一句“よくやるね！”（真能干啊！），于是我领会了这句日语的多重用法。校对完了，领我去吃午饭，他边吃边问，房桑啊，翻译费多少合适啊？我说我哪儿知道啊，这完成稿等于是社长您翻译的啊。他说翻译行情是四百字一页，一页三千日元，就按页数付给我了。迷迷糊糊地不知怎么回事儿，连句规范完整的话都表述不清呢，竟然闹了一笔翻译费。

大概两年后的一天，老乡从神户来我家玩儿。说话间提到他又换了一家小商社。他说公司放假，社长老妈去世了，今天办丧事。说着话他就说，哎，对呀，社长家就在奈良，咱们去看看呗，看能不能帮上啥忙。我说我不去，人家老人没了，咱什么也不懂去了添乱。他说没事儿，公司很多人都去了。我换了件白上衣，坐上电车出发了。那时我也住在奈良县，不大一会儿就到了。社长一家及来客都正要赶去殡仪馆。社长跟我老乡也就是他的临时员工安排了几句，人家就都出门了。老乡说社长说了，咱们不用去，等会儿有人给咱们送饭来。

挺大一个院套，好多个房间，就我们三个留学生。一人端一个单人课桌那么大的高档餐盒，吃。

真是干什么吃的啊！

后来几次想起来，心里胃里都不是滋味。

再后来，老乡被派往中国工作，跟社长们也断了联系。那两家规模不大的商社，不知如今是否还在经营？

近几年，学期临近期末考试时，我总要利用个人时间给学生做一套辅助复习题，基本囊括学期内所有内容。日本学生通常只会应付老师的安排，而且必须是具体安排，第几页第几题。只告诉他们自己复习复习，那些平时散漫的人根本不知道从何着手，如果考不及格次年就要重修，费时间不说，二三年级了坐进新生班，表情沉闷尴尬。无疑，这会是投注在大学时光里的一抹暗影。

有了复习题，他们就会认真做；做了，就很难不及格。尤其共同课二外，考试内容不超过教材范围和程度，基本原词原句，不需要变通发挥。

前几天在校园里遇到几个几乎没印象的男生，他们大老远就喊："老师老师！还记得我吗？"几个学生都是几年前曾教过的单科重修再履修生。"承蒙老师那些复习题，我们几个中国语都过了。谢谢您啊！老师太棒了！"这几个人刚开学时很出群，一副爱怎样就怎样的架势，全是刺儿头，三年后这良知发现般的几句话，让人感到校园里洋溢出一层和煦的暖意。

他们不知道，就因为当初有社长那样的人曾经对我这傻乎乎的留学生那么宽厚，才让我学会了对别人子弟的这么点耐心。

（2013.06.13）

陌路温馨

刚拿到执照开车上路的前几天，有几个难忘的难堪局面。

车前后贴上新手的标志“新叶”，第一天上路，出去走了十多公里，来回的路上，就被两个陌生人关照了两次。去路途中等信号的时候，从后视镜里看见后面车的司机下车走过来，他到我车左侧后部，轻“嘭”一声，给我关上了油箱盖。我想跟人家说谢谢，信号就变绿了。天知道我是什么时候搬动了座席右侧的油箱盖控制钮。回来的时候，走夜路，后面那台车几次冲我打点闪，不知何意。停车等信号的时候，后面走过来一个小伙子敲我玻璃。我落下窗。他一边说“不要开远光灯，那样前面的人晃眼睛”，一边伸进手来关掉了我的远光灯。同样，我根本不知道是什么时候、为什么打开了远光灯。

时隔两三天吧，行驶在一条路上，迎面来的卡车远远就向我打点闪灯。我这时候才意识到在逆行，这是一条单行道。我停下来，卡车司机就从车上下来了，面带笑容，引导我调头。这时候，卡车后面已经排了好多台车。不好意思得脸都红了，虽然自己看不见。跟那人道歉，人家说“没啥没啥，小心啊”。

《红灯记》里的李玉和，赴刑场前端着母亲的酒碗，满怀激情地念道：“有您这碗酒垫底，什么样的酒，我全能对付！”驾车加入汽车社会，非刑场，不必大义凛然，但初始的这几个小细节，确实给我这个新司机认识社会垫了一个好底儿。这种老手对新手的呵护，来自共建和谐的平常心。从驾驶学校拿到执照，还不算真正毕业。“车水车龙”的异国大道上，是这些陌路人的温馨扶持，使我度过了新手上路后的磨合期。

一个定居美国的女友，电话里总是苦诉开不好车，她说尤其恐惧倒车，一倒车就觉得自己在倒立，看什么都是反的。我听得哈哈笑：“你怎么这么可爱啊，这才像女人！”于是，倒车时就也想体验倒立的感觉，因为从小就没完成过一次像样的倒立。但是，这种感觉没找到。现在操车驾驶，差不多熟若卖油翁注油。无他，唯手熟尔。每天以平常心驾驶，觉得到处是坦途在延伸。

一次回国搭出租车的时候，司机开得飞快。前面有人横穿马路，他老远就拼命鸣笛。我害怕，就说不着急，我不着急。他却说：“你不着急，他着急啊！”他说的“他”，是前边过马路的人。他幽默地说：“你看他急的，恨自己死得慢呢。那都是小鬼儿在那边招呼的……”还好，车开过去的时候，那行人已经过到马路另一边的人行道上了。司机还是冲那边丢送过去一句：“想死上吊去，别拉上我！”

留学时一位同学的丈夫，两年前回上海开会的时候，大白天遇车祸身亡。肇事车是公共汽车。这位先生学问人品都好，知其者无不痛心疾首。过后说起这件事，大家每每要彼此相嘱，在外面呆久了，回去的时候千万注意保护自己。拿着自己的线，硬去穿没眼的针，想不折腰也得折。日本的规则，到国内行不通。按着信号走，也不一定保证就无冲突。认真未必正确，正确未必安全。把规则拿到无规则中去执行，说不定就成了死角。（2007.05.30）

补记：有热心读者提意见，说我动辄要拿中国和日本对比说事。言外之意，似乎我是吃里爬外扬外抑内。虚心接受批评，持续反省中。要说不是刻意对比也不是实话，只是这刻意也是一种自然思维习惯。从小受这样的培养，就学会了：拿起馒头吃，就要想起旧社会吃不上馒头；背起书包，就要为受压迫国家的儿童尚在水深火热中而我能上学感恩。离开中国，有所见所感，就自然联想起相关的事来。怪就怪在不肯忘本，忘不了自己是哪国哪族的人。我就想，要是上面这些事的发生地相反，那我说起来该多么自豪，多么心花怒放。那就不会像现在这样，虽然在叙述，却觉得心里什么地方没底儿。

两次车祸

之一

在从奈良去大阪的途中，有一段弯道，道边有个小商店。我从商店出来上路时，本来看好后面没有车过来，便发动车子上路。可是就在几秒钟的时间里，弯道上过来一辆车。我刚移上路的右前灯部位，把那台小面包车的左侧身从头划到尾。

那台车打着点闪灯停在了路边。我向那车走过去时，心里想起日本朋友叮嘱过的“发生车祸的时候，无论如何不能先道歉”。

那是一辆半旧的微型面包车，车里装一些纸箱之类的东西。开车的是一位中年妇女，她站在车旁，一声不响。她在等我开口。看见她的车整个一面被我擦出一条二十多厘米宽的凹痕，我忘了朋友的告诫，立刻道歉说“对不起”。

她听后又向我确认：“是你的责任，对吧？”确认这个很重要，只要我承认了是我的责任，就要给她负担修车的全部费用。我说：“对。

是我的责任。”其实我想说我上路前确认过没有车过来，是你开得太快。可是没说，因为我意识到我的错误，不该先确认后方，或者确认前面后应再看一下后面，不该留空。

还有事要赶到大阪去，所以必须马上处理完这件事。我拿出驾驶执照和两万日元，并在一个纸条上写下自己的姓名、地址和电话给她，说：“我在大阪有讲座，不能迟到。所以今天不能马上跟您去警察那里做事故鉴定。”“那不行，事故后马上去警察那里是驾驶员的义务。”“可是我确实不能耽误工作，明天去可以吗？”她接过我的执照和纸条，拿在手里看。看着，她问我：“你是中国人？”我说：“是的。”

她就那样拿着我的纸条和执照，站在大马路旁，一声不响，像在沉思。这是一条奈良县境内的公路，车辆很少。风很大，她烫过的卷发飘在脸边。我感到这样的无言情境很让人难堪，便把钱递给她说：“我现在只有这些现金，您先拿着。”

这时，她的表情变得柔和下来。她问我：“你做什么工作？”“我是教师。”

她把我的纸条叠了两折，连同我的执照一起递给我，说：“三年前我侄女曾到贵国留学，她说中国人对她很好。”“是吗？我也是来日本留学的。”然后，她说：“今天的事就算了。回家后我跟我家老头儿说说，看这车是修理还是废掉再买新的，反正已经很旧了。”

我拿着那两张日币：“实在对不起。给您带来这样大的麻烦。这钱您一定收下。”

她推回我的手说：“不用不用。就当是我对照顾我侄女的好人的报答了。我没机会去中国，但听侄女说中国是一个好国家。”她打量了我一下又说：“你态度诚实，一看就是个好人。”

我又把写了地址、姓名的纸条递给她说："万一您家男主人不同意您的想法，请跟我联系。"她却拉开自己的车门说："没事儿。您也该往大阪赶了，走吧。"

她走了，开着几分钟前被我擦伤的车。我站在路上一直看着，直到她的车影消失在大路尽头。到了教室里，我跟来上课的日本人讲这件事，大家都惊奇，说"老师运气好。这种事简直难以想象"。

我的右前车灯整个儿粉碎，用了四万多日元换了新的。这场车祸让我心惊，但惊悸之余，深怀感谢。感谢善待日本留学生的同胞，感谢那位知恩图报的日本妇女，也感谢所有心怀良知善意的人。

（2004.07.14）

之二

来日本之前，可以说不曾与警察打过什么交道，好像就是办理出国手续时到附近派出所找民警办了户口注销，其次就是时而在大街上见到交警坚硬的面影身姿。

到日本以后，第一次跟警察打交道是在进入开车生活后不久。一次在从奈良去大阪的途中，正行驶得尽兴，忽见前面有警察拿着一把大旗晃着示意停车，我还以为是要拦截我们后面的车，没想到他直指我们车而来。当时有点兴奋，以为是查有关奥姆真理教的（那是沙林事件发生之后不久），心想反正跟我没关。没想到被引导进一块空地后，才知道警察正在查处超速车。心想完了，肯定要罚款。于是心生蠢计：干脆装作不懂日语争取蒙混过关。警察客客气气地先行一个礼，然后要求我拿出驾照。我边装糊涂边出示证件，接着他就要把罚款单扯下给我。我还是想支吾着制止他的程序向下进行，可是他好像发现了我的意图，就拿着我的驾照说，你这是在日本考的驾照，你怎么会不懂日语呢？然后他又把仪器记录下的一张纸条给我看，我只好老老实实地承认确实开得快了些。最后，人家还说了一句："耽误您时间了，拜托请去银行付款。若有疑问或不服，可到简易裁判所上诉。"

日本警察的态度之和蔼真是让你没脾气。他们就像那种叫作"雪见"的冰淇淋，有半圆形的雪白糯米外皮，上面还撒着一层细粉，看上去柔和得软乎乎的，可是里面包着的是冰雪，毫不含糊。规则就是规则，法律就是法律。知道了日本警察这个性质以后，再遇到超速遭拦截或违章停车被贴条子时，就乖乖地当天去办理手续，迅速把罚款交上，以免拖延着让自己烦恼。

两年前夏季的一个雨天，在大阪中央大道从东往西行的路上开车。交通堵塞严重，走走停停一个多小时。恍恍惚惚中觉得大事不好，就来了个急刹车。还好，暗自庆幸没碰上一直排在前面的小型车。可是，次日在停车场无意发现自己的车牌上有一处轻度的新凹痕，才意识到昨日惹了祸，于是，马上给警察打电话"自首"。可是警察确认事故地点时我却说不清，只知道是中央大道上某一地段的大致位置，他就告诉我给那个管辖区的警察署打电话。那个警察署说没有人来做事故报告，可是我执意要求主动报案，那边说"那你就来吧"。

去的路上，突然接到来自另一家警察署一位警察的电话，他叫池田。确认了我的名字后，他问："你在哪里？""我在去警察署的路上。""你要去哪个警察署？"我说后，他说："不对，请你来我们这里。"原来是那台小型车去那家警察署告了我肇事逃逸。打电话的这个警察所在的警察署在道南，我要去的是道北，但事故现场属于道南警察署的管辖范围。

到了警察署，池田不在，人家叫我在走廊里等。其实他还在从我家往回赶的途中。半个小时后，有人通知我说池田叫我进去。

池田是一个个子不高的中年男人，从他的办公桌摆放的位置看，他是这个交通科的负责人。这位交通科领导面孔白净，穿一件淡粉色衬衫，领子周围被汗浸湿的地方显得粉红，他手里提着一个黑皮包，腰上别着手枪。在这个办公室里我知道他是个警察，要是在外面我会以为他是黑社会的。他用手帕边擦汗边大声抱怨说："你们家也太难找了！"

然后他开始怒气冲冲地审问我："你碰了别人的车为什么要逃掉？"我说我没逃，这不是今天就打电话找了警察吗？他大喊着："你为什么当时不马上下车？有事马上下车是驾驶员的义务你不懂吗？"我说我当然懂，我没意识到是接触上了，并且对方也没有叫停我，当时路上都是车，即使想逃也没有路。接着我说了整个经过，并用了一个极笨的理由解释说："我不是故意的。"他怒吼："废话！有几个犯罪的人说自己是故意的！"火头上他对我喊："你知不知道肇事逃逸是犯罪？我去你家是要逮捕你的！"他打开手提包，把手铐指给我看。见我很害怕，他好像既满足又遗憾又同情。他也许遗憾没能在我主动打电话"自首"之前拦截住我。他发泄完了在酷暑中费力找我家时积压下的一大堆怒气后，打电话把小型车车主叫来了。

那是一个年轻女人，还跟来一个中年男人。两人一副要将重犯捉拿归案的郑重表情。令我意外的是，池田用十分平和的口气首先对他们解释了我主动找警察"自首"的整个过程，并说对方当时也有义务马上叫住我才对。

双方对话后，由我委托的保险公司出面全权处理了这件事。

离开警察署时，池田口气温和地说："给你孩子打个电话，告诉孩子没什么事，要不孩子会为警察来家里受惊。我去时你的孩子一个人在家。"原来他是从我孩子那里问到我手机号码的。这个叫池田的警察仿佛是我所接触的日本人中一个重要的人物，印象特别深。也许是伴随着某种惊险的缘故，但是更让我忘不了的是他那种与职业性质构成对比的自然松缓的人情味儿，还有他那种累出一头汗觉得丢面子而恼火的外露性格。这样的地方让你觉得他是警察，更是一个普通人。

（2005.03.12）

驾照更新

“腊七腊八，冻死叫花”。今年的腊七腊八，大阪并未冷到特别的程度，天王寺一带的露宿者们想必安然无恙吧。可是，阳台上那盆开了一冬的黄花酢浆草细密的茎叶和花蕾昨夜却被冻僵了。上午的阳光如春似秋，冻死这小花的怕不是气温而是这腊七腊八的节气时令。暗香袭人，暗寒却袭了花命。植物也能不寒而栗吗？吾非花，无以知晓花们是否僵死于瞬间低温的速冻。

提醒我今天是腊八的，是一位过日子比较志同道合的主妇朋友。她发来短信说：“今天腊八，做腊八粥吧。”那会儿我已经吃过早饭，今年的腊八粥就这么简单地错过了。

有件事一拖再拖，两个月的期限，只剩五天了，再不去办妥就将烦恼倍增。驾驶资格得来十余年，驾照更新几次了？怎么觉得刚刚更新完就又来了通知？吃一顿美餐，过不几天就觉得像是好久没沾口；不情愿的事，做两三次就觉得做了多次。从周一开始就念叨“明天去明天去”，直到把明天拖到本周再无可使用的明天。

大阪府门真驾照中心。这地方没少来，来得比别人次数多是件比较难堪的事。如果三年之内完全没有违章，驾照更新到当地警察署即可简单办理。怀着无比厌烦的无奈上路，临出门时还带上了一叠字纸，斤斤计较着时间，准备听讲习接受再教育时营私。

通知单上明明白白写着必须接受这个讲习教育的理由。两年零九个月以前，我曾经有过一次违章停车，那时候当即就去交了一万五千日元的罚款。时过境迁了，关键时刻还要为此付出清晰的代价——两小时的再教育和三千八百日元（包括听讲费）。另外，还要付八百日元的停车费。自作自受，不情愿也没辙。

驾照中心算得上是大衙门，大楼大院的，工作人员着装挂牌。走进大楼就看见地面及通道旁到处是向导文字及箭头图示。从第一个窗口递申请交钱，到视力测试、拍标准像，再到进入听讲厅，畅通无阻。那种人来人往中的流畅和工作人员的明确交代，让我差不多喜欢上了这些环节。

这个讲习的目的在于惩罚违反章法规则的驾驶员。环顾满满一屋子听讲生，发现女司机很少，比例大概在 20% 左右。不知道全体驾驶员的精确性别比例是多少，想必会比这个要均匀得多，就此不得不反省一下自己的出格与不入流的胆大无畏。几次出入这里的原因有两类，一是超速行驶，一是违章停车。看起来我似乎是惯犯。罢罢。反省。

不过，话说回来，没有这样的违章经历，也不会知道日本社会中还有那些依法处理环节以及对犯了法的人依然保持照章办事的客气态度。第一次超速行驶，被罚款七万五千日元。通知书来后去接受处理时，必须要到简易裁判所做一个服从认定。窗口问："违章的是您本人对吗？""对。""您对这个处理程序如有异议请上诉。""我没有异议。”“好，那么请签字。”……

讲习比从前更温和耐心，事例多出于遵纪守法的普通司机由于细小疏忽导致的小型事故，这样反倒能引起不把日常驾驶安全放在眼里的老实型驾驶员的注意——他们总觉得触目惊心的事故与己无关，看这种小事故，就自然而然要反省一下自己为什么会坐在这里。我的反省，或许比单纯遵守行驶规则更为深刻。那就是为人为事尽量避免出错出误。只要出了误差，为此终归要多少付出些代价。比如你误说了一句话或者误解了别人的一句话，为此就要去解释或者给自己引来郁闷。还比如你出门忘了关煤气，半路想起来又回去关闭，这就因此误了到岗时间或者迟了约会。这不，近三年前犯一个错误，今天就要比别人多付钱和时间。大腊八的，赶这么远来跟一屋子陌生外国人学习有关安全的重要性和驾驶员的责任义务等等等等，何苦啊何苦。

可是，人又是随时随地可能出错的动物，周密到完全不出错误，恐怕要等到入墓之后。活着这件事，仿佛就是要靠许多无意义的小事杂事错事充填着才能显示出丰富与鲜活。

临出教室时，大家排队领新驾照。所有的人接过来时都是一个动作，盯着新驾照目不转睛地看。姓名出生日地址等项目当然要确认一下，但几乎百分之百的人都要定睛端详一下两小时以前摄进新驾照上的那个自己。我看了一眼那个自己，感觉是照了一下镜子，心里说，对，今天就是这个样儿。

出门走到大院里，进来时就看到过的双手端着白地红字“献血”牌的两个女孩儿还站在腊八里。她们喊着：“请您献血！请您献血！”院子里稀稀拉拉不断有人过往，却无人靠近她们。从她们身边走过，下意识地扪心自问：“你要不要献血？”这一问就觉得体内循环着的血液加快着抢答：你体内没有多余的血，目前的状态仅够维持你自身。哦，原来我是一个对奉献于社会如此无动于衷的人。不由得又为这一独自的庸人自扰自嘲解围——庸人的血自然也平庸得适量无多，何必自责。

前几年回东北时遇到一个老同学，他在民政部门做负责人。见面那天特别冷，酒桌上他说："瞧着吧，明早说不定又来活儿了。"问他什么活儿，他说："处理冻死的人啊！""现在还有冻死的人？""当然有了！有些事儿你呀根本不能想象。有的是冻死的，有的不是，也不知道咋死的。穷人家死了人没钱处理丧葬，就半夜给送到火葬场旁边去，这类工作咱民政部门就得处理，要不要咱们干啥？"我说："你这工作好，还真是'为民请命'呢。送其归天，积大德哦。"

方才又出去站了一下，临近子时，还真有几分腊八透骨寒的感觉。有热饭亦有御寒衣，小康。献血的事就忘了罢，说不定哪天自己会衣单怨天寒。（2007.01.26）

路边的鲜花

刚到日本的时候，有很多看了不解的事，捆在马路旁护栏上的漂亮花束，就是其中之一。当时想：是谁把花放在这儿的？是做什么用的呢？后来，渐渐地，对日本是一个汽车社会有了一点了解，才知道，路边的鲜花寄托着对身亡于路上的交通事故牺牲者的哀思。

1997 年 6 月底的一天，香港回归前夕。讲完大学夜间部的课，我骑着自己的 50cc 摩托车回家，心里兴冲冲的，急着回家看电视中有关回归的报道。

家在“近畿自动车道”南北走向段的北部，距高速公路只有几十米。走出大阪市，经国道一号线穿过守口市，上了“近畿”下面的大阪二号府道，一直往北，就能到家了。已是晚上 8 点多钟了，主干道上的车依然是一辆接一辆，五光十色的大型卡车把双行线的马路塞得满满的，使马路远看像一条流光的彩绸。

从国道一号线拐上“近畿”侧道的时候，一辆大型摩托车，在我身边轰然驶过。骑车的青年伏身在车上，与车浑然一体，操作自如。

那车风驰电掣，在双向行驶着的卡车夹缝里，时隐时现着远去。

过了没有几分钟，车流速度慢下来。我的车小，从侧道可以超到前面。我看见马路上有一只运动鞋，接着又看见破碎了的摩托车侧镜和其他什么部件，路上东一件西一件的。然后，是斜躺着的摩托车。再向前开，我来到一个事故现场：一个男青年伏地而卧，一只脚光着，头盔还戴在头上。事故刚刚发生，他旁边只有两三个人。我停下车，马上走过去，急问一个高个子青年："打电话叫救护车了吗？""打了。"

走近了，看见灯光下一道黑色的血流，从头盔底下往外淌，快要延到一米长了。我不知如何是好，对高个子青年求援似地说："给他做人工呼吸吧！""没用了，卡车拖了他十几米又甩出来的。"他的声音非常平稳，是震惊之后的冷静。一辆大卡车停在前面道旁，旁边走来走去打手提电话的人大概是司机。右面车道上，车流依旧。那些破损的摩托车部件和他的另一只鞋已经被碾碎，随着车轮不知旋飞到哪里去了。

我的身上被汗水湿透，衣服贴到后背上，头盔里全是汗。那伏在地上的青年一动不动，任血从他头里往路上流。他，或许就是几分钟之前伏在摩托车上与我擦身而过的那个人。

过了十分钟，警车呼啸着冲过来。跳下来一个矮个子警察。他迅速地把事故标志放到马路中央，大声吹口笛指挥车流绕过现场。

这个人我认识，是我所在市警察署的交通警。我刚搬进这个市不几天的时候，晚上骑着 50cc 在一条小街上和他的警车正面相遇。他下来友好地给我一张五千日元的罚款单，因为那是一条单行道。现在，看他蹦着身子忙来忙去，心中不禁涌出一股敬意。其他的警察也忙着引导现场附近的流动车辆。没有人过来问一声倒在现场的人如何。警察只负责维持现场交通，救护车还没到。

青年的血在闪光，因为还流动着。

我要回家，可是我的车却怎么也打不着火。那个高个子青年要帮我，我说："不要紧，大概是没油了。""我车里有，给你装一些吧。""不用了，谢谢。"我当时是临时停车，不会突然没有油的。我的车和我一样，被眼前发生的事吓得失调。我推着车离开现场。现场离我家还有一公里的路，推车走在汽车道上，任车列在身边飞驰而过，全然听不见看不见身边的惊险，心里想的都是那个伏地不起的青年。他的母亲，此刻知不知道儿子倒在地上流血？他有没有妻子儿女或者恋人？又联想着假如他是我的孩子、我的弟弟、我的亲人。

到家一进房间，就倒在沙发上起不来了。男主人和孩子忙问怎么了，我说："从今以后，我再也不骑摩托车了。""又打不着火了？""不是。"我闭着眼睛，默默祈祷我和我亲人们的永久平安。

电视里播放着香港。

彭定康的三个女儿如花似玉，向香港和亲友挥泪告别。我的心里做着另一种告别，告别平凡日子里突然出现的不幸，告别摩托车。

躺在沙发上，听见警车和救护车在窗前尖叫而过，我知道那车里载着那个伏地流血的青年。窗外这条路，是通向警察署和急救中心的必经之路。心里为那个人祈祷，希望他能在天使手中获救。

一年以后的那个晚上，开车路过那条路。当时已经9点多，远远看见去年的现场处灯火通明。走过现场时，看见几部汽车和几辆摩托车靠边停在那里，所有的车都把车灯放到最亮，围照出一个地面舞台。几个青年席地而坐，抱着吉他，边弹边唱。歌声很大，隔着车窗传进来。

道路旁边的护栏上挂满鲜花。车灯照耀，歌声与鲜花。一种别有滋味的音乐晚会。

这个情景,让我的泪水一下子涌出来。那个青年,他到底还是死了。他的这些朋友们，在纪念他的一周年。往家走的路上，我觉得我也是他的朋友之一，这种莫名的友情是从他倒地之后开始的。车流不止的夜路，布满看不见影子的无常。

我差不多一个星期从这条路上过两三次。从那里走过的时候，总是要多看几眼护栏上的那几束花。那些花束，渐渐地失去了色彩，渐渐地只剩下干枯的断茎，最后，就只剩下连着褪色丝带的透明包装纸，在过往车辆带起的风和噪音中萧索地抖动。再过一段时间，就什么也没有了，仿佛一切不曾发生。

第三年的6月，还没到。现在是3月。

每次经过那里，我都要想起这件事，想起逝者朋友们的歌声。开车所到之处，看见路边有鲜花或鲜花的痕迹，就心生哀思肃穆。这样的时候，就仿佛听到有个声音在说：你要好好活着，负责任地活着。

我的50cc，自那以后，再没开过引擎，一天下午，打电话免费转让给了收购二手车的摩托车行。头盔当作不燃垃圾处理了。

路边的鲜花，对死者说：请你安息；对生者说：祝你平安。（2008）

我和我的丰田车们

1989 年，到日本不久后的一天，站在大阪北部的万博纪念公园站，望见下面停着数百辆各式汽车的停车场时，感觉日本的的确确是发达国家。我当时还是学生，关于汽车会跟自己发生什么关联，几乎没有丝毫概念。但是，五年后，汽车进入了我的生活。十年后，我已经先后成为五辆汽车的主人和副主人。

日本的铁路、公路四通八达，可以把你送到任何可能要去的地方，准时而方便。最初的驾驶欲望，并非完全来自对汽车的现实需要，其中也含有一种对自己全方位参与日本生活的潜在的挑战心理，更是被于家庭于时代不甘落后的进取意识怂恿所致。上世纪 80 年代后半叶，男主人开始热衷于电脑。在他眼里，汽车跟电脑相比，是个便利的俗物，要操纵的话简单得很，但是把话说给我的时候，口气便不一样了。说起开车，他自认不在话下，对我却总是流露出技术歧视，说“女人能开车了不起，说明她具备起码的机械操纵技能”。我是技术盲人，尽管能操纵缝纫机、自行车、各种家电以至电动改锥等等，但这些统统被他看作原始笨拙的低级操作。

那时还不会使用电脑，唯一的一台也轮不到我用，便知趣地说："文字处理机适合我，只要能处理文字，对我来说就足够了。"于是，每当我对他疯狂热衷于电脑发出怨言时，他就会痛心疾首地说："你是彻底没救了！拒绝电脑就是拒绝未来！说了你也不懂！"被人这样说，自然心灰意冷，"立志"在与时俱进的家人面前，甘当驯良子民。在家庭这个王国里，在与技术相关的维度上，他是国王，我是平民。天长日久，对来自国王的"技术愚昧"之类的打击，我的耳朵具有了化干戈为玉帛的功能。

驯良意味着不反抗，但不是说就甘心愚昧到底。心下盘算着要探索文明，盘点了一下自己有可能开发的技术潜能，觉得第一步该配备的是"机械操纵技能"。于是，就独自去驾驶学校报了名。抱回一堆教材，睡前必读。一个月后顺利取得驾驶执照。又一周后驾车拉着家属上路兜风。他说："你还真行，还知道什么叫离合器！长进不小，有救！"风言风语，听进来也不再以为然。驾车初行那晚，王与民的地位差异事实上架空了。视技术为至高无上的王者搭着民的车，方向盘在民手中。这时候，民握的简直是真理。尽管王多年前就开过解放车，然此一时彼一时，这会儿，开着自家车第一次跑在外国大道上的，是这个民。心理平衡。

第一辆和第二辆车都是二手车。学会开车的下一步是买车。第一辆该买什么车？所有人的共识都是低价二手车，可以在完成磨合期后再买心仪的新车。经一位做公司的朋友介绍，我买了第一辆车——丰田 Vista。半年后，王也换了日本驾照，Vista 成了人家的专车，便又经朋友介绍到接近滋贺县的山科买来了我的第二辆车——丰田 Carina。

在京都下课后，换乘几次电车到山科提取 Carina 的时候，已经是晚上 8 点多。车行老板是一个六十多岁的老太太，见我一个人来山区提车，十分惊讶。她说："大冬天的，你就这么一个人开车走夜路回大阪吗？这车的保险明天才开始有效，你一个人怎么行？万一……"我说没事没事。她咂着口舌连连说"你们中国女人真强啊"，一直把我目送了老远。驾着我第一次摸的车，走着第一次走的路。山路崎岖，前后无人无车。灯光开拓着暗黑的绕山道，我没感到丝毫恐惧。汽车真是好东西，假如没有这一方空间的保护，没有这一项机动行走技术的伴随，怎可想象我一个人在深夜中的两三个小时里翻山越岭走过京都走到大阪呢？

第一辆新车的购车机缘，是因为偶尔看到了路边打出的 Vista 新款广告。开着旧 Vista 进去，立刻被店员就新 Vista 的 GPS 搭载技术解说所动摇，一星期内便实现了 Vista 的"改朝换代"。GPS 导航小姐"下一个信号请向左转"之类的甜美音色，一下子让我觉得我的 Carina 逊色落伍了一百年。

在一直订阅的 *Newsweek* 杂志上看到奔驰 A160 广告后，就去了附近专卖店。选一辆红色的试乘一圈回来，又打开后备箱仔细查看一番，觉得与印象中奔驰车的高级感不大吻合。走出这家专门经销外国车的 YANASE，顺路就进了对面的丰田车行。店里正在展销新上市的威驰，空间与奔驰 A160 相同，形状更柔和，试乘起来轻便安静，价格是奔驰 A160 的一半。再打开后备箱查看细部工艺，感觉明显比奔驰周到亲切。于是，便动了购买威驰的念头。就在看车的几天里，丰田推出了爱称为"携带空间"的 Fun Cargo。电视广告用一家四人牵着一头宠物豹从后车门从容进车演示 Fun Cargo 的空间何等宽松，这一特色一下子猎获了我。心想，这要是搬运个自行车或者再给新来的留学生助人为乐进行小型搬家的时候该有多乐多爽。于是，毫不犹豫就把 Carina 丢给丰田，开回了蓝色的 Fun Cargo。

我的“携带空间”，曾帮我给留学生搬运过桌椅板凳、小型冰箱、洗衣机、自行车等等日用品，实在功不可没，但在我个人生活中，汽车仅仅是个代步工具，所以，走行九个月之后，感觉随时携带着的这个空荡荡的空间反而成了累赘。车高 168 厘米，单人驾空车走起来像扛个空纸箱。何必拉着一车空气到处与风抗衡？这时，恰好丰田 Will vi 上市，其脱俗的形状与收敛的古典风格，叫上小学的女儿一见倾心，每看广告她就说：“这个车真可爱！”

几天后，就把走行了八千多公里的 Fun Cargo 开到丰田车行，外加五十万日元，换车成交。汽车移交时，我站在 Fun Cargo 和 Will 中间，拍照留念。其实，内心真的很喜欢 Fun Cargo。这个车名的字头 Fun 跟我的名字的日文读音相同。撒手 Fun Cargo，车离我而去，有点别离的伤感。左手 Fun Cargo 走，右手 Will 来，难舍难分中，似乎也感应到有另一种缘分的结成。

Will vi 可以说体现了丰田车的一次外观设计革命。丰田公司随季节变化送不同颜色的 Will 上市，时尚风采展现得淋漓尽致。车体全身没有任何丰田标志，技术构成沿用威驰系列。这是丰田参与由丰田、松下电器、花王及朝日啤酒等厂家组成的日本 Will 品牌工程后推出的第一项产品，昵称“灰姑娘的马车”，于 2000 年 1 月至 2001 年 12 月间限时限量生产出售。

Will 的别致外形广受注目。一次在大阪繁华区等信号，一群白人围过来敲开车窗问：“你的车真好看，这是什么车？”答曰丰田时那人大惊："噢，丰田！在意大利可否买到？""买不到。这个车种只限于日本销售，并且已经停止生产。"那人现出遗憾的表情，一步一回头地走过我的车……

令人不可思议的是，从购买第一辆丰田新车开始，到给朋友介绍买车，竟然在同一家车行由同一售车员经手买下过五辆新车。这甚至有些让人联想到暴发户的冲动或者有赚取回扣之类的嫌疑。丰田难道是宗教吗，让人这样自觉自愿地一次又一次登门。人家也没有什么叫人晕头的推销纠缠，怎么就投入得这样忘我忘他？那个叫渡边的售车员，后来曾以个人名义亲自送来一箱啤酒，说丰田经销公司为表彰他的销售业绩，奖励他去海外旅行了一次。他说他的业绩里包括我们的支持，这句话说得我们有点儿心花怒放。

昨天是周末。晚间从大阪市中心穿行，连绵不断的车流中，绝大多数是私家车。缓行中稍稍注意了一下身边的车，发现每隔一两辆便有一辆丰田，有时连续三四辆都是丰田。观察二十几辆之后，发现丰田以外见到的品牌依序大致为日产、本田、马自达、宝马、奔驰、大发、斯巴鲁、铃木以及其他个别欧洲车。这时，忽然意识到十几年来选车竟是一直这样自然而然地走向丰田而没有走向其他品牌。"车到山前必有路，有路必有丰田车"——丰田这句巧妙使用中国谚语的广告词，可谓名副其实毫无夸张。自上世纪 60 年代日本推出"国民车构想"开始，就有"日产的技术丰田的销售"之说。与本田、日产等其他公司追求技术相比，丰田在探求技术发展的同时，早早就张开了面向日本全民的销售网络。在日本，丰田车经销店与丰田车一样，随处可见。不到半个世纪，丰田销售网络就走出了日本，进而覆盖了全世界任何一个有路可行的角落，实现了"有路必有丰田车"的可观局面。我们追随丰田，几乎是一种汽车消费者别无选择自主自愿主动落网的结果。不过，虽说五辆丰田车不曾给我们带来任何对品牌技术性能的怀疑，但想到汽车在自己生活中只以丰田一种姿态重复存在，总觉得有点缺少发挥自主性的参与感。

或许，丰田的成功就在这里。满大街跑着的丰田，不论高档车还是大众型车，总之是找不出大毛病却也看不出个性。对于丰田大众型车的综合评价，我以为就像日本的西装，做工精细，但样式平平，任谁穿在身上都合体合身，却体现不出穿衣人的个性化择衣取向。从汽车的行走风格中，也看得出驾驶人的性格特征，偶尔有超速行驶任意变线出风头的，多半都是丰田以外的车种。而循规蹈矩的车列中，往往多是丰田。日本人遵守秩序，大众消费取向中也体现出了朴素求同的特征。正是凭着对日本大众这种“平常心”的迎合与满足，丰田实现了步步获胜的经营野心。丰田首先是摸准了日本人的国民性格和国民经济动向，赢得了国内成功，进而又征服全世界庞大的汽车用户群，荣居产量销量之首。

观察了几个停车场，发现了一个有趣的现象。大街上跑着的汽车行列里，丰田以压倒之势高频率出现，但在我家附近居民租用的民间停车场中，却看不出丰田的高概率。车种各自相异，一列十几辆，差不多一辆一个品牌。大学周边停车场内的车，也多半各式各样，明显体现出欧洲名牌车居多的特色。这也恰恰反映出丰田车的大众消费特征。大阪北部属地价偏高地区，居民文化层次也相应较高，居住在这里的人在收入和文化素质方面高于平均阶层，很多人家的汽车已经不是第一辆，车在个人生活中已到了走出大众车种走向个性选车的阶段，所以，我观察到那样的情况，也不奇怪。

近年来，伴随汽车产业与全球化市场趋向成熟，丰田汽车进一步走向市场多样化。2003 年，中国“一汽丰田汽车销售有限公司”的成立，成为丰田实现世界战略的必要条件之一。如今，我家的两辆丰田都走行了将近十万公里，王似乎还没有在丰田网中醒悟过来，正在考虑混合动力车。我的下一辆车，具体未定，但是目标已定，那便是摆脱自觉被丰田洗脑的状态。丰田打到我的老家了，我要在它的老家背叛它一次。要问为什么，似乎也说不清。非要找理由的话，那就是不是丰田不好，只是丰田太多。（2007.11.11）

买车记

自 90 年代前半期进入用车生活以来，我们已经经手了六辆家用车，其间屡次换购，继两辆二手车之后，目前正处于第五辆新车的定夺阶段。想来有点密度过高，似有喜新厌旧之嫌。不过，凡是用心选进来的，还真是着实认认真真地相随相伴了多年：一辆跟随八年，走行八万余公里；一辆跟随十一年，走行十三万余公里。为避免让人产生败家子的印象，特说明一下，这几辆车分别是两个司机开过来的。

十一年的这辆车，也是第一辆新车。当初倾心于 D4 引擎和刚上市不久的内嵌 GPS，是在那年旧历正月初一佳日，喜气洋洋地开回来的。虽然外形土了一点儿，但实用空间大，性能好。它南到冈山，北到富山，西至鸟取，东至东京，并且几度离开本州岛远赴九州和四国，可谓给本府立下了汗马功劳。今天是这辆老车的生日，也是车检截止日。车好好的，但在法律上必须寿终正寝。拍一套照片留念，抚摸一番，满怀诚谢。它不光代步通勤购物，还曾是很多亲友的共同移动空间，随着主人见证了十多年来三千多个日子里的种种光景。人车同行亦同老，沧桑岂是人独有？

本无换购计划，离车检还有两个多月，车行就三天两头来电话叮嘱该车检了该车检了，殷切备至地请我去给车免费估价，说车已老，这儿该换那儿该换，算下来小二十万日元；然后就点着计算器说，与其给这老爷车花上二十万，不如把钱添进新车里趁机享受国家给予的限时优惠。就动心了。试了一辆又一辆，这也不错，那也挺好。混合动力那叫轻静，就是外形相不中：后部闷高，使用空间却不实惠。原理是明白的，形状却不愿接受。

心一活，就忙乎开了。试了丰田试三菱，试了雷克萨斯 IS 系列又试大众。轿车、吉普、四开门两开门的。连跑车都开了，一加速轰轰响，那叫过瘾。忙乎了一个多星期，兴头过了。跑车？干吗啊？就两个门，东西买多了，往车里塞的时候费不费劲啊？不行。吉普呢，车轮大，有气魄，存在感强，驶在路上立体感鲜明；但是油耗高，而且用来通勤有点夸张。算了，还是轿车。

轿车可就多了。附近一条街上集中了十来家日本国内外品牌车店，基本就是个售车村。出这家，进那家。询价，被服务，也被忽悠。一去就有人接待，进屋咖啡伺候着，出来就见老爷车给洗得铮铮净。坏了，好像不换车就得换来难堪……

云里雾里地梦中太极拳一般，自己都不知道是要接受车检还是出手买新车。磨磨唧唧磨磨唧唧，把自己弄烦了。正当这当儿，媒体上就出现了丰田车召回报道。丰田车即便是倒牌子了，也认准了这家。十几年来忠贞不渝执着于它，并非挚若宗教，此信缘自几台丰田开过来，无论车体还是服务从未有过故障摩擦的亲历。以信易信，是为相信。再说，召回骚动是好事，厂家正端正态度精益求精，此时订购新车，良机也。

于是，照旧自自然然地又去闲逛了两次。说是闲逛，心下是指望跟哪部车处出点儿说得出所以然的理由来，尽快走出不知是检还是换这种模棱两可的游移境地。处不出名堂来，就检车继续开，反正这车好好的，除了年头老岁数大，任什么毛病也没有。

后来，也不知怎么着就打定了换新车的主意，其实也不是非怎么着不可，估计就是自己烦了这个不知如何是好的自己，就执拗着跟谁较劲似地轻率签了一张订购申请。

签完了几天，车商还有点上家待下家似的，说手续还得等着公司批准，并且新车一时做不出来，估计车检到期后得有一段没车开的日子。家属呢，就天天忽悠混合动力。混动混动，混一辆还不行非得全混动？节能环保又时尚，这些都认可，可就是相不中那个闷重的后备箱。不是车不好，是我跟这车型合不来。就跟相对象似的，人家啥都好，挑不出毛病，可就是觉得跟自己在一块儿不合适，心里不愿意朝夕相处。非理性。有辙吗？没辙。

我对混合动力车的不亲近，被痴迷技术原理性能构造的家人蔑视为愚昧无知。或者是为了外化这种文化蔑视加技术盲歧视，对我那已经签了订购单的车，人家基本是不屑、不认可的态度，还是 SAI 呀 HS 之类的这也好那也好，性价比性价比天天是这个口头禅。我换车，我开，怎么就一定得受非车主倾向的左右？某一天的某一刻，突然就茅塞顿开。自问，签了订单的那辆车是我想要的吗？想好了吗？这一自问，心里咯噔一下悬了空，没底了。就是啊，此车到手，基本就要开往后半生岁月的深远之途，再不打算换车了。想到即将请入的携带空间要伴我春夏秋冬年复一年地奔波，便静下心来，思来想去煞是琢磨了一番。

自己常时置身的空间，不外三处：家，教室，车。家是安心之所栖身之地，教室是用来维持生计的工地，车是连接这两处的代步腿脚……

得，想明白了。选择如此贴身的重要生活工具，何不打发自己全心中意？回味此间试过的几部车，直觉首推的那个，就是它了。老家丰田的雷克萨斯IS。其形其色，其智能性能，其通体全身，当时一打眼一搭手，就喜欢了。对于打死也悟不明白性价比究竟是一个什么值的愚昧之辈来说，最后的定夺，只能靠懵懂的喜爱。喜爱的理由，就是一碰就觉得好，觉得合适。驾驶席上一坐，方向盘上一搭手，就是天衣无缝的一体感。这车设计得跟这人的尺寸触感嗜好样样合得来，非此莫属别无选择。喜欢到这一层，油耗相对老车高点儿也无妨了。

想定了，立刻前往谈价。这款车不还价，并且在政府优惠车种范围外，但经查阅相关信息获知可在旧车收购等诸费用上加以争取。几个回合之后，卖方见这边心诚执着，给老爷车做了一个足以令人喜出望外的好价。

于是，就买了。

其实更喜欢吉普车，但是碍于它的非实用性等负面因素，还是选择了不选择。买一辆遥控玩具吉普收藏在家里，时而把玩，聊以助兴了之。（2010.02.17）

卖车记

十几年来，亲手用过五辆丰田车。目前手头的两辆，想尽快精简掉一辆。买车的时候，只一味兴冲冲地往家里牵，现在要脱手，却成了不小的负担。个人之间转卖转让亦无不可，问题是这种不受法律程序监护的个人交易日后万一出现麻烦，“罗乱”棘手，耗时费心。

回想五辆车先后的进进出出，其中三辆，都是在购买新车时由车行折价收购或自动接管了旧车报废。这次，不伴随以旧换新，就像玩儿斗地主时烂在手里的小三小四，要想放出去，还真要费一番周折不可。倘若只是脱手倒也不难，车娘家4S店有义务回收报废，问题是要处理的车全身里外没一点儿毛病，就算不是妙龄姑娘，也还是想换点现金补贴另一辆车的费用。于是，就不得不花心思为它找个肯出点儿费用前来迎娶的婆家。

上网检索二手车收购信息，登录一家汽车收购网站 www.carview.co.jp，在注册栏填上了姓名电话及汽车资料。好家伙，先是立刻收到几个邮件回执，之后不出三十分钟，电话就接二连三地打来，那感觉就像是各家都要争相抢购，行动最快的是居日本二手车行业榜首的格列佛。到底是首屈一指的公司，任何一个环节都能抢第一。电话里要求立刻约定免费查车况的时间。当时已经是下午四点半，我说明天可以，那边就问："今晚行不行？"我说今晚也行。一个小时之后，格列佛员工就等在了门外。放下格列佛电话后，又分别接了四家公司的电话，次日一整天的时间就都分段约给了他们。

带格列佛员工进停车场的时候，天已将黑。他见到车做的第一件事，是先拿出一个牌子挡住车牌号，从各角度给车拍照。然后，他蹲在车旁，打开巨重的大手提包，拿出一个文件夹，递来一张表格让我填写，内容是关于车况以及通过何种途径找到该公司并计划出价多少等等；随后，打开车门，打着引擎，又打开前盖，这里那里地仔细听看。他拿着手电筒，时而俯趴在车上，时而跪在地上，把汽车的角角落落查看了个遍。那一丝不苟的精细程度，如同眼科医生在做眼球或是眼底手术，就差伸出舌头舔一舔这车到底是酸还是甜了。一边查看，还一边在纸上做记录。之后，他就开始用手机跟公司通话。通话内容我基本上听不懂，不是听不懂他说的日语，而是他说的那些话好像不是人与人之间交流用的话，都是数值字母类的行业代码。

他收起电话时，天已黑透。我站在旁边，身后一月底的寒风一阵阵打过来，让我冷到身体发抖。心里暗恨起来，要知道验车这么复杂，根本不该约他在这么冷的晚上来。

他把文件及工具收进大包之后，开始与我谈这辆车的估价。见我在估价栏填写了三十万日元，他马上笑起来，"三十万？这不可能的"。接着，他问我是否曾经到其他地方询过价，我如实告诉他上个月曾拿到丰田去问过，丰田作价十五万。他马上说那是上个月，二手车作价每个月更新下调，何况上个月是2007年，现在已经是2008年，一跨年度价位下跌幅度更大。我问他究竟能给我作价多少，总不至于低于十五万吧？他说请稍候，他正在等公司的作价回应。

格列佛的售车系统我很清楚，两年前翻译的一本经营学书中有专章介绍该公司网络售车系统建立的详细过程。“几百万日元的汽车每隔六七秒钟就在电脑上击键交易成功一辆，不需看现车，只凭电脑上的评估资料进行交易。没有这种系统化的销售方法，想一天销售七八千辆简直就是做梦”——这是格列佛公司总裁几年前在《差异化经营》(中信出版社，2006年)一书中的一段话。他们有一套新式经营体系，总部会按认证标准给不同车辆打出分数，然后在二十秒之内将此信息通知给现场营业人员。全公司实行“认证监测系统”，对各式商品都能立刻做出准确定价。他方才电话里说的那些信息，已经公布在他们面向全球的公司网页上，说不定已标出车价，这当儿如果有客户询价求购，他马上就会决定收购。

守着我的车，就那么站着等。我这边不卑不亢，他那里则是一副绝不妥协的清高状。我跟他说出他们老板的名字，并讲出老板开始于十六岁的创业史，他十分惊奇：“呵呵，谢谢！您对我们公司这么了解！”话题拉得这么近，却一点也没能使他紧绷绷的敬业精神放松下来。大约二十多分钟后，公司那边打来电话。他躲到我听不见的地方去说话，把我丢到很远。

收起电话，他向我说出收购价，十六万。“我们大出血，比丰田本家收购价还高，怎么样？如果您同意，现在就签合同。”我讨价还价了几句，他就说：“这个价全日本也是最高的了。您在carview一注册，信息马上进入包括我们在内的A、B、C、D、E五家公司，我们不仅做得到保证第一个直接接触客户，而且能保证出价最高，这一点毋庸置疑。相信明后天那几家公司也会来验车估价，但是绝对没一家会给出高于我们的价位。假设B家出二十万收购，我们会立刻出二十二万从他们那里购买过来……”

翻译格列佛公司经营史的时候，我曾一度对该公司充满敬意，但是，眼前这个员工的傲慢霸道，却让我感到不快。企业经营需要竞争，但是竞争也有规则，有限度。他们这种藐视同行垄断市场的高傲姿态，让我生出了不予配合的逆反心理。于是，就把他打发走了。不一会儿，他打来电话，说如果决定十六万出售，要在次日晚间五点之前打电话，以免错失良机。

第二天上午从十点开始，用一整天接待了前来验车的四家公司。本来，第一家约定时间是十点半，但是他们提前半小时就到了。每家公司查车况时间在一小时左右，验车程序都如出一辙。

与B公司的交涉还没完，C公司验车员也已提前到来。一辆车找复数人家来相亲，我觉得有点尴尬，不想人家倒都大大方方，站到一边去客客气气地请另一家验车员靠近汽车进入工作状态。这天风和日丽，阳光下，跟这家谈谈，跟那家说说，忽然间觉得蛮有趣。他们个个态度谦恭，紧着夸赞我的Will是绝版的人气车。但我心里清楚，这些温情辞令都不是关键，重要的是谁给我好价钱。B公司支支吾吾半天，说最高十五万，立刻，便用格列佛的十六万保底价将他打发走。

C公司员工叫松尾，满脸挂笑，看上去三十来岁。这家公司在二手车行业中毫无名气，从来不曾看到过他们的媒体广告，也不曾在路边见过他们的标牌。交涉价格的时候，他反复强调买卖双方彼此诚意的重要。笑容可掬，土里土气的大阪方言一串一串说个没完，坦诚厚道。

“经营嘛，大家图的都是利益。顾客想卖高价，我们很愿意成人之美。但是也请体谅我们，我们也想卖高价，呵呵。汽车收购进来，关键是要尽快卖出去，否则中间费用很快就把那点本来不大的小利消耗没了。比如，收购来之后占用保管场所以及维修啦什么的都得花钱。本公司名气小，但是肯努力，哪怕少赚点钱，也愿意满足客户……”最后，他说如果真有诚意出售，他愿意出二十万收购，临走留下话说，这个估价的有效时间到当晚七点。

回到房间里，便开始徘徊犹豫。尽管自己的车没病没伤，可一旦投放到市场上就成了任人评估的二手商品，四家看下来，二十万是最高价，看来也就这个程度了。另一层犹疑不决的原因，是不忍放弃的留恋情感。它虽是个无血肉的金属体，但这么多年帮我伴我，小小的空间，遮蔽风雨严寒，带我行走长途短途，还容纳承载着数不尽的思绪。想到此，不由得缠绵悱恻起来，泪水顺颊而下，滴滴答答一颗又一颗地落在前襟里。伤感着，忽然又想起要跟租用着的停车场的主人打个招呼，否则，车出售后还要多付月租费。打理现代生活，即便一时陷入多愁善感，亦不可忽略金钱思维的规则。打通停车场主人的电话，跟他说汽车要脱手，最近可能解约。那边问什么时候停止使用，我说还没定，计划下周内决定具体日期。他说：“今天是1月31日，如果今天不能决定的话，进入2月1日之后解约，按照合同您要把停车费付到3月底。”

合同这样规定，也不无道理。因为排队等着租用车位的人一等就是一两年，提前打招呼，是为让排队的人也能把正在租用的车位提前解约，否则就要发生双重月租费问题。放下电话时是六点半，算一下若今天不解约，就又要多付一万五千日元的月租费。立刻给松尾打电话，告诉其决定签定买卖合同。之后，马上通知停车场解约。当晚九点，松尾送来合同书，并叮嘱准备诸种相关证明，2月7日中午来取车。

7日那天，正好是鼠年正月初一。吃过早饭已近中午，还要送来家过年的朋友去车站，就给松尾打电话问可否晚一点来取车。他非常善解人意，“当然可以，这几个小时请主人与爱车充分亲近，我晚上再去”。他用敬语称呼我的车，语感就像用中文说“府上千金”或“贵公子”。

签订合同之前，松尾仔细讲解合同条款，并特别强调了其中两项。一项是提示详细检查车中有无遗忘物品或票证现金，因为他们可能明天就将车转卖出去，万一有遗忘，追查起来十分麻烦。再一项，是要承诺汽车绝无浸水及更换仪表经历。最后，他又把售后保险解约等程序交代了一遍。

去停车场交付 Will 时，我换上买新车时买来的同品牌同系列颜色的大衣，站在车旁，与它合影留念。松尾板板正正地站在一边，与我的车保持着一定的距离。拍完照，我说这是我最后一次打着它的引擎，最后一次抚摸这把钥匙，真有点舍不得。他一听笑出来，说：“您这样一说，好像我们做了特别特别坏的夺人之爱的事，呵呵。”我把车开到停车场大院出口处停下来，从一串钥匙中取下 Will 的钥匙，放在驾驶座椅上，对他说：“请。”他做出诚惶诚恐状，问：“可以了吗？”“当然可以了。你付了钱，这已经是你们的车了。”打开车门，他将带来的一块布搭盖在座椅上，说着“请允许我把车带走”，坐进了驾驶室。

第一次，看见别人开着 Will 出现在眼前。松尾开着它走出停车场，走上公寓前的公用道。他开得极其平稳极其缓慢，像是在接受贵宾的检阅。我想，他一定在后视镜里一直看着依依不舍的汽车原主人，用他唯一能做的超低速行驶，代替 Will 向我示意着相依多年的别情。

Will 消失在路端拐角处了，一阵空洞到底的失落涌上心头。“灰姑娘的马车”，但愿它的新主人像迎接公主进家那样爱惜它善待它，也相信它会同样忠心耿耿地为新主人效劳。七年四个月，86209 公里，可绕地球两周了。来来回回，在家与供职处周而复始地往返。辛苦了，Will。

回到房间，看见桌上那二十万日元现金，拿起来掂在手里，怎么也感觉不出它与 Will 在我心中的同等分量。但是，生活常识告诉我要用细到分文的程度来筹划使用它的每一个步骤。这二十万日元，从明天开始就要用于另一辆车的车检和维修，换轮胎、换电瓶，还要付新年度的汽车税和保险费等等。

一周以后，“嫁” Will 得来的二十万日元分文不剩。这时才意识到，两个星期一系列事情做下来，只落得个不添钱处理掉一辆车的结果，大有点空悲切的感伤；可是，另一方面又不得不为这番努力在内心里褒奖一下自己——毕竟，在既定规则中，把一件事做到了无憾无悔。跟这么多人打交道，无非是想省几个钱。这项交易，就像拔河，不卖力不行。钱都是卖力气挣来的，不能轻易就挥出去。

家长角色

日本从幼儿园到高中，都有由家长组成的 PTA（Parent-Teacher Association，家长教师协会）或其他类似组织。在日本，凡有子女者，都有各种相关的交往经历。日本的 PTA 是战后导入日本教育领域的美国文化之一，具有家长与校方携手管理校务并监督校方工作的性质，普及于所有正规教育部门。此外还有“父兄会”、“保护者会”、区域内的“儿童会”等组织，它们的负责人及成员都是学生家长。PTA 由最初的选举会议产生，每个家长都有义务出席并推荐负责人以及投票。如果不能出席，要在“委任状”上“同意委员会决议”处签名盖章。参加之后，家长就经常会收到各种 PTA 工作报告。比如，小孩每周末会带回一张下周食谱，那是学生们的一周午餐营养单，红黄绿搭配以及卡路里数据等等，由营养师做成。我基本看不懂，但是放心，觉得一定比我家里的食谱更科学合理。家里所要注意的，就是尽量避开与学校食堂吃同样的东西，调整食品搭配，平衡营养。家长对孩子的在意，就体现在对这些环节的在意上。

生活在日本的中国人一旦成为某幼儿园或学校的家长方，也会接二连三地收到相关活动的通知单或几百日元的收费单。收到后每张纸必细读，之后按时出席或照单付费。费用一般都很低，参加活动时，也总会有小点心糖果饮料之类，最后还可带回小纪念品。但是，自己的孩子从幼儿园到大学的十多年间，我却没能积累下任何可以传授的经验，原因是起初几次的体验让我不再积极主动，而是发自内心地消极回避起来。

比如，会议的负责人往往是某位家长，虽然她条理分明地把那些琐事讲解得跟国会议案一般庄重正式，但我好像还是听不太懂，被征求意见时就只好说没意见，赞同。再比如去参加活动，有那些经验丰富的活跃家长在，似乎凡事都由人家主办安排，我就只是个听令做事的帮手，甚至连帮手也做不好，因为没经验。几次下来，发现并不是所有家长都要参加，每次聚会的就只是那么几个骨干成员，她们当中也有上下级之分。在上的往往是有复数子女的家长，她们是专职主妇，这些工作做得有条不紊，经验和人望都丰厚；在下的则是年轻家长，要为自己也为年幼的子女建立朋友圈，很有卧薪尝胆式的器量。而我这外国孩子的家长，在人家眼中就只是捧场的人之一，于是，便渐渐淡去热情，也暗图轻松着退出圈子。毕竟不是专职主妇，没经验，更没时间。

后来，经常有新一代的中国孩子家长向我咨询如何参与这类活动，如何跟这类组织的成员相处等问题。提到这些事时，好几位母亲都显出疲惫气馁的样子。她们都付出过相当的努力，但是现状却让她们发怵。有一位嫁给日本人的台湾母亲，两个小孩，参加这些活动用去了她很多精力，结果却让她苦恼。她说：“我觉得有些日本妈妈很不厚道，有不动声色地拔尖排他的本领。”尽管我的经历少，但觉得她的感觉不无道理。有位朋友曾对我说，她也曾竭尽全力参与，但一件小事却使她大受伤害。一次参加家长聚会，那位主妇给来客分点心倒茶，每人一份，可只有她没得到茶。这真叫人受不了。中国话说“落一屯不落一人”，她们怎么这样？出来之后，她问同路而归的一位家长：“我想请教一下，你们日本文化中有倒茶时一定要空出一个人的习惯吗？”那个人被问得发懵，听过详情后连声道“失礼失礼太失礼了”。

不排除那位主妇客多杯多时的疏忽，但被冷落的客人心里这份受到刁难而无以表白的伤痕却久久不能愈合。如果不是外国人而是日本人，对此或许会有心理准备和应对措施，比如过后退出或拿出忍功视而不见。电视里也曾经报道年轻母亲在自发的母亲团体中受到排挤而患忧郁症的事例。作为外国人的在日华人母亲，遇到这类事时，有的人就不免会联想到这是对中国人的暗中歧视。对此，我没有充分的理由表示赞同。这是发生在日本人与日本人或者说人与人之间的常见现象，绝非特定环境下只针对外籍家长的外交方式，所以不必把自己另眼看待以致成为精神负担。中国似乎没有类似组织，家长就只是某儿童或学生的成年家人，因此，每一位中国家长几乎都是第一次参与，相比之下力不从心或显得低能也毫不奇怪。毕竟这项传统驻留日本已半个多世纪，连做了祖母的日本女人也大多有相关经验。

自从孩子升入小学三年级后，除了非参加不可的以外，我几乎未参加过任何家长活动。孩子小学三年级时曾转学一次，到新校区后有位家长团体领导来找我参加活动，我说工作忙并且没经验，所以恐不能常参加。她问我可否给家长们搞一次中国菜讲座，我承诺下来，在学校料理室里给几十名当地主妇示范做水饺和红烧鸡块并共享之。其后她们要付给我五千日元报酬，我说平时没机会与大家一起协助学校做事，这份报酬捐给家长组织做经费。负责人说这是市政府拨给家长组织的活动专款，并非来自大家的腰包。我说那也不要。不久后，接到市政府有关部门发来的一封信，大致内容是表扬俺这个外国人为振兴当地文化做了贡献，还说如果希望发个什么开办料理教室、文化教室类的小广告的话，可免费在市内刊行的小报上协助宣传等。这地方小政府居然这么懂得投桃报李，温馨得我拿着那封信在家内来回传看，得意之状溢于言表，差点就把自己当成了女白求恩。

作为家长，恐怕没有几位是发自内心想协助学校参与管理的，参与者多半是为自己儿女着想，希望自己作为孩子的背景，建立一个完满积极的家庭形象，但如果做得不开心，就没必要勉强自己出面。

小孩刚入小学，老师第一次家访那天，我们在家正襟危坐，摆好了家长姿态，准备了一大堆向老师表态拜托关照的谦逊话客套话。“我家小孩日语还不太好”，“孩子智力很一般”，“如果有什么表现不好的地方请老师严厉批评及时联系”，等等。那个姓薮田的年轻男老师，从一进门就一直含笑，跟我家小孩即他的学生对面而坐。“哪里哪里啊，我们的 Kiko 同学非常好，会唱不少日本童谣，在学校很开心。”“小朋友很多。”“孩子们智力都差不多，我们日本小学不像中国那样强调学习，主要是希望孩子们开心，喜欢同学喜欢学校。”“批评？怎么能批评我们呢？这么好的孩子哪能轻易批评？呵呵，对吧？ Kiko 同学？”孩子才入学几天，就成了他的“我们”，他是站在学生立场代表学校来家访家长，不是来谈孩子问题的，而是来向家长表态的，意思是孩子交给我们没问题，希望你们配合我们使孩子的学校生活过得愉快。听他的口气，孩子已成为他团队的一员，而家长似乎属于对立团队，他是来说合请求协调的。

老师一副学生保护者的样子，让我们一下子就安下心来，觉得完全可以相信学校对待学生的公正态度，大可放心把孩子交给学校交给老师。尤其是年龄偏幼的孩子，进入小团体后，他们自会打下自己的小天下，闯出适合自己的环境，最好尽量避免直接问孩子“有人欺负你吗？”这类话，对孩子来说，这样的提问有时可能容易成为诱发释放小委屈的借口暗示。家长更应避免轻易把孩子之间发生的小纠纷升级到日本人与中国人的国际范畴里去掂量。孩子跟孩子，一天下来好坏几个回合是正常事。

高　考

1月21日　星期六

今天是今年日本高等院校全国统一考试的第一天。我们一家三人都跟这个考试有直接关系。女儿是考生，男主人是所在校考场监考官，我在家待机，因为我执教的大学被指定为高考考场，全校师生不得入内，放假在家。

早上7点30分，男女主人手机的报时钟同时响起，女儿已在洗漱间洗漱了。

大寒的第二天，还好，比昨天暖和些，天空在晴阴之间徘徊。两个大人都经历过一次又一次的过关考试，不记得有过什么特别的紧张和不安。但是，今天不同，不同的是考生与我们的关系。父母这个角色实在特殊，一旦身为父母，就像身上多了一种器官，形似分离却心怀牵连，总觉得子女像是个人质卷在什么事件之中，要时时想着别出什么差错。

女主人心里有点慌乱着准备早餐。男主人似乎也有点慌，不知道该说什么做什么，边换西装边嚷嚷："给姑娘煎个鸡蛋，鸡蛋有营养！"我哈哈大笑起来，女儿却喊道："什么煎鸡蛋！是爸爸想吃煎鸡蛋了吧！"

我备出的早餐与往常没什么不同：米饭、酱汤、烤三文鱼、自制萝卜咸菜、青胡椒海带丝、草莓、绿茶。不同的是真煎了三个鸡蛋，每人一个。电视开着，不知道是什么内容。

八点整，监考官开车出门，重任在身，万不可迟到。8 点 50 分，我开车带考生先到附近接上她的一个同学，一同送往 JR 车站。一进车里，考生立刻开收音机想听关于考试的报道，但是听到的只有天气预报。临近车站时，整点新闻报道着伊拉克局势，两个考生边听边议论说："今天的世界史说不定就考伊拉克，听着听着！"

考场在大阪府北部一个市的女子高中，下 JR 电车后还要换乘公共汽车。我说把她们直接送到考场，考生不同意。

11 点开始考试。现在已经开始十六分钟了……

二十多年前的 7 月 7 日早晨，妈妈早早起来，用开水冲烫了一个生鸡蛋，加少许盐，再滴两滴香油。那是我家里临近高考一周时的考生营养措施。爸爸骑着他的永久牌自行车，送我去位于市中心一家小学里的考场，在二马路交叉点被交通警拦住——骑车带人违章罚款。我跳下自行车站在一边，周围行人过往匆匆。干燥的晨光照在爸爸焦急的面孔上。爸爸向警察求情说孩子今天考大学，不送就来不及了。交了两毛钱，我又跳上爸爸的自行车后架。

同一天的同一时间里，男主人在另一个城市的考场接受同样内容的考试。一个多月以后，都收到同一大学的录取通知。七年以后，成了一家人。九年以后，成为今天这个考生的父亲母亲。

十多年前 2 月的一个晚上，自习后我一人来到奈良女子大学一间大教室门前。次日要参加大学院考试，那间教室是第二天的考场。对开的两扇门已贴上交叉的封条，我站在门前，深感不安，忽然间为自己从未有过一种系统的信仰而懊悔。想对着什么有超然之力的神灵发个祈愿，可是不知道那神灵在哪里，更不知道该怎样组织我的祷词。恍惚间，面对交叉的两幅白纸黑字的封条合掌闭目。我的祷词是：请让我的孩子到我们身边跟爸爸妈妈一起生活。

要实现这个愿望，就必须通过这个升学考试。能被录取才可以续签留学签证，才可以继续享受文部省奖学金，有奖学金做经济保障，才有资格把女儿接到日本来。

学校合格榜上登出我名字的那天晚间，和今天考生的爸爸去鹤桥韩国烤肉店吃烤肉自贺。次日，去机场接到了将近五岁的女儿。她穿着红呢小大衣，手里拿一只大红苹果，羞答答地说："这是中国的苹果，奶奶说这是给你们的。"从中国到日本，一路上她就这样一直拿着这只大苹果。奶奶以为我们还像刚到日本留学时那样舍不得买水果吃……

此刻，这个手持苹果的姑娘坐在考场中。

2 月 18 日

高考结果陆续揭晓，她报考的四家大学都寄来了录取通知书。当然，她要去她最想去的大学，进最想进的专业。无法评价大学的高低，重要的是考上了自己想去的学校。

这段紧张而心情特殊的日子结束了，算是有了一个明朗的结局。

收到通知书，她高兴得坐地板上哭起来。这时，我才知道她这段时间承受了不小的压力。进入备考阶段后，她依然读夏目漱石读卡夫卡看电视看漫画，到早上3点多房间里还亮着灯，也不知道备考究竟占多大比例。内心里虽然希望她能通过读书走上一条较为宽广的路，但也不愿在口头上直接难为她。一个人努力与否也就是这个人心性天性的一部分，这些东西都加在一起就是一个人的造化。看她考前考后的样子，心里着急却也无奈。不过也正因为期待并不大，所以连日的捷报频传才令人格外欣喜。

昨天，她问我："考上这家大学算不算做女儿的孝顺？"我说："当然了！尽管平时没对你提过要求，但你考得比想象的好，这让做家长的不光心里高兴还觉得脸上有光。"她也为此有点得意。她生在中国，却长在日本，不知怎么不知不觉地也有了"孝顺"观念。

等待结果的那几天，实在一言难尽。与其说是在等待录取，不如说等待宣判落榜的成分更大些。因为每天考试回来她都是心灰意冷的样子，搞得大人不知如何是好。日本的高考比较开放，只要你时间排得过来，肯交报考费，可以连考十几家。虽说机会很多，但大学也有级别档次之分，同样交学费，当然愿意进更理想的。一份考报费三万五千日元，相当于人民币两千四百多元。报太多了考不起也考不过来。各学校发放录取通知后，限定需在几天内缴纳二三十万日元的入学手续费以确保入学资格，而后考的学校往往尚未公布录取结果，这样，就要投放一笔保险费。

等待发通知的日子，虽说不至于天昏地暗，至少是坐卧不安。那几天我不止一次地想，不论什么样的女人，一旦做上考生的妈妈，也给折腾得没了城府扫了风度。做母亲的女人，再精致也会磨合出几分粗粝增添几分勇猛，再文静也会变得有点唠叨絮烦。

可怜天下父母心。不是在可怜自己，而是知道了自己也是这样在父母的忧心忡忡中成长过来的。此即人世人事。（2006）

吾家有女初长成

2006年2月22日 星期三 小雨

傍晚4点多，女儿在雨中推门进家。她兴奋地打开重重的书包，拿出一大堆东西铺放在地板上，又从身后抽出一个大纸筒，气喘吁吁地说："毕业证书！"我接过纸筒，不知怎么眼泪就要往外涌，心里一边对自己说着"不能流泪，一流泪你就真是个老人了……"可是还是没能控制住。她笑着说："哈哈，妈妈哭了！我可是太开心了！"

今天是她的高中毕业典礼。

我说："这就是说，你已经正式高中毕业了？"

"那当然！明天开始再去学校的话就不能穿校服了，因为我们已经被学校送出门了。再说也没必要再去了，我现在只想去我考上的那家大学……那个到处是红砖校舍的校园……"她疲惫地躺在地板上憧憬着，身体放松着，内心一派蓬勃。

我一样一样细看她带回来的这些东西。长纸筒中是一张A3尺寸的手书毕业证书，还有一张高中三年间的奖状，叫“精勤奖”，褒奖她从未迟到和请假。这个孩子学习一般，但日本学校不像中国那样强调成绩名次，对学生的评价基准也较有平常心，所以把三年里能做到不迟到、不请假也看作值得嘉奖的优点予以评价。

其他几样是学校送给毕业生的礼物。一支低学年学生送的康乃馨；一条镶印着班名的皮质手机链，上面缀有金属字母，那是每个学生名字的首字母；一只与手帕一起装在礼品盒中的品牌化妆包；一条银质人工钻石项链——毕业典礼前她们已经都打开盒子戴上了。这些东西都是统一定制的，不过化妆包的款式每人不同。此外，还有一本班级同学自己构思共同设计编写装订的“毕业文集”。

我知道，仅仅这些有形的物品，不会使她们这样满足这样开心。这些小礼物的授予对女子高中这些平时处处受到禁锢的女孩子来说，很有一层获得自由解放从此可扬眉吐气大大方方做女人的象征意义。平时，学校动辄搞突然袭击式的风纪检查，让学生离开教室，检查员身份的教务负责人查看每个学生的课桌和书包，化妆包、手机、耳环项链之类一律没收。每当听到学校要进行风纪检查的风声，学生们前一夜都纷纷打电话通风报信相互提醒，次日都会尽量把自己扮成一个朴素的乡巴佬姑娘。据说，教务处有个橱柜里装满了没收来的各式化妆包和装饰品，其中有不少是昂贵的名牌货色。

然而，平时严厉归平时严厉，毕业典礼上能给如饥似渴地想成为迷人美女的女学生们每人送一只名牌化妆包，让她们美得有点儿感动。不愧是老牌女校，经营者吃透了女孩子的心理，平时紧板着的冷面孔积压在学生们心中的怨气，用这几样小东西就简单地化解作谅解甚至感激了，可谓化干戈为玉帛。其实，羊毛出在羊身上，买这些东西的钱也无非就是昂贵学费中的一小笔开支。但事在人为，为与不为效果截然不同。这些平日里一律身着深蓝校服的拖沓女生，今天个个眉飞色舞，发型发色自由，头上耳上手上想戴什么就戴什么。这还不够，学校还给每个人发了一条亮闪闪的项链当场挂上，让每人都觉得自己顿时珠光宝气身价百倍。她们对着手机大声喧哗，故意在老师面前大摇大摆地走来晃去，很想被老师制止一下然后理直气壮地反驳一句什么，可是老师们个个佛面相对，让她们没脾气。

她们的“毕业文集”做得活泼有个性。全班每人一页，上面有八个心形栏目，每个心形框中填写着十几个字。第一项是个人资料，包括姓名、昵称、绰号、生日、血型、星座。其他几项分别为：自画像、理想异性类型、高中时代最有印象的事、现在最想要的东西、给班主任的一句话、我的长处和我的短处。可以想象这些十七八岁的姑娘们会在这里写出多么丰富而天真有趣的内容。青春女孩儿的物质需要精神需要感情需要统统暴露在这里，赤裸裸值得钦佩，又幼稚得可爱。“理想异性类型”中，有“个子高鼻子高有常识有包容力的人”“1. 与我持有共同价值观；2. 值得尊敬；3. 能做到女士优先”“体育爱好者”“野村万斋、织田裕二式类型”“沉着浪漫型”“有钱、多情、供职大公司者”“温柔，低嗓音”“温和有趣、喜欢孩子、笑脸常在”“首先要善良”“能对我说‘把你的一生交给我’的人”等等。“现在最想要的东西”一项中，有“钱、钱、钱”“Money，Money，Money”“带游泳池的豪宅、高级车、专用直升机”“漂亮衣服、鞋”“浴室用电视”“驾驶执照”“新手机”“苗条身材”“可爱的弟弟妹妹”“恋人”“大学录取通知书”“技术与活力”“勇气、爱”“幸运”“幸福”“魔法”“通向所有理想乡的大门”“时间与自由”等。

有个学生，写出的是最能体现人之本能欲望的“男人、钱、时间”。这些可谓所有未经世事天真烂漫型女孩儿们不加遮拦的心底愿望，合情合理，十分美好。只有男人没有钱的爱情超越不过人间烟火的“熏陶”和考验，有男人有钱没时间也一样是财富的奴隶架空的爱情角色，只有这三样都具备了才谈得上享受人生，无暇享受徒占财富便跟银行警备员没多大区别了。

“毕业文集”中还有一项也很有趣，是全班同学自设的几个“班级之最”：“集体相亲最有人气”“第一印象令异性倾倒”“笑容迷人”“爱读书”“好妈妈”“大姐型”“小妹型”“大家闺秀型”“上流社会女主人型”“早婚型”“多子型”“国际婚姻型”“白领女性型”“小巫女型”“智慧型”“成熟型”“未来名人型”“贪吃型”“君子豹变型”“天然型”“不进该女子高中将做风俗小姐型”“时尚潮流型”……吾家女儿有三项名列第一：“爱读书”“富家女主人型”和“成熟型”。这虽是一种匿名投票游戏，但也能看出几分班民评价。这几项看起来都还不坏，无形中体现出了她出身于中国人家庭环境的某些特征，说明她给大家留下了一种安分稳重的综合印象。

毕业仪式连搞两天。第一天是与在校师生的大联欢。联欢会上老师们绞尽脑汁地取悦将离校而去的学生们。女老师穿上童话中的可爱短裙，历史老师男扮女装登场，惹得女学生们一起发出能划破礼堂玻璃的尖叫声。毕业典礼上，每个学生轮流上台做一次台上一号人物，站在校长对面，听校长把毕业证书上的所有文字对着自己宣读一遍，彼此致礼后退下，最后，手持一枝鲜花怀抱毕业证纸筒，在全校师生们齐喊“祝贺毕业”的夹道欢送中走出校门，告别母校。

这天晚上，临睡前我对她说：“难以相信你都这么大了，转眼就过了这么多年。”她也说：“是啊，我都快十八岁了。”她来日本时不满五岁，从一句日语不会说，被领着去幼儿园开始，进过英语班、美术班、电子琴教室、个人钢琴教师家、小学、初中、高中。中间还有过两次搬家转学和一年的新西兰留学。由于大人白天上班，她放学后回家无人做伴，还曾被付费寄送在公共设施里，因为这样总比一个人在家安全，顺便还可以接触老师和同龄朋友。一样一样地做着，没想过要期待她成为什么出色的人才。

晚饭时，她有点腼腆地问我：“妈妈说过，我考上大学的话有奖赏……”我说：“是，当然有。”她马上说：“那我能不能现在支取？”“可以。你要买什么？”“我明天要去剪发，要剪成短发。我快要成为大学生了，想先做一下形象更新。”我说全力支持。她看我突然这么好说话，便开玩笑说：“妈妈也真够势利眼的，前几天没发通知的时候你态度可不是这样的。”我说：“就是啊，那几天我看你没希望了，万念俱灭，恨不得跟你摆脱关系，免得承受压力。”正因为事实不是这样，这些话才可以都说出来。其实，哪个做家长的也不会对自己孩子这么急功近利。前几天心灰意冷的时候，我已经悄悄去民间补习班给她报了名，准备复读一年明年继续考。一段煎熬之后的柳暗花明，让全家人充分体会到了什么是同甘共苦的一体感。

今天，到美容院剪成短发之后，她将去同学介绍的一家五星级饭店开始实习。她的日本同学中有很多人从一进高中就开始打工。我支持她从此去打工，希望她能从中体会到劳动的价值和人与人、人与社会之间协调关系的重要。

此刻，她大概正在领教怎样洗碗如何端盘子。今天晚上，会有一个意气风发的新发型女孩儿进门叫我妈妈。她可能会疲惫不堪，也可能会因为受到小挫折而垂头丧气。不管她什么样，我的眼神和心态都会是一样的：羡慕和守望。羡慕她的十七岁，守望她的未来。

（2006.02.23）

夫妇别姓

大陆中国，一般来说，不分男女，在没有特别变故的情况下，几乎每个人都是从自己出生之际起一直把从父母或亲友那里获得的名字用到生命终止，既没有所谓日本结婚时“入籍”“更姓”的习惯，自然也没有已婚女性之“旧姓”这一概念。

刚来日本时，由于对日本一家人一个姓这一社会常识不十分了解，曾发生过一些小误会。比如，家人或友人从中国寄给我的信件，都直接写我的名字，而早我先来的男主人租的房门上，只挂有他的名字。邮递员以为是错信，都给退了回去。几个月后，才通过电话弄清楚是怎么回事。无奈，一边去邮局说明情况，一边在男主人堂堂正正的“名札”旁边贴上一块长方形的胶布，写上自己的名字。跟那堂堂正正的定制“名札”相比，这手写的名字看上去有点战战兢兢的。

还有，去房地产公司找房子的时候，听说是一家人，也往往被要求写上“ご主人”的名字，发现写的名字是异姓，那边的神态里就有一层暧昧的宽容，好像说即使不是夫妇只是同居我们也不管。搬家后去市役所（市政府）登记，也往往被确认一句："你们已经结婚了吧？"对此，我并无反感，相反有时候还觉得有那么点儿好玩。

转眼在日本已经生活了多年，随着对这个社会各方面的逐渐了解，不知不觉中也时常就姓上了男主人的姓。有时候，与其说是入乡随俗，不如说是身不由己。日本日常生活中有些小环节上的习惯，比较不易做到以个人意志为转移。比如，去孩子学校出席教学参观或各种恳谈会时，周围的孩子及家长甚至老师自然用孩子的姓再加个"さん"（音：桑）来称呼你。这种情况下，便很难拒绝这个强加于自己的孩子姓。如果解释说"对不起，这不是我的姓，我跟丈夫和孩子的姓不同，我不姓 L……"的话，就觉得会让对方扫兴。就这样，在附近邻居和孩子学校的日常交际范围内，我和孩子、丈夫一样，都成了"Lさん"。更可笑也有点可悲的是，家中电话响起，我一接电话，自然而然就会说"喂，我姓 L"。因为这个家交往的大多数日本朋友似乎只习惯记住和认可 L 而忽视非 L，连我自己就读的学校的同学，到我家也"礼貌"地说"L さん家"如何如何。

不过，说来说去，姓名也只不过是姓名而已。姓张不姓王，姓李不姓赵，自己到底还是自己，对身体和精神不致有任何影响。在一本什么书上见过一段话，大致说人其实一无所有，一辈子活下来，永远属于自己的，只有名字这仨俩字儿。按这条意思说下来，日本女性反倒多了一层叫人有点儿羡慕的富有，因为她们大多数都具有重新获得属于自己专用名字的机会。这是否也是夫妇别姓在日本难以普遍实施的原因之一？

跟一个日本女友去九州旅行，途中经过阿苏山的时候，她带我们来到一个村边。站在村外，她手指着村子说："这是我的故乡。"我很想说那么我们一起进村看看吧，但见她没这层意思，也未敢多言。回身离开的时候，她笑着说她离开这里许多年了，这里已经没有了亲人。晚上吃饭的时候，她讲起了自己的身世，说她本来不姓现在的姓，本来姓……她想了一下之后，才说出自己的原姓。为此，她捂着嘴笑起来，说自己是个混账女儿，居然把生父的姓给忘了。我认识的另一位女教师，也曾笑呵呵地告诉我说，她现在这个姓是离婚前从丈夫那里得来的，虽然已经分手，但是这个姓氏已经用习惯了，并且喜欢这个姓氏的汉字和读音，所以，打算活在人世时就一直用这个名字。

对有的日本女人来说，人生中有那么一次两次更替姓氏的机会，或许也算是命运赋予的一种特权。（1993）

大学里的两则小故事

之一

前天，上神户某大学成人教育班本学期的最后一节课，内容是期末考试。最后一个交卷的学生是坐在最前排中央的佐藤。收完卷子去食堂吃饭的时候，我们恰好相遇，就对坐下来边吃边聊。

我说，你白天要上班，晚间来这里上课，够辛苦的。他以笑作答，不以为苦的样子。那笑里只见轻松自然，没一点儿其他的什么。

他问我是不是从这家学校毕业的，我说不是。他就笑着说那么是同学们传递了错误的信息，他听说我是该校出身。于是，我告诉了他我的出身校，并告诉他我还在另一家学校兼课。听我说出兼课学校的校名，他笑起来，说他曾经是那家大学的学生。哦，是吗？一下子感觉到一种亲上加亲似的亲切感。

但是，他马上补充说他没有毕业，退学了。他问我："老师知道1979年的第二次石油危机吧？"我点头。他说因父亲的工作受石油危机的影响，他不得不退学走上社会独立谋生。话说至此，我只有静听，接不上什么话。

之后，他说三年前母亲病逝。临终前，母亲对他当年大学退学的事表示歉意，老人带着这个遗憾走了。所以，他去年报考了这家大学的成人教育部，想补读下那个中断的本科学历。

哦——

我只是这样轻轻地“哦”了一声。

每周上课时，他都坐在我眼前，只是整个教室里几十名学生中的一员。使他成为学生中的一员的，竟是这么一篇漫长波折的人间故事。

之二

另一个佳话，闻于神户地区某高校一位老师。说前日“读卖 TV”去该校采访一个学生，不久后将在电视上播放。被采访者是一位年逾五十岁的女学生，之所以高龄读书，原因来自 1995 年的阪神大地震。那次震灾中，她刚上小学的女儿身亡。因为女儿的心愿是长大后考进这家大学读书，母亲便在已故女儿该考大学那年，报考了这家学校，并且考试合格被录取。老师说她学习特别认真，中文作文能力强，听课的时候，好看的大眼睛闪闪有光。听这位老师说着这位丧女的母亲，心中生出极度的感动。悲，美。两种心绪撞击在一起，涌荡着沉重到几近凝固的情思。流不成泪，却感觉自己已是满怀的涟涟泪水。

身心疲惫的皇太子妃

2004年6月9日是雅子妃和德仁皇太子成婚十一周年纪念日。这一天没有举行任何公开庆典和纪念活动，平静如同往常。5月10日，皇太子在出访欧洲之前召开的记者招待会上的几句话引起了震动。“这十年间，雅子为适应皇室环境一直做着莫大的努力，可是在我看来，她已经为此精疲力竭。雅子的学识和能力以及由此形成的人格曾受到阻碍和否定也是事实。”这句话被多家媒体引用，人们纷纷猜测雅子的身心病源究竟来自哪里。作为一国之皇太子妃，病情达到不能与皇太子同行出访的程度，自然要成为媒体和民众关注的话题。

负责安排皇室生活及公务的宫内厅负责人在皇太子丢下上述“炸弹”拂袖而去之后，表示一定要等人回来后说个清楚——是谁，在什么地方，因什么事“否定”了雅子的“人格”。访欧归来后，皇太子就此发言做书面解释道：“针对上次发言中提到的雅子人格受阻问题，我以为不宜做出个别指明。我只是想告诉大家我们至此所面临的局面，并希望今后获得改善。”皇太子表示，各方对于皇位继承人出生问题的过度关注给他们造成了极大压力，此外，皇室传统因袭等诸方面的重荷，使得雅子失去了原有的自信和活力。他希望能够与宫内厅携手合作，努力使雅子恢复健康重振精神，以便早日正常履行公务。

5月21日的《泰晤士报》曾刊载驻东京特派员文章《围绕患病皇太子妃的皇室混乱》，文中说到“皇太子妃对天皇、皇后两陛下怀有敌意，盼他们早日死去”，宫内厅对此以“这完全是毫无根据、极其卑劣下流的描述”做出严厉抗议（见6月9日《每日新闻》）。

提到雅子妃，人们便会联想到戴安娜王妃。雅子决定放弃外交官工作嫁入皇室时，也许曾这样憧憬过：像戴妃那样活跃在国际善业舞台上，以皇妃的特殊身份来施展自己的外交才能，通过亲善活动在国际上树立一个有个性的新时代皇室形象。可是，大婚盛典结束后，等待她的不是通向外交频道的链接，而是皇位继承人的诞生。人们关注的并非她在外交场合有多大作用、何样丰采，更关注的是她的鞋跟是否变低，她的“感冒”是否暗示着另一种可能。总之，国人揣测着，她是否怀孕，能否怀孕。谢天谢地，婚后八年，她喜得爱女。在孩子出生的记者招待会上，说到“对孩子的到来我充满感激”时，她忍不住泪盈双眸。那不仅是她对生命诞生的感动，也是她多年来积郁心底的屈辱。说到底，她也是一个血肉之躯，一个现世之人，一个女人。可是自从她进入皇室，人们就再也见不到她的本色了。她的优势在那里无从发挥。她的微笑是训练过的含有象征义务的皇室微笑，她的举止也必须是皇室固有的特定格式。人们只能在她面对爱子时偶尔可见她一丝天然的笑容，那一瞬间她同天下母亲毫无区别。

曾经看过一则这样的故事，说的是一对事农夫妇，一天早上醒来，睡意未消的农妇说：“人家当娘娘的多好啊！”农夫问：“怎好？”答曰：

“娘娘早上一睁开眼就可以对下人说：去！给我拿个柿饼子来！”农夫听了也跟着畅想：“是啊。人家皇上，连挑水用的扁担也会是金的呢！”凡人有凡人的烦恼，也有凡人的快乐，要是谁提醒他们说人家皇后才不屑吃柿饼子那俗物，皇上也没必要挑水或者金扁担谁也拿不动的话，那真是恶毒到剥夺人做梦的权利的地步了。俗人有俗趣，愚人有愚福。雅子妃的痛苦正是由于她具有皇太子所强调的那些学识、那些智慧和那些以往辉煌的经历。把一个在美国文化熏陶下成长的职业女性放进传统坚固的皇宫里，本身就欠妥。

十一年下来，皇太子妃除履行宫内厅安排的一些宫中公务以外，就是做每年几次固定的国内巡访，还曾陪同皇太子进行过五次“国际亲善出访”。这一次本来是很好的出访机会，可是她却因病不能同行。可以想象她为适应宫中环境付出了相当的努力，否则不会又发带状疱疹又患忧郁症。很清楚，她被“传统”打倒了。这不是因为她无能，而是因为她不适。皇太子原来赏识的她身上的那些魅力，现在都变成了给他带来苦恼和障碍的因素。也许他当初忽视了这一点，一个具有国际人素质的现代女性根本就不适合进入象征日本传统的皇室中心。

雅子妃当年的一个同窗曾说，在雅子决定从事外交官工作时，周围朋友对她说，做这样的工作也许一辈子都不能结婚。雅子表示她做好了一辈子不结婚的精神准备。邂逅皇太子，她也许被其真诚求爱所打动，也许以为找到了能够实现理想的捷径，也许还因为对方有皇太子这一特殊身份。总之，她的选择注定了她的命运。皇太子妃再加上未来皇后这两顶光芒四射的桂冠，在她那里未能相映生辉，却使她黯然失色。外交官时代那个眼神生动、表情机智的雅子没有了。作为丈夫，皇太子或许比任何人都更为此痛心。雅子妃的父亲，长年任职于外务省，还担任过日本驻联合国特命全权大使，现在是日本国际问题研究所所长。在他给青年学生做《如何成为20世纪的国际人》的讲演时，想到能操英、法、德三国语言却被关在皇宫待命生子的女儿时，该不会平静吧。

在为结婚十周年举办的记者会上，皇太子强调，作为皇族的年轻一代，他将努力顺应时代要求，多从事符合21世纪皇室形象的工作，广泛接触民众，并加强与肩负日本和世界未来的青年人的交流。皇太子本人该意识到，他最近的发言已经是在改变以往的皇室形象了。他把妻子因遭到“人格否定”而导致身心违和这样的皇室隐私公布于世，就是在拉近皇室成员与平民在“人”这个意义上的距离。因此有人呼吁应该给皇室导入人权。

可是，给他们生活造成阻碍的，有时恰恰是热心崇仰皇室动向的民众。他们带孩子到公园去散步，就马上有记者围上来拍照，成群的中年妇女也远隔着金属网频频鞠躬，以致宫内厅为保障安全不再放他们自由出行。最近皇室迷们有了一个有趣的发现：1945年8月15日昭和天皇宣布日本战败做“玉音放送”的那一天，时年四十四岁三个月零十六天，文中“臣民”一词出现五次；而皇太子对出访前发言做书面解释的2004年6月8日，也正时年四十四岁三个月零十六天，“雅子”一词出现七次。两事时隔五十九年。更有好事者发现了皇太子和其弟秋筱宫亲王两人妻子原名读音上的巧合。小和田雅子，读作おわだまさこ（o wa da ma sa ko），亲王妃婚前名川岛纪子，读作かわしまきこ (ka wa shi ma ki ko)。这两个名字的日语假名隔字重组时，依然能分别读作这两个名字，一字不余。这也许正应了中国那句古话“不是一家人不进一家门”。要真是这样，雅子妃只好放弃一些知觉知性，一切顺应皇室安排，听天由命了。

9日，《泰晤士报》就皇太子的书面说明评论说："皇太子指出自己的妻子实际上已成了皇室俘虏，他呼吁变革这种令人窒息的皇室陈规。"英报作为海外媒体对日本皇室似乎表示出了特殊的关心，这也许与日本媒体一直借已故戴安娜王妃炒作视听率构成一种平衡。戴安娜的婚典和葬礼几乎成了上个世纪轰动世界的最大仪式，她生时的光彩叫人仰羡不已，她的结局又令人不寒而栗，好在有两个儿子延续她的存在。人们同她终将继承王位的儿子一样忘不了她。可是雅子妃呢，就有点不一样了。莫大一个人才，宫内厅硬是不给派活儿，难得皇太子还能出来替她说两句。比起一个出色的亲善大使，日本人或许更希望见到一个称职的皇太子妃，像皇后美智子和英妃戴安娜那样，生个儿子出来把第三代皇位继承人的空缺填上，然后再去大场面活跃，那样皇室上下内外就都会觉得体面了。可是，天不遂人愿。生男生女虽怪不得她，可也怪不得别人。于是大家都郁闷。

不过，说起来外交本来也不是皇室的事而是外务省的事，皇室只是在外务省觉得有必要让他们出面"亲善"时才安排一下。就像宫内厅负责人说的那样，就是有给困难地区捐粮食、送石油这样的援助活动，也是由外务省出面而不是皇室出面。这是规矩。

看来，雅子妃殿下就只好悉心静养、自我调整了。无奈。谁让她走上一条没有出口的单行道呢。皇宫，过好了是家室顶点，过不好是人生一绝处。(2004.06.10)

2006年3月7日追记：

时过一年半，皇室情形大有改变。去年末皇女出嫁，前几天又传出亲王妃怀孕的佳音。国会正在为是否要为立女天皇修改宪法而召开电视直播讨论，消息传来大家禁不住起身鼓掌——管他生男生女，至少可以调整一下，等见分晓后再做决定，若添了男丁不就省去了修改宪法这一环？有那么多事忙不过来呢，谁顾得了那家人的事。目前亲王妃纪子一下子成了民众瞩目的皇室一号人物。我今天在美容院理发时看二月号的《女性自身》上的文章说，纪子之所以能适应皇室生活是因为结婚之前就跟亲王交往了四五年，相处期间频繁出入皇宫，已有了充分的训练和精神准备。纪子出身地道的民间，婚前一家人住在七十平方米的公寓里，嫁入皇室无异于一步登天，过上了人上人的日子。雅子家庭背景则有所不同，父亲那边不说，传说母亲当年就有过与某亲王结缘未成的恩怨史。况且她是从一个活生生的外交官转身为太子妃的，未能完成心理上的身份角色过渡……

2006年9月6日又补记：

皇室添男丁。此丁非普通丁……

一个字的情书

一位日本父亲美国母亲的混血女演员，她演的戏我并不喜欢，但她在电视节目中讲的一个小故事，让我记住了她。

她上初中时，每天在电车上总能遇见两个不认识的男生。就那样，他们每天相遇在同一车厢，然后同坐几站车。此情景大约持续了两年多的时间，但彼此从未说过话。快要毕业升高中的时候，其中一个男生在下车时递给她一张小纸条。她打开纸条看，上面只写了一句话："ほれた"（汉字写作"惚"）。她说那是永远忘不了的一封情书，那个男孩儿应该是她的第一个恋人。但是，那以后再也没见过面。

日文汉字的这个"惚"字，意为"恋慕""迷恋"，在这里是完成式，意思大致为"倾慕于你"或"为你倾倒"。可是，几乎无法将它对译成一句同样简短贴切的中文。如果硬要对应成汉语的三个字，是否可有以下几种组合？我爱你。迷上了。爱上了。喜欢你。好钟情。好喜欢。为你痴……

只三个音节，就把情窦初开的少年之恋表达得淋漓尽致，否则，不会让美丽傲慢的梅宫安娜怦然心动并铭刻在心。

美甲年华

见到直子之前，女儿 Kiko 就几次对我说："妈妈会比我更喜欢她，她也一定特别喜欢你。"我问为什么，Kiko 说"见了你就知道了"。

直子第一次来我家，是 Kiko 十六岁生日的那天下午。Kiko 说她家很远，今晚要住在这里。直子买来两瓶精美的指甲油送给 Kiko 做生日礼物。那时候她们还没升入高二，学校风纪严格，不允许化妆美甲，所以看见她送这样的礼物给 Kiko，心里就对 Kiko 说的我能"更喜欢她"蒙上一层疑惑。Kiko 的感觉大半是准确的，但是直子送指甲油却出乎我的意料。

她们两个关起门来进入十六岁女孩的天地，我开始准备晚饭。过了大约一个多小时，直子过来了。我问："你们在做什么？"她懒洋洋地说："没做什么，就是胡乱画些什么，呵呵。"直子的画我印象很深，Kiko 对她的画功崇拜到望画出神。她没有专门学过画，她的画也不是作品意义上的画，但是那里却有一种看不到尽头的境界。

我站在厨房里洗菜切菜，直子就坐在与我相隔着三十厘米的吧台对面。她姣好的面容托在自己交错相抚的小手臂上，眼睛笑盈盈地看着我。这个初次见面的日本女孩毫无客套的亲近方式，一下子打动了我。我还没有准备好该怎样开始与她交流，她的小嘴唇里就娇滴滴慢悠悠地送来一句让我陶醉的话："直子一直喜欢奥巴桑（阿姨）。"

这么动听的话，想不笑出来我都忍不住。"是吗？为什么？""Kiko常对我说起你。她还给我看过你年轻时的照片。超可爱啊！直子就喜欢上奥巴桑了。"这样的赞辞出自一个少女之口，听上去内心里实在错综复杂。"喜欢"是现在时，理由却是过去时的"年轻时"。这种提醒令人何等感伤。奥巴桑也是女人，没有不感伤的道理。

接着她又说："所以，今天终于见到奥巴桑了，直子非常高兴。"没想到这个小姑娘的社交功夫这样炉火纯青，她把那句呆板的"初次见面，请多关照"用得如此生动多感。我就接她话说："Kiko也总是对我说起你，她说你画画的才能让她倾倒。"直子的目光变得稍显涣散，说："Kiko的画也很好，但是她对直子本人却有点冷漠。"

我想起来曾经问过Kiko为什么喜欢直子。她们并不是同班同学，在校内的接触机会不是很多。Kiko对我说："我喜欢的不是她本人，是她身上那层眼睛看不见的东西。妈妈会喜欢她身上看得见的那些部分的。"

直到我把饭做好，直子一直坐在我的对面，说着一些成年人之间才有的家长里短。她的神情姿态，宛如一个酗酒的中年男人面对吧台里一位饶有风韵的老板娘。

吃饭的时候，餐桌上的对话几乎也辗转在我和直子之间，Kiko对这些奥巴桑式的对话毫无反应。饭后，她们又进了Kiko的房间，房间里传来我听不懂的音乐，旋律缥缈。

第二天早上，直子先起来，梳洗过后，她又坐在我的对面看我准备早餐。我问她昨晚两个人做了些什么，她说涂了一晚上指甲油，说着她就伸出一只手来给我看。五个手指中只涂了食指和中指，淡绿的底色涂满了两个指甲，上面又用浓绿色涂着两个凸出来的立体字：恍惚。我又一次被直子这个小奥巴桑式的少女震撼，嘴上说着“好看”，脑里却浮出另外两个字：惆怅。

少女不识世间忧，却总是沉浸在莫名其妙的感伤中难以自拔。女孩儿都有过这样的时期，可是直子的消愁方式却是这般凄美优雅。看着这个在清晨恍惚中尚未醒透的少女，对她近乎病态的强说愁，奥巴桑我心底里涌出了说不出的怜爱和羡慕。

现在，Kiko和直子分别在两所大学读书，她们的手机和电子词典上，都画着用指甲油绘出的精美图案。她们经常包里装着二十几种各色指甲油上门互访，每到一起，就要用洗甲水清洗掉旧画，再重新涂上新的图案。那些图案那种用色我完全看不懂，但是我知道那里面有她们从少女走向女人的成长记录。这些图案里充满着难以解释无法超越的无聊，然而，这无聊又真实浪漫得不得不叫人怜爱。（2006.09）

2016年12月追记：校阅这篇文字的时候，给女儿Kiko发信息，问她使用实名“直子”这两个汉字是否合适，她回复说可以，另外也可以用她本人常用的“705”，和“直子”二字读音一样。现在“705”在朝日新闻报社工作，即将成为母亲。Kiko说曾经问过“705”的丈夫当初觉得和她结婚的理由是什么，他说，“705”个性鲜明，严厉到令人难以忍受，但是教育子女一定很优秀，所以决定让她成为自己孩子的母亲。

“网吧难民”

昨天看见日本媒体上有一篇关于网吧借宿的报道。日本劳动组合与NPO法人等组织，对全国十个都道府县的三十四家网吧进行了调查，结果表明，其中二十六家店铺有固定寄宿客，几近八成。东京一位二十四岁的男子，以网吧为家的生活已持续了两年之久。还有人长期租用两个投币箱（コインロッカ），里面是自己的全部财产。

网吧一般为二十四小时营业，按小时收取的费用中，包括了店方提供的各种饮料及一次性洗漱用品，夜间还设有优惠价。店内提供的咖喱饭和面条等简易餐食价格也不高。因此，各地便出现了在网吧借宿度日的新族群。

部分没有稳定收入、租房有困难的单身男性，把网吧当作栖身过夜的居所，连吃带住加上网，一千五百日元左右可以打发一夜。有家网吧的业主说，他们的固定住客已经达到三十人之多。

起初，有关部门以为该现象只发生在大都会中心部位，但目前，随着新生网吧的蔓延，地方网吧也相继出现了同类现象。

日本麦当劳自2006年春开始提供二十四小时服务的同时，就出现了靠一杯咖啡借店过夜的常客。今年3月，有媒体以《一杯咖啡过夜的“麦当劳难民”剧增》为题对此予以报道，文章开篇就说“‘麦当劳难民’已作为一个新词诞生”。

去年去东京，走累的时候，进了池袋站前的一家网吧。这是平生第一次进网吧，大半也是由于好奇。比如，里面到底什么样，如何收费，等等。所以好奇，也是因为在各类中文媒体上频频看到“网吧”一词，咱也不能太落伍，进网吧体验一下也算有进取心。

进去一看，还真是不错。照明不是太亮，但空气很好，全室空调。虽然隔板简易，但是一人有单人间，两人有双人间，所需空间可以随意组合。单人间面积有一张榻榻米大小，席地一张软椅，靠背角度可调节，放倒后相当于中国长途客车的躺椅。小电脑桌上，有耳机、烟灰缸、内线电话、店内菜单，等等。渴了，就去吧台选喝的。饿了，就按铃叫饭叫菜，十多分钟就能送进来。卫生间宽敞清洁，一个长方形的小白筐里放着一次性的洗漱用品。此外，还设有淋浴室。别说，当时一见这条件，心下就闪过了这地方完全可以过夜的念头。

这家网吧每小时收费三百五十日元。试想，路上走累了，进来休息一下，喝点什么，或者冲个澡什么的，真是再合算不过了。更难得的是，这里十分安静，几乎听不到杂音噪声。或许是我进来的这个时间段正好客少？无从比较，因为只有这唯一的体验，并且不到两小时。

两个月后回国时，便有意识地造访了市内繁华区的一家网吧。据说这是最普通也最为廉价的网吧，每小时收费一元钱。楼梯上光线很暗，房间低矮，每人一张桌子，桌与桌之间有隔板。过道窄，空气污浊。时值盛夏，一进去就披上了一身汗酸味。匆匆退出来，心想难怪中国的家长们对孩子去网吧忧心忡忡。

据说，中国有些昼夜服务的洗浴场所也可以用来过夜。曾经去过一家比较大的店，标准收费二十五元。浴毕走进公共休息厅，此处布置着几十张床，顾客可任意坐卧休息。这样的场面，这些年在外面也不曾见到过，觉得新鲜，就东张西望地参观。有张床上躺着男女两人，一条浴巾搭在二人身体中部，搭肩贴背睡得甘醇如婴。看体态他们已经是两个成型的青壮年人，大白天的来这里睡觉，不用工作吗？实在疲惫了在家休息就好了……念头这东西，就像脱了容器的活水，想捏也捏不住，拦也拦不下。看见裸臂裸腿的男女当众躺在一起，不由得就要展开联想并一任其蔓延，虽不至于联想到下流，却也止不住接近风流。试想啊，就算是端端庄庄的夫妻，青天白日的到澡堂子来“露宿”，也算得上是一场风流节目了吧。

相比之下，日本的网吧借宿者，倒显得有分寸。至少，还没有听说有鸳鸯借宿的。这些人与其说是借地休息，莫如说是生活所迫。现在，日本把这些借助网吧过夜的人称为“网吧难民”（ネットカフェー難民），还称他们是隐形路友（隠したホームレス）。目前，该现象已经开始引起日本政府有关部门的注意。（2007.06.08）

小室哲哉栽了 筑紫哲也去了

最近新闻真不少。世界级的话题是奥巴马，日本涉及艺能界的话题是小室哲哉，媒体界的话题是筑紫哲也。

小室哲哉栽了

周三中午，在我大约四十分钟的驾车时间内，奥巴马总统诞生。电视里到处是插播的现场直播，日本主持人及现场记者个个忙不迭地即时报道，各地开票结果几乎以秒速即时转播。边开车边看电视很不得体也不得手眼，权当是从收音机获取信息。画面几乎没看，只记得一个嘉宾或是主持人用一句源于中国的老话发出感慨："胜者王侯败者贼。"

次日，新闻说小室哲哉因诈骗五亿日元被大阪警方逮捕。被诈骗者在芦屋市，恰好当时我穿行在芦屋市内的那段国道上。小室哲哉是音乐人。我不懂音乐，连时尚音乐的大致韵味也不知道，要说跟这个

90 年代的时代宠儿有什么关系，就是此刻正行驶在他的犯案相关地芦屋市这一够不上什么瓜葛的瓜葛。

连日来，日本网页的“今日焦点”上连续报道小室哲哉。小室哲哉栽了，栽在钱上。小室哲哉一天消费八百万日元。小室哲哉去法国包下航班的一等舱。小室哲哉成年包用星级饭店贵宾间。小室哲哉第一任岳母对此事表示迷惑。小室哲哉前恋人华原朋美闭门回避采访。小室哲哉与结发妻离婚时付了七亿日元。曾经合作的大阪“吉本兴业”宣告早已与小室哲哉断绝关系……靠小室哲哉唱红的安室奈美惠表示“无可奉告”。还有那些小室哲哉带起来的歌星，对于这些人来说，小室哲哉堪称音乐生涯之父，可是，可是……世态炎凉，人间险恶。昨天有报道说，相关的人去探望小室哲哉时，他说“里面冷得很”。被逮捕的时候，小室哲哉流了泪。那副面孔，与昔日长发倜傥时判若两人，叫人惋惜、痛惜。一个音乐才华横溢的人，何必非要去染指投资呢？艺术创作与实业经营如何能兼行并进？昨天见到几个日本人，大家也是一致惋惜，说如果他身边有更好更可靠的人帮助把握的话，或许不会陷得这么深，栽得这么惨。据说，他在香港和中国内地的投资一开始就连连亏损。一亏，就慌；一慌，就乱；一乱，就错。错有大小，看错在哪里，犯什么事。这一错，就栽了。拆东墙补西墙，贷款还贷款的日子似乎已不只是近来情形。叹！能挣架不住不会花。

据说欠款十亿日元。与他当年的收入相比，十亿，算个啥呢？可是，一旦跌入负数，要复零又谈何容易。四十九岁，栽倒，再站起来，需要相当的毅力和勇气，更需要非凡的精神力量和心理素质。但愿时间会慢慢扶持他重新振作，更愿他能东山再起。90 年代到进入 21 世纪初的几年，是我家小孩和朋友小孩们的小学时代和中学时代。大家聚会的时候，孩子们齐声跟着电视唱小室哲哉的歌儿，那些场面成为伴随孩子成长的生活风景史。2000年的九州冲绳G8峰会的欢迎仪式上，小室哲哉亲自演奏了自创主题曲NEVER END，借此，安室奈美惠的歌星之运登峰造极。他制作的CD销售量达一亿七千万张，全日本人手一张还剩下几千万张。说到人际关系，日语维基百科小室哲哉词条下记载，与TRF（日本以舞蹈为中心的五人音乐组合）共度圣诞晚会时，他赠送给每人一千万日元现金，此外还另赠TRF成员之一的宫崎夕起子价值一千万日元的奔驰车。够大款，更够意思，有风度，可谓出手不凡。

筑紫哲也去了

筑紫哲也是我最喜欢的电视节目主持人之一。23点，主题音乐响起，银发筑紫先生准时出现在屏幕上，日日风度翩翩。他从1989年10月开始担任TBS新闻节目《筑紫哲也NEWS23“现实·NEWS23”》的首席主持人。节目中的短评专题“多事争论”用大约一分钟的时间评论当前世事时事，极受欢迎。对于他的记者身份，社会言论虽毁誉不一，但他作为新闻主持人的魅力，确实得到了广大观众的认可与好评。沉稳、理性、优雅、洒脱、犀利而不激烈。这些能使观众产生好感的气质集于一人之身，在为数不少的电视主持人群中，亦实属凤毛麟角。

2007年5月14日，播送“多事争论”时，筑紫哲也亲自发布说“上星期做春假住院体检时，被告知肺癌早期”。2007年10月8日，他接受治疗后首次重返播放室，原本计划今后每隔数月做一次特别节目，但遗憾的是，这次与观众见面却成诀别。2008年11月7日下午，筑紫哲也病逝于东京都内医院。

2000年10月，筑紫哲也主持了一个题为“中国总理朱镕基与你直接对话”的专题节目，演播厅里坐了很多日本民众，大家可以向朱总理随便提问。有小学生问：“为什么中国家庭只能有一个小孩儿？会不会寂寞？”筑紫哲也问：“听说总理只怕劳安，她什么地方可怕？”总理笑呵呵地说：“我根本不觉得她可怕。我只觉得她可爱……”还有一个种蘑菇的老头举手说：“总理啊，我有件事想拜托。您能不能告诉中国种蘑菇的人少种点啊？中国的蘑菇又大又便宜，我这里的可卖不出去了……”

筑紫哲也先生，安息。

时间贫困的日本人

今天的《产经新闻》上刊登了一篇经济评论家胜间和代的文章，大致说的是人生战略应该如何设计。“为了活得更好，我们的人生需要战略。所谓战略，就是指通过为实现目标而采取综合性对策，有效分配并运用资源的技术。这里所说的资源，主要是指人、物、钱，还应包括信息。其中，‘人的资源’具体意味着什么呢？意味着那些有能力的出色人才所付出的时间是否都为达成目标所需——劳动与时间分配。”

她认为所有日本人无论对自己还是对他人，在时间用法上都存在钝感倾向，由此，便导致了日本整体性的“时间贫困”。与他国相比较，在金钱方面日本或许并不属于贫困国，但从劳动时间长、自由时间短这个意义上看，日本却存在“时间贫困”的问题。文中列举了以下数据说：“譬如，根据 2006 年版《国民生活白皮书》统计，每周劳动时间五十小时以上的劳动者比例为 28.1%，在发达国家中鹤立鸡群。其中，除去美国的 20%、英国的 15.5% 比较显著之外，欧洲各国均未超过 7%。其原因为英国以外的欧盟各国均赞成将一周劳动时间限定在四十八小时以内。”

她还强调说超负荷工作会导致家庭生活崩溃以及过劳死这样的生命危机。

“尽管日常生活中我们在用钱方面习惯性地精打细算，但在时间观念上却完全没有精打细算的习惯，因为所付出的工作时间与报酬是否相称这种评价系统与思考方式在日本人心目中尚未扎根……现今已进入以节约能源为主流的时代，希望这一理念亦适用于我们的劳动时间。人只要活着就不得不消耗能源和食品等资源，劳动时间的浪费也关系到资源浪费。若要妥善确定战略目标，需要采取在最小限度的时间内做出最高效率的时间分配方案，将劳动本身作为目的实属本末倒置。时间贫困，不仅阻碍男女共同参与，导致少子化、老龄化，还会给日本人造成闭塞感。从‘时间贫困’中觉醒，努力摸索解决方案，是人生战略设计的第一步。”（2009.07）

我的读后赘言：

作者文中提及的对比，尽是跟欧美国家比，我来说几句跟中国对比的，算是补充。

大概是20世纪80年代初，中国开始对日本这一先进资本主义国家有所介绍，那时候我才知道人家先进。能获知的信息，几乎全是积极的：他们如何有时间观念，如何全身心投入工作，造出的东西怎么怎么好，工作态度如何精益求精。无疑，这些对于慢悠悠吃着不怎么丰盛的大锅饭却也有精力体力进行窝里斗的对外闭塞了几十年的我们来说，都具有榜样意义。日本电影和电视剧几乎跟电视机同时陆续进入中国家庭，看人家的衣食住行，才意识到资本主义真不坏，如果只要干活儿就能过上同样的日子，干多少活儿也愿意，一百个愿意呢。

读这位经济评论家的文字，发现她的主张和看法与那个年代中国人的劳动意识大相径庭。如今就业难，莫说如何估量劳动时间与报酬是否相称，对于很多人来说，首先是有没有机会劳动的问题。当然，上文所及非就业问题，而是从“经济”学角度纵览人生整体，在付出劳动换取报酬维持生存的前提下，如何进行个人生活整体规划，进而为个人生活争取更大自由度。这个自由，非精神自由言论自由，而是时间自由。时间是物质的、量化的，在有限的生命过程中，更多享有这项自由，方可更大限度地进行自我支配与自我设计。说到底，幸福要靠自己创造，呵呵。有了饼，还要有屋；有了屋，还要有天空……再怎么有钱，无暇漫步自然人的自由时空，人生总是少了点滋润。比如，我这会儿有点闲，乱看，并点评。点评动机是阅读过程中有所触动，因为本人周劳动时间远远超过五十小时。当然若按年平均劳动时间计算的话，还低于欧洲诸国的周平均四十八小时，这样算就觉得平衡了。

阪神大地震改变了我心目中的日本

1995年1月17日。早上5点46分。正在睡梦中。突然被床下什么东西拱起。翻身起来,看见整个房间在晃动,床变成了船。于是惊叫:“地震了!”一把拉起身边人要下床。腿还没有迈下床,剧烈的晃动又来了。双手匍匐在地板上,口里喊着隔壁房间的孩子,身体却不能动。眼看着电视机上面的小座钟摇晃着落下来。

晃动稍稍平息后,忙把孩子叫起来。她惊恐着站起身,还没搞清楚怎么回事,地震又来了。七岁的女儿指着从冰箱上下落的东西惊呼出一句中国话:“妈妈盆下来了!”我不知所措,忙说:“快,快开电视看,是不是地震了!”丈夫说:“废话!还用看电视?”打开电视的一瞬间,里面还在正常播放节目,但画面马上开始出现雪花斑点,像被电击了一样混乱模糊。斑点过后,出现了地震速报的文字新闻。当时没有任何伤亡信息。丈夫找出收音机和手电筒,带我们下楼出门。走到外面,看见旁边的阪奈(大阪奈良之间)公路上排着长长的汽车行列,朝向大阪方向的道路左侧,是密密麻麻的红尾灯。天已经开始脱离夜色,路灯还亮着，发出昏黄的光晕。

7点半，电视上只有关于神户遭遇地震引起严重火灾的报道，没有更详细的内容。把孩子打发去上学，我们便各自出门了。我正在驾驶学校学习驾驶，马上就要结业拿正式执照了，但这一天却几次出现差错。教练表示理解，他说日本谚语中有个三大恐怖的说法——地震、打雷、父亲。

我的朋友一家住在神户，我临出门前一直给他们打电话，那边始终没人接。我焦灼不安，因为朋友的孩子才三个月大。

晚上回到家，电视上的神户已经是一片火海和废墟。朋友从避难所打来电话，说大人孩子安全脱险，只是身上擦伤一点皮。他们家放在拉门外面的冰箱冲进客厅，把电视屏撞得粉碎。公寓旁边一些木质平房成了火灾燃料，此刻还在燃烧……

我们住在生驹山东麓，此次地震范围恰好到此为止。我感受到的震度在五级左右。五级的程度不会造成明显的建筑倒塌。震灾发生四天以后，朋友一家四人，带着他们同公寓的朋友一家三人来到我家。其中一位夫人大衣里面下身只穿着线裤。大人手里拿着蓝色大垃圾袋，里面是这些人准备应付长期避难的食品——几个包子和几个煮鸡蛋。神户交通瘫痪，寒冬腊月里，他们抱着婴儿从住处附近避难的小学的体育馆步行到西宫车站，走了二十多公里。站在我家楼下时，他们奇怪地说："你们这里的房子怎么都是直立着的？"他们在满目倒塌和倾斜中生活了四天以后，看见直立的东西时，仿佛不敢相信自己的眼睛。

那期间，先后有三家同胞共十口人到我家里避难又中转回国。十三口人的避难日子，倒也热闹。房间里到处是尿布和毛巾，四个女人每天议论着吃什么。六十几平方米的三室一厅里，到处铺着寝具。

主人卧室成了母婴专用房间，婴儿父亲也挤在那里。男女主人每天等“难民”都关门入睡之后，在厅中席地就寝。那是一段难忘的日子，孩子们玩儿得心花怒放，临分开时问：“妈妈，什么时候还地震啊？”真是商女不知亡国恨，幼女不知大人忧。

聚集在一起的几个夜晚，反复听他们讲那几天里的历险记。惊恐万状的袭击使他们久久不能安宁。一位夫人几次描述说：“哎呀天哪，吓死人！睡着觉就听到地底下从远处跑过来一条地龙，嗒嗒嗒就拱到身底下来了！”她本能地抱起婴儿冲出门外，回头要进屋喊丈夫时，包了铁皮的门被余震紧卡在门框上，怎么也拉不开。英勇的东北妻子情急之下居然把整个门给拉了下来……

另一位夫人正在留学的妹妹夫妇也住在神户，自从地震发生，一直未能取得联系。夜里，这个姐姐几次起来到厅里打电话，那边却没人接。她在我们身边迈来迈去，听着她的叹息我也久久不能入眠。他们回国后的一天，她妹妹打电话过来，我告诉了她姐姐对她的担心，她却轻松地说：“没事儿！我查了报纸上的死亡名单，没有他们名儿，我就知道肯定在你家呢！”妹妹的话，让我这个间接的姐姐也伤了好一阵心。不过过后想一想，觉得妹妹的做法可以理解。在这样巨大的灾难面前，只要知道亲人还活着，眼下在哪里又算什么值得关心的大事呢？

他们带来的那几个装在垃圾袋里的鸡蛋和包子，是几天省吃俭用的结余。看到这几样东西，吃饱喝足后的几位“难民”就不免哈哈大笑。一位夫人说：“这要不是领导看管严格，早就连影儿都不剩了！”领导是另一位夫人，她解释说：“那可不！谁知道得困到什么时候啊？好几个孩子，没计划怎么行？这几天都是我命令他们，大男人到这时候就得出去弄吃的对不对？”原来，这些鸡蛋和包子是男人们到二十四小时店里“拿”来的。店已经瘫痪了，好在食品还可以用来延命。听着他们的回顾，我问：“你们拿东西没人管吗？”有人说：“谁还顾得过来管？保命要紧。”另一个人说：“但是人家日本人可没拿，旁边就有人说‘你们这样做不太好吧？’我听见了，真不好意思。但也没办法啊，咱都是外国人，不自己救自己，等谁来管？”

与震区朋友们的接触，使我们与这场地震发生了直接关联。当时我正在读博士课程，老师和其他日本朋友主动打电话来问有没有朋友受灾。大学里一位年轻的心理学老师正跟我学中文，他家三个孩子都还小，听说来避难的朋友有小孩，就送来很多孩子用品。还有一位间接认识的小公司老板，父子俩开面包车送来几大包新买的援助物资，他们听说避难朋友们要回中国东北老家，就给每个人准备了防寒衣裤，甚至围巾手套，连婴儿用的奶瓶和简易卫生用品都给备齐了。一位住在附近来自北京的留学生，跟我是同校同学，晚上送来很多水果，她说：“你们多吃点儿水果，不要上火。”还有国内朋友的弟弟夫妇，送来几大盒牛肉。

来自同胞的援助，尚有平日的友情铺垫，但是对于这些几乎是陌生人的日本人的友善，我们不知道如何感谢。避难朋友家属回国后，丈夫一个人骑自行车去了灾区。尼崎、西宫、神户。那天正赶上天皇夫妇来慰问，他在人群里拍到了天皇夫妇的照片。但是，相机里拍回来的更多的是惨不忍睹。看着照片，我们就想该做点什么。那时候正是假期，于是，就给一位在尼崎开私塾的日本朋友清田打了电话，说明志愿后，他说：“太好了，我们正需要人。”

从地震到来的那一天开始，清田就一直带着他的学生义务救灾。于是，我们聚集了身边的留学生，总共七人，到尼崎去给这些从事义务救灾活动的日本年轻人包了一天饺子。那些孩子们，在夜以继日的一个多月里，几乎没吃过一顿热饭。他们边吃饺子边说："这可太好吃了，我活到今天净吃些什么了！居然不知道世上还有这么好吃的东西！"那一天，我们站在残垣断壁中的一小块空地上，穿着棉衣包了一千多个饺子。那是第一次为日本人做没有报酬的工，材料都是大家凑钱买的。

神户被困的前期，活下来的人没水喝没饭吃。交通瘫痪，送水艰难。水车来的时候大家都持一水桶排队，没有人拥挤加塞儿。后面排着长队，眼看水车水尽，一个排在后面的美国人就插到前面去说"我有病，要吃药，需要水"，于是他得到了水。其实他没有病，这是后来他自己说的，这是他为日本人把秩序看得高于生命而感动而内疚才说出来的。有一天的《朝日新闻》上，登载了一张巨幅照片，那是一个女人的背影，她身上背着一个大双肩包，步行在通往震区的公路边，包上挂着一个牌子，写着："这里面有吃的东西，哪位想要请打招呼。"这幅照片让我立刻流出泪水。还有很多民间人士，上班前手持救灾物品出门，站在通往神户方向的路边，对过往车辆说："请把这些东西带到神户那边，随便给谁都可以。"

这次大地震，使我对日本的认识有了根本性的转变。生死面前，我有了对这个民族大众灵魂的近距离接触，由此，对这个自己身在其中的民族产生了发自心底的尊敬。设想，如果同样的灾难发生在我们中国，会不会有这样秩序井然的自救景象？任何一个地域的任意群体，能否做到排队等水不争不抢？对于求生欲旺盛的中国人来说，这个假设或许会令很多人为难。我们即使面对死亡临危不惧，但还会出于孝道及种种美德，随着本能去践踏秩序以表达对家人老幼的亲情之爱。

这种示爱方式很崇高也很人性，但是放在整体秩序中就不和谐。说到文化素质，我的几个朋友都是读硕士博士的优秀人才，平时为人处世也个个如君子。我也不由得自问，假如是我本人被困，我是否也会是那主动“谋生”的一员？想对自己说“不会”,却觉得底气不足。毕竟，我也是百分之百的中国血统，危急时刻，我也同样会发挥出祖先留在基因里的求生智慧。这就不得不让我联想到一直以为十分抽象的“国民性”这一概念上来。中国人与日本人共度的几日避难生活，让我感受到即使我们在濒临危机的求生挣扎中赢得了生命的延续，我们依然是一个输家。让我们自认输败的，是心里的那点不坦然。

日本餐具

8月里最热的一天，收到一个二十公斤重的大箱子，箱子各面贴着“易碎品”标志。这是我不认识的一个日本人寄来的，她是我认识的一个日本人的朋友。朋友前几天对我说她有一个岁数大的朋友，要把院子里的一个仓房拆掉，里面的东西要处理，有一些没使用过的食器（餐具）想送人。我说我要。

坐在门厅小院里打开箱子。里面是用泡沫塑料间隔着的一个又一个不知经历了多少年的各式盒子。每个盒子又都用优质的绳子捆固着。木盒。纸盒。日式茶杯、茶碗、饭碗，欧式咖啡杯、瓷盘，夏用玻璃盘、威士忌用的冰块桶，等等。每个包装盒里分装着餐具的包装纸已有黄斑，从纸的图案也看得出岁月流转的文化旧痕。我想，当年那个年轻女主人把这些崭新的餐具一个一个挑选回来时该是怎样的身影，怎样的心情。也许是一直舍不得用或者是没轮得上用，它们就一直放在仓房里，现在传到了我家。这些东西虽然不是我自主选来的，但想到那位不认识的老人把这么多东西留存这么多年，又把它们装进箱子，再把箱子花钱托运给我，还附上一封写着“给您添麻烦”的短笺的这种惜物的心情，不由得恍惚着把这堆东西摆弄了很久。

这些东西像一条反射日本几十年来经济文化发展的副线。生活越来越富有，东西越做越好，食器也从容器发展成品牌品位的标志。在京都的传统料理店吃上一顿饭的话，如果你不习惯日本料理不能一饱口福，也一定会在食器上大饱一次眼福。每一品料理都会配在一个独具风格的器皿中摆放上桌——器皿、食物以及作为季节符号的一枚带有虫嗜伤斑的枫叶或者一节若竹。这些器皿肯定是你从来没见过，或者是见过也不曾想过是用来盛装料理、成就一份餐饮作品的。它们大小不一，形状不同，瓷质各异，用过的样式，绝不重复再现。一顿饭下来，究竟用了多少样多少个，很难弄清。除去做主容器的碗碟外，还有很多相关的装饰性大于实用性的小配件，比如餐巾、餐巾碟、筷架、匙座、杯垫、骨渣罐，等等。日餐的特征是装得少，端得多，洗得多，进口的少，入目的多。所以说日本菜和中国菜的根本区别在于，日本料理是通过食器的配用带来视觉的满足，而中国菜是味觉满足。当然，如果你实在已到了饥肠辘辘的程度，最好是进到随处可见的中华餐馆“王将”去，那里不出十分钟就可以端上几满盘韭菜炒肝尖和圆白菜馅饺子来，盘子碗简易而结实，用塑料制成，上面有“福禄寿”之类的吉祥红字，是那种大众食堂里随处可见的街头小馆儿风格。盘中餐量大，价廉。

在日本普通家庭中，最过剩的东西大概有两样：衣服和食器。这两样是生活中必不可少的“吃穿”两事的外在形式。衣服要消费的话可以没有极限；吃呢，只能是一日三餐，况且又不可以吃得过胖。日本人的体重和社会阶层差不多成反比，胖人生活在下层的比较多，成团的赘肉就好像在告诉大家自己对自己的自暴自弃。既然要吃得有品位又不能吃得过胖，便开始在食器上用心思，所以一顿饭至少用二十几头甚至更多的大小碗碟。餐具风格根据盛放的食物而异。日本把餐饮系列大致划分为日餐、中餐和西餐，相应地有三个系列的就餐用品。按照日本的餐具类别划分，中国随处可见的餐具大都属于大众化中西折中风格，除去景德镇等传统品牌之外，很多东西根本看不出严格的“中式”特征。中国人在家吃饭的时候，除去考虑大小是否适宜以外，很少想到在餐具选用上考究一下。我们的眼睛主要是盯在盘中餐上，多半是为了充饥饱腹或贪食美味，没有多少餐碟一体的意识，似乎顾不上边咀嚼边赏味。过去常听说的八碟八碗，指的也是内容而不是容器。现在连几碟几碗也不说了，干脆撇开包装直接说成“四菜一汤”之类。

对衣服和化妆品我不上心，但是喜欢摆弄杯呀碗的，而且只要不是硬考究着非名牌不可，花销并不高。我不喜欢买成套餐具，而乐于挑选适合不同食材、不同季节、不同氛围的各式单品食器。一次买一个，一种，或一个单套。中式、洋式、日式风格不限。使用时给每个人选配不同的杯子一起喝茶喝咖啡是一件愉悦的事。比如，用景德镇的茶杯喝中国茶就是觉得味道地道，地道到觉得自己跟这茶香这杯温浑然一体，客人也因此觉得别有一番意趣。

奈良车站附近有一家窄小的咖啡书屋。一楼书屋，二楼咖啡屋，总共五六张桌，各桌罩着花色不同的棉质桌布。老板娘安静优雅，涂着适合她的花边白围裙和中年后期年龄的精良口红。她站在入口处的柜台内，对进来的每位客人投以微笑。她像一个神秘的女巫，这一个微妙的注目礼是用来决定她将选择哪只杯子给你送咖啡的识别器。这家店里没有重样的咖啡杯，要想品味她的杯子配置本领，最好跟几个风格各异的朋友一起进去。端在每人面前的那个杯子，一定会让每个人都觉得那个杯子的格调就是属于自己的，不仅会马上接受女主人选配的专用杯子，并且还会产生一种小小的自我膨胀。似有若无的古典音乐，布帘缝隙里散进来的阳光。那种感觉里有一层莫名其妙的美妙。一楼的书屋男主人似乎并不拘泥于书本生意，我几次去都见他上来喝咖啡。他不坐客人用席，而是坐在老板娘柜台前，双臂放在柜台上，姿态闲散。老板娘时而会露出腼腆的酒窝，看得出那个背对客人的男人正在面向她调情。后来知道他们是常年夫妇，煞是感慨了一番他们的优雅洒脱。

也许最初就是在这家咖啡屋里获得了启示，便开始闲散着收集餐具。这样细水长流着买，可以时常体验到一种挑杯选碟时的消费满足。有时候,女人的消费欲望是没有道理的,要是家里已经有了成套的餐具，再继续买下去就觉得自己有点败家，用买个杯子就打发排遣过去也算经济实惠。再说，使用成套的餐具缺乏情趣个性，大中小高低清一色地端上来，既夸张又呆板，如同某个小县长家娶儿媳妇的宴席，怎么看都觉得有些虚张声势的附庸风雅，雅不上去又俗不下来。

自己的生活中，我的手每天触摸最多的只有这么几样东西：电脑键盘、方向盘、食物和餐具。其次是记事本、笔、粉笔和书以及各种按键和开关，比如电话、电灯、电水壶、洗衣机、电视机，等等。触摸次数最多的当属餐具，因为它们用了就得洗，洗后要擦干放回原处，并且每天要重复使用。要是有客人重复得就更多。我喜欢洗碗——这话听上去有点矫情。我想我基因里天生刻写进了一套主妇业务程序，操持家务积极主动乐此不疲。

厨房里有现成的洗碗机，只要把要洗的东西排放进去再撒上一匙专用洗剂，按一下按钮就可以了事，但我还是喜欢沿用传统的洗碗方式。亲手把碗碟洗得明净剔透是一件可以轻易获得成就感的快事。从进超市买菜开始构思一顿饭的主副食搭配，到拿进厨房开包开捆，洗、切、炒、拌，选餐具装盛，摆放，开餐，餐毕，最后是洗碗洗碟洗杯。这一整个过程每天重复着，兴味津津。日本是著名的长寿国，女人寿命又长于男人，据说是由于女人一生中在厨房劳作时间长，做饭洗碗的过程中不断运用着手指关节和脑神经的缘故。同时，为保证不烧焦一个菜或者烧干一壶水，就要盯着听着闻着，视觉嗅觉和听觉就一直被积极调动着，不易老化。我并非为长寿而喜欢，但是愿意因喜欢而长寿。

食器泛滥于日本，也装点着日本。我一年总要买进几头，也不断地放弃，又不断地买，这些年不知买了多少头来。聚餐时来客有看中的，我会乐于相送，搬家时也会借机精简处理几头。

日式餐具风格中含有许多中国文化和西洋文化合璧的成分。有的在碗内底部烧上“风”“花”“雪”“月”的字样凑成四头一套，有的分别烧有松、竹、梅图案三头一套。这类餐具用起来很有点意味深长，用中国文化底色做成的器皿来盛装自己的内容，既可赏味又可充饥延命，符号式的文化不知不觉也就随着食物融进胃肠被消化接收转化成使用者血肉的一部分了。日式酒壶烧上一个西洋美女图，看上去也别有一番情趣。饮酒本来就是一件放纵情怀的事，即使闷声独酌，有个洋女子挂在酒壶上壶里来杯里去地摇晃着，也会淡化几分寂寞，平添几分暧昧。

比起那些纯日本传统样式的漆器和陶瓷器，我更喜欢挑选那类掺杂着中西色彩的各种消闲式零散餐具。这类餐具样式自如，无拘无束，有一种抽象中的对称和稳定，中式传统餐具的典雅和西洋餐具的华丽都浓缩在这里。它们对中国贵族餐具的典雅加以淡化处理，对欧式餐具的华丽铺张作了收敛加工，于是便有了这些日常日式餐具的简素含蓄。这种温和精致又淳朴多样的餐桌器具，让乐于考究而又不喜张扬的庶民接受起来既没有阶层间的心理障碍，也没有价格上的经济障碍，算是一种含有自我体恤情愫的生活艺术结晶。日本餐具风格体现着日本文化对外来文化的积极吸取，他们在这方面做得大胆而有节制，不拒绝好的，更不放弃自己原有的。这样不动声色地坚持吸取学习，就摸索出了一个以中产阶级趣味为主流的社会趣味。“中产阶级”不是一个“经济能力居中”的单薄概念，它还包括文化素质在内。

日本前总理细川护熙退休后开始自己烧窑加工陶器，蓬着一头花白乱发，戴着大棉手套，汗流浃背。前一段他还开了作品个展。他说自己并非要成为烧陶名人，只是为了消遣，为的是获得烧出如意作品时的那一份心理满足。陶器都泛滥了，他还是要在这里追求个性的光点，这是精神余裕。最能解释这个意义的是那句中国诗“葡萄美酒夜光杯”：葡萄生于地，美酒酿于人，夜光杯莹于酒，于是造成令人赏心悦目且滋脾胃润性情的效果。

人生如行舟。身体为舟，岁月为水。这些日常起居里的什物也是我的水。（2006.02.14）

居民运动会

お疲れさまです！（辛苦了！）

参加者们相互说着这句“辛苦了”，各自手提战利品，陆陆续续走出小学校门，阳光明媚有哭有笑的一天结束了。

2009 年 10 月 18 日　星期天

我们和大家一起搬进公寓已经八年，但一年一度的地区运动会，这是第一次参加。去年我家就是公寓理事会干部，但运动会时恰逢从这个资本主义国家去另一个资本主义国家度假，没能履行本该履行的义务。虽说其他几家理事会成员深表理解，丝毫未流露怨色，但自己还是有点于心不安。今年轮做自治会干部，本着去年错过了为大家服务的机会的惭愧心理，我们一大早就双双疾步赶到旁边的小学校，跟会长一同做些零杂准备工作。为了这个运动会，自治会成员往来邮件十几封，会晤两次，敲定了租用帐篷、预订盒饭饮料等事宜。

会程十分正规，可说是小型奥林匹克。地区中学乐队坐主席台中央。旁边是来宾席，来宾有大阪府议员、市议员、当地市民体育馆馆长等等。开幕词后，踏着孩子们吹奏的好听的乐曲，大人小孩踢踢踏踏入场，抱着的，领着的，各队举着自己的队牌。我当然也是其中一员，经过主席台时，主席们起立向我们拍手致意。绕场一周后各自列队站立，奏乐升旗。操场上空拉着万国旗，天高云淡，秋风习习，小彩旗们精神抖擞地展动着。仰头看，头顶是日本旗，旁边是星条旗和五星红旗，鲜艳好看，不由得举起相机拍将下来。

中学乐队演奏的曲目一点不陌生，他们在操场练习的时候我在房间里即可欣赏。今日正式做听众，好不开心。据说附近有邻人对此有反感，打电话向学校抗议，搞得孩子们大夏天的闷在关了厚窗帘的教室里练习。我是喜欢听的，愿意配合并支持学生所有的活动。比如去超市买菜时，每看见有“实习生”收款，只要不是特别急，我就会主动找他们付款。

大会委员长致辞。宣读有关部门及要员祝辞。裁判长讲话。运动员代表宣誓。小学校长讲话。校长首先强调三条：一、为了安全，大家必须穿运动鞋上场。二、全校园禁烟。三、不许携带宠物。校长首先对中学乐队提出表扬，之后又表扬了一个自发性组织的老年团队，夸他们入场时队列整齐，最意气风发。然后又指着队中一个调皮男孩点名批评他听校长讲话时不安静，引得全场哈哈大笑。之后，全体运动员跟着领操人做准备运动。广播体操、压腿等一系列抻筋动作之后，退场。

比赛开始。一二三四……上午十二项，下午十一项。午间给大家发放免费盒饭、饮料茶水。下午，我们参加了跳绳、拔河、高尔夫球、四人三脚跑等几个项目。上午什么项目也没参加，主要是心有杂念，有种潜在的竞技意识和集体荣誉意识，觉得自己什么项目都太菜，以为让不菜的人代表才好。项目大致分幼儿、低学年、高学年、高中生以上、成人男女几类，面向儿童的项目居多。时而见某家小孩儿突然就号啕起来，泪珠串串地大张着小嘴儿。问怎么了，说要去参加比赛，因为是幼儿不宜项目被拒绝入场。敢情是闹着入场参与，然后可以拿回一盒饼干或者薯条——奖品人人有，入场者皆大欢喜，无空手而归者。

每见有小儿陷入极度悲伤的号泣，我心里便生出极度的羡慕和返老还童般的欢喜。想怎样就要怎么样，不能如愿就毫不抑制地直诉反抗与悲伤，这是多么痛快的心理调节。

午休期间，那张二十帖榻榻米大的席子上，已经堆满了大人小孩儿取得的战利品。想起上周去附近一家居酒屋和店员说起今天的运动会时，她说她也会带孩子参加，说参加能得好多纪念品，每年都翘首以待。想到此，忽然就茅塞顿开，决定下午亲自上阵，蹦蹦跳跳它几回，目标是会场门口堆满一帐篷的大纸箱中的各类奖品。必须把那些东西看成是奖赏，是荣誉，今天的参与才会从有意识的参加活动升华成伴随着快乐和收获的体验。

据说，我队跳绳历年成绩优异。二三十人，三分钟累计最高成绩跨绳六十五次。上周本来要组织练习，集合时因人员不足临时取消。背景原因是去年大会前日练习过劳，到了正式比赛时人人腰酸腿重，硬是跳不动，成绩惨淡。所以今年便有人不积极参加练习，以保存体力。可是，今年却又因练习不足成绩更惨，三分钟累计二十五次，荣居倒数第三位。三分钟里，大绳绊腿的搅局要犯，差不多有五次是我。这破腿就跟小儿麻痹一般，见了绳怎么也不会躲。

一天下来，第一次发现每日进出同一公寓的小小孩儿居然这么多。学龄前的有十来个。入居不到十年，几十户人家中就出生了这么多孩子，可算人丁兴旺。该公寓每套平均面积一百二十平方米上下，最小户型一百平方米出头，在日本平均居住面积中应算宽裕的。可见，入住者多是打定主意发展家庭规模的过日子的人。有一对夫妇，三十岁四个儿女，一家六口人，哭哭笑笑好不热闹。这里一点没有少子化倾向下的萧条不振。

闭幕时，委员长总结说：今天的大会很成功，从小儿到老人，有哭有笑，十分快乐。然后带领大家举手高呼三声“万岁”。这个“万岁”节目让我稍稍有点感伤，因为想起了小时候许多高呼“万岁”的场面。

散会时，按每家一份的大会节目单抽奖号码宣读中奖者。豪华奖是自行车，三辆；一般奖三十份，各两公斤大米。我满脑子想着如何骑着豪华自行车把两公斤大米和身边一堆奖品码上去推车上坡回家，却忘了听喇叭里宣读的号码。等反应过来，主席台那边已经向前来领奖的人们发奖并声声“恭喜”“恭喜”地道喜了。

空饭盒、空水瓶、小食品包装盒，等等，垃圾好几袋。那么多小小孩儿，却没一个随便丢放，凡是不要的东西，哪怕一个小纸屑，都随时放进垃圾袋里。他们那些可爱的小手，分类时那么认真灵巧。儿童会负责人见垃圾很多，就主动说打电话叫丈夫开车来拉，免得让自治会几个成员手提回来。

去之前根本不知道会有这么多奖品，也没带袋子，幸亏背包里装了一个大披肩，就用来做包袱皮，把那些好东西裹将进去，背着。

我的奖品都很日常，面向儿童的是小食品类，面向成人的则是厨房餐巾纸、纸巾、白糖、保鲜膜，等等，多具有民生价值，对于穷富家庭都是不可缺少的消费品，无中看不中用的工艺品及奖杯奖牌之类。至于此次活动经费，自治会会计今早说取了十二万日元。

当晚还要在公寓一楼的集会室搞一个庆祝晚会，前半小时孩子们为主宾，之后大人们喝酒。本来不想去，手头还有半寸厚的校对稿，是帮某机构做的义务活，但是解散时大家紧着招呼，反复说6点半啊6点半！就答应说去。今晚不用做饭了，善哉。

晚会聚集大人小孩二三十人。孩子们有比萨饼、炸鸡块、热狗、饮料，吃完了打发到大厅里和院子里玩耍。之后大人们就开始大嚷大喝。集会室占公寓一层一角，无扰民之忧，这些男人女人就放开嗓门儿狂欢。几个主妇跟我聊了几句之后不禁惊诧，她们一直把我当成韩国人，并且以为先生是日本人。告明真相，便引出了一系列的话题。

男人们喝得兴致高昂，有人回家去提来大瓶清酒。说到中国酒，又有人回家拿来一瓶竹叶青。几个人干了竹叶青，就有人再坐不住板凳，凑到女子阵来，问这问那。听说我教汉语，就开始报上姓名并问中文发音；之后又要求教说“我爱你”，学会了就端着酒杯满屋子去说“我爱你”，把全体男女都爱了一遍；又回来问我是不是来自山东，我说不是，是东北，他就说：“你为什么不从山东来呢？我就喜欢山东！”原来他们公司在山东有工厂，经营中国食品。我说你们公司贸易的食品中是不是也有饺子，他说：“对对有有，那个问题饺子也是我们搞的，什么都搞，哈哈哈……”说起饺子，就有人问我是不是会做饺子。当然会了，水饺，我是北方人。接着就不得了了，几个妇人就强烈要求学做水饺，其状恨不得下周六就开讲，说地方就定在这集会室，这屋厨房炉具水道厕所什么都有。有人提示说到时候要准备绍兴酒，嚷嚷说吃正宗饺子配绍兴酒最佳。

各家爸爸彼此跟哥们儿老同学一般勾肩搭背，有的推开椅子席地而坐，有的甚至在地面上动手嬉闹起来。中间有人对我说如果累了可以回去休息，这些人疯起来会搞到很晚，谁搞到最后谁收拾，不必介意。但我还是一直等到最后，因为咱是自治会干部，应该把收拾垃圾、吸地、折叠桌椅等“后事”料理完。

散场后，几个人还在走廊里醉醺醺地猛侃，并指着对方说你醉了你醉了。我喝了一听啤酒，离醉尚远，见这些醉邻们贪欢之兴意犹未尽的样子，不知为什么，陌生之感油然而生。忽想起聚会主题是白天的运动会，奇怪怎么庆祝了一晚上却没一人提起运动会的事。原来这庆祝会不是总结，而是放松，真乃名副其实的“打ち上げ会”（庆祝会）。

防火演习

星期天，公寓理事会成员及管理公司人员配合市消防队进行防火训练演习。演习过程大约四十分钟，步骤大致如下：

（1）指挥部布置演习程序

2008年度理事会的四个成员与管理公司的两个职员先碰头，听物业管理公司人员布置演习步骤。火源设定在大家平时出入的大厅正门旁的信箱处，为的是让大家通过演习对避难途径的使用方法有所了解。大约十分钟后，大家分头走出管理室要去各自岗位时，看见公寓门前已经停着一辆巨大的消防车了。理事长笑说："嚯！还来真家伙了！"几位消防队员，已经开始在公寓走廊里查看防火设施。

（2）报警、避难

管理人按响警报器后，居民男女老少便开始从四个门洞儿里纷纷走出来，聚到公寓大厅前惊问谁家发生了火灾。有的人领着孩子或抱着婴儿，有的人怀里抱着宠狗宠猫。理事会成员说明警报是为火灾演习而鸣，请大家迅速到一楼几个避难出口处避难，不要使用电梯。于是，大家各自急匆匆分散走向几条通向指定处的通道。孩子们吵吵嚷嚷嘻嘻哈哈地喊："哪儿着火了？哪儿有火啊？"大人就说："这是演习，好好记住，万一发生火灾了该怎样避难。"

（3）火灾时的救火与逃生

避难演习约十分钟后，大家重新集合到公寓门外阶梯前的小广场处。几个消防队员人手一个灭火器，开始讲解它的使用方法。负责讲解的消防队员看上去只有二十几岁，讲解娴熟而幽默，面带笑容，一边做动作一边用大阪话说："我手里这个灭火器的外形跟大家门前的完全一样，但这是演习用的，这里面不是灭火粉末而是水。"他说，灭火器这东西大概谁都认识，但是不一定都会使用，如果不会使用，万一起火也派不上用场，比如，有的人发现火灾时一紧张就把灭火器囫囵个儿丢进了火里，让本来应该灭火的灭火器睡进了火里，啥作用也没起。

他把灭火器使用方法用很夸张的动作示范了好几遍，口上还念叨着一、二、三。

一、拉开上部金属环。二、提出嵌在卡口上的喷管。三、手按喷阀。

"一、二、三！一、二、三！非常简单。但是呢，光记住这些还不行。火是很无情很恐怖的家伙，它可不一定这么配合我们去轻易扑灭它。灭火器里的粉末喷射距离大约在三米左右，并且一旦按了喷阀，就只能一次性喷射完毕。发现着火时不要一着急马上就按喷阀，以免还没扑灭火源时就把粉末用光了。还有，喷射之前，一定要先确认自己的退路，否则一旦喷射，满地满墙都是白粉，慌乱中很可能找不到退路……大家千万记住，灭火器只能在火情刚发生的时候使用，如果火苗已近自己身高，那最要紧的就是逃出火区。救火第二，逃命第一！命是最主要的。说实在的，面对火，我们这些专业消防人员也非常恐惧，为什么呢？因为它能要人命。所以，保命最为要紧，即便是我们，也不会为救火而不要命。”

（4）灭火器操作实习

消防队员讲解之后，拿了五个灭火器摆在公寓旁的树丛前，让居民轮流实际操作一次。因为里面是水，并且按阀可以调控，大家就把喷管对着树丛喷射。大人小孩都很认真，也很开心。

（5）消防队负责人总结

他好像是这次演习的组长还是队长，年龄看上去也是最大的，有五十多岁的样子。他站到大家面前，摘下帽子给大家鞠躬行礼，先来了一段固定的寒暄：“难得一个星期天，惊动大家出来很对不起。”接着，进入工作状态，开始总结：

说实话，大家表现很不好！动作太慢，若真是发生火灾，恐怕你们此时就不是站在这里，而是躺在救护车担架上正在往医院运送呢（大家听了哈哈笑）。尤其是你（指着站在旁边的物业管理公司一名工作人员），动作太慢！没事儿似的，向你提出严肃批评！

火灾真正发生的时候，大家还保持这么优雅的速度那可就惨了，希望下次演习时大家能认真对待。这是事关人命的大事。避难是为了保住性命，所以必须认真。在此再次强调，发生火灾时，救火不是最主要的，逃命是最主要的，因为命是最尊贵的，是不可再生的，其他的都可以重购重建……

宣布演习结束后，他马上转身对方才批评过的那位管理公司人员鞠躬道歉说：“对不起，方才的话也是为了演习……”

之后，消防人员登上消防车，公寓自主管理会理事长提议大家站成一列，用掌声向消防人员致谢。

一个书架的周折

年底，为整理近来膨胀出来的书，需要再添置一个书架，立刻去家具店订购了一个高 1.8 米、宽 0.88 米、纵分三列的中型书架。三天后送到了，和女儿组装着，兴致勃勃，因为这样就可以在新年前把散乱的书籍归纳齐整了。

说明书上的步骤是：1. 装好底板和外框；2. 固定中层横板；3. 插入背板；4. 封顶。

可是，在进入第三步时，背板插入得十分滞涩。它在行进中间，出现了扭曲和膨翘。以为是外框或横板固定不充分，便拆开重新组装。在外框及横板组合无任何空隙和松动状态下，将框架背置于地上，再次尝试插入背板，依然滞涩。因为组装这样的书架已有不下十次的经验，以为不会存在不成功的例外，便使足了力气硬行插入。结果，除去中间一张勉强嵌入之外，两边的两张均行至途中便无法继续了。

将书架立起来，才发现三张横板均已被背板的强撑而扯裂至破。顿悟：是背板尺寸大于它的框架。硬要把一个没有弹性的东西装进另一个同样没有弹性而且更小的封闭空间里，是不可能的！

给店里打电话陈情。店里首先道歉，告因现在同种商品无库存，新年的第五天会派人带组件前来查明。于是，利利整整过新年的愿景就此放下。

新年期间，朋友进门时皆惊诧于这个惨不忍睹的无状书架。一遍又一遍对不同来客解说我的遭遇和书架的遭遇：这不是我的问题，也不是书架的问题。书架本身也是惨遭迫害的受难者。

今天中午，店方两人到来。先是道歉，之后打开带来的三张背板，量尺寸，之后又测量了扭曲在我组装的框架上的背板，鞠躬道歉说，对不起，背板尺寸相差 0.15 厘米。

于是，其中一人到外面取来事先备好的另一套组件，对我说这个尺寸不宜的套件已经出现横板破损，不能继续使用，问我能否同意他们将另一个同样的商品组装给我。同意。

组装空间在出入换鞋的门厅处。我对他们说如果此处空间不便的话，可以到厅里组装。他们说没问题，这里足够。他们铺上自带的绒毯，并在铺之前向我确认地板上原有的轻微痕迹以及周围墙壁上的些微壁纸伤痕。我一一承认，那是我家原有的造化。

拆卸病态框架和组装新书架进行了将近两个小时。中间给他们送了一次茶。

他们临走再次道歉。我也报以感谢和歉意，因为如果这个书架不存在尺寸不宜的差错，他们也没必要于新年伊始到一个陌生人家里鞠躬示歉。两个人、几个小时的工作，全是因为这个 0.15 厘米的差错。

笑问他们这样的事是不是很多，答曰不多，这是偶然。再问何以出现这样的差错，大致可能出现在哪个环节。笑曰不好说。说或许是加工环节，或许是九州那边捆包时的失误。这是中国制造，但不是品质问题，只是部件配套分装时的一个差错。也并非同商品的批量失误，因为店里陈列着两个同种产品的不同颜色的样品。

原本很简单的事，却费了一番周折，但也未生出丝毫抱怨，许是假期心有余裕的缘故。问题发生了，又各自尽其所能协调解决了。这虽然不算个事，却是跨年发生的，是以记之。（2011.01.05）

东京之水甲天下

“桂林山水甲天下”，是汉语圈一句尽人皆知的话。最近，东京都知事猪濑直树在记者会上发出呼吁，称今年（2013）年内东京都全域将实现百分之百高度净水处理，大家可以放弃瓶装矿泉水，直接饮用自来水。单纯从净化率角度来说，套用“桂林山水甲天下”，说“东京之水甲天下”，似亦不为牵强夸张。

早在几年前，作为推广安全自来水的一环，东京都水道局就曾把经过高度净化处理的水道水直接装瓶，名之以“东京水”，免费提供给参观相关设施及出席相关活动的人员。“东京水”当即获得好评，并不乏求购之声。于是，为满足民众需求，2004 年 11 月，水道局开始在都厅内的小卖店里出售“东京水”，每瓶五百毫升，售价一百日元。

谈及年内将实现东京全域自来水高度净化时，猪濑知事在 4 月 5 日的发言中说：“搞不懂瓶装矿泉水为什么在日本如此流行，完全可以直接饮用自来水嘛，像我们这样可以欣享现成的可饮用自来水的国家，现在世界上还为数不多。”他说自己每天晨练跑步时口渴了就喝公园里的自来水。

全世界仅有十一个国家的自来水可以直接饮用，其中采用臭氧和活性炭处理的东京的自来水净化技术最为先进，管道及公寓的蓄水槽也管理严格，水质指标在国家净水基准之上。去年6月以来，东京都水道局曾对一万四千人就东京自来水和市场矿泉水的味道做过盲测，过半数的参试者认为东京自来水比矿泉水好喝。知事在发言中反复计算矿泉水零售价格和自来水成本之间的价差。一升自来水的水费0.2日元，“一瓶五百毫升的矿泉水售价一百五十日元，两瓶三百日元，花这个钱完全没必要”。尽管知事的苦口婆心充满对都民的体恤，但也有网络用户表示，东京都在净水处理项目中投注的巨额成本亦不可无视。

自1989年于利根川水系净水厂导入高度净水系统以来，至今已二十四五年。如今，金町净水厂的高度净水设施今春即将竣工，三乡净水厂的建设尚在进行中。预计从今年10月开始，东京都全域即可将经过百分之百高度净化处理的自来水输送到千家万户。这不仅是关照东京都民的一项益民事业，同时也会成为增强知事申办奥运会自信心的一个环境因素。

老子曰“上善若水”，这也是日本一家品牌酒的商标。厂家的理念体现出了对老子以水喻人之品格最高境界的崇仰，认为做最好的酒即是要把酒酿成近于水的味道。东京都不惜巨资执着追求的水之安全至上的“美味しさ”，也可谓一项还原“水利万物”的本质的善举。

（2013.04.21）

日常中国　日常日本

日常中国

今年（2012）8月初至9月19日期间，我一直在国内，具体说是在东北地区，黑龙江、辽宁。过得很日常。几十年来，第一次这样长期驻留在家人身边，把改革开放以来的国人日常生活体验了一个比较完整的小周期。

尽管每年都回去，但往往是时间短暂，移动频繁，许多细节部分未能关注到。此次则不同，一个多月每天参与日常家事，的的确确感受到了中国人的生活与我出国前的80年代相比发生了极大变化。至于都有什么变化，却又一时不知从哪里说起。单说日常生活饮食家居方面。出小区门几十米就会有大中小超市，里面什么都有。店主基本都已熟识，买卖轻松简单。蔬菜类比如西红柿、黄瓜、葱等等，可以做饭前去买，一个一根地买，新鲜，又不至于浪费。

母亲的使命就是主持安排一家人的吃饭问题。她乐此不疲，吃着早饭策划午饭和晚饭。我回了家，她又自然而然地照料起我的日常生活细节来。我的床头每天都像财神爷或是什么大仙的供台一样摆满了各式水果。她看总不见少，就以为我不喜欢某几样，第二天再换上其他种类。几天后发现还是不见少，就念叨说人不吃水果身体就会不好，健康报都说了。还说是因为日本水果贵，我已经养成了不吃水果的习惯，这样长久下去会更不好云云。我只好告诉她这些水果都是好东西，我都爱吃，只是肚子里没有地方容纳。一天三餐，每餐饱食，哪里还容得间餐？偶尔吃块西瓜啃个梨，她就马上又去买来西瓜和一袋子梨……

其间，侄女赴南京上学，她的双亲乘飞机陪护到校。临行的早上，她与家人一一拥抱告别。三十三年前的这个时候，父亲推着自行车，一家人跟着送我上火车。我身上带了二十几元钱，身轻如燕地离开故里。

我是个在安静里闲不住的人。凡是一人独自可行的，不论什么事，手头总是做着，不辞辛劳。十字绣《兰亭序》竣工了，又选一个更耐走针费时的《金光盖地》。清理完室内诸项，就坐在沙发上绣图。再就是主动找活儿干。各屋巨大的薄厚窗帘，都摘下来清洗。母亲说自从几年前搬进来后就没洗过，想摘下来都够不着。变动室内家具格局，把餐桌移放到室内最亮堂处，茶桌藤椅置于窗边。整理仓库，丢弃各类十几年不用的衣物。花盆剪枝、合并。类似的事，每天都能做几样。父亲见厅堂改观，连散步也不愿意去了，这里坐坐那里看看。母亲喜得一会儿擦擦这儿一会儿摸摸那儿，说像搬了新家似的。

晚饭后陪老人看电视剧。他们看，我坐沙发上绣，只听，不看。《穆桂英》和《老爸的爱情》，断断续续也算跟了下来。电视剧这东西还真是亲民，成了老人们饭后睡前的日常课业。打好了洗脚水，放一盘花生瓜子，开看。插播广告时，倒水，直腰走走。

有几次去亲戚的农场吃饭，玉米、豆角、茄子、黄瓜、西红柿、土豆，什么什么都是自家栽培的，现摘现做。住在那儿的日子里，做饭、除草、擦地、扫院子，时时处处能找到手头事。

弟弟一家计划带父母去三亚过秋冬，母亲从开春就开始准备随身携带品，连被子和茶壶也要带上。我说那里的寒冬腊月也是短衫短裤，被子基本用不上，即便用，也是到那里买才合算。她说反正车里有地方就装上呗，我说车载重油耗就大，这一路的油费也够买被子了……她听了顿时开悟，立刻将行装精减出一大半。饭后喝茶的空儿，我拿着地球仪给轻度智障的侄子科普地理，告诉他春节的时候海南是夏天。赤道、南北半球、地球的自转公转与太阳、四季与经纬度。侄子没上过学，肢体行动和语言表达有障碍，但是听力超群，他静静地听我边摆弄地球边用最易明白的口语解说，样子颇为认真。至于究竟理解了多少，我也不知道。总之看得出他对此行报以十分合作的态度。

9月16日，离开老家。在火车站安检时被叫住，说行李里有什么东西需要拿出来，找出来看是一罐室外用喷雾式驱蚊剂。安检人员说这个剂量不要紧。他端详着这桶日本驱蚊剂说你这是在外国买的啊，上边这不都是韩语嘛！然后递给我一张名片说："欢迎你再来，我们这儿挺好吧？！"看了一下，是一家市内旅馆的广告卡。

9月18日。大连。外出打车时，跟司机闲聊起来，他说："你看我们大连多理性，到处游行示威抵制日货闹得什么似的，俺们这儿啥事儿没有。你看，这街上净是日本车，你砸也得砸得过来啊！那些砸车的人敢说没一个自己有车的……"

日常日本

9月19日，大连飞大阪。来自成都的国航飞机迟迟不到，机场候机延长两小时，广播让乘客持登机牌领取餐盒和一瓶水。在大阪海关办理入境手续十分顺畅，一飞机人总共二十几分钟。最后走出机场大厅时，工作人员看看护照，打量着我的行李，亲切地问："行李都取齐了吗？没有忘了什么吧？请确认好。"这是时隔月余第一次听到日本人说话。于是，想起昨夜母亲的紧急电话，她带着哭腔说："你赶快把机票退了，明天不能走！不走了！"问她怎么了，为什么。她说你看看电视正报呢，日本那边把中国大使馆都袭击了……母亲心脏不好，为了让她安下心来，只好对她说好好好。

9月20日。学校开学上课。一切如常。课后，二年级班有学生提及当前两国局势，问老师在中国有否异常感觉或经历，我说我没感觉到什么，既没看到游行的也没听谁表示要抵制日货，倒是有人出于关心问在日本生活的华人是否受了歧视之类，我说我自己没感觉到。我跟学生说我基本不看电视，媒体方面的信息也不大关心，倒是母亲被媒体刺激得惶惶不安，说要是打起仗来我的安全恐怕没有保障什么的。听此，几个男生就说老师放心，真打起仗来我们来保护老师！还没心没肺念秧儿似地说打什么仗啊不要战争，继续日中友好吧哈！

课间，教师休息室里的几位日籍老师与以往一样，相见时简单打了个招呼，无非是这学期还请多关照之类。个别老师过来用很关心的语气问在目前紧张状态下作为在日华人生活上有否受到什么影响等等，告其一切正常。

今早清理室外残叶杂草时，隔壁主妇在那边主动打招呼："回来了？"我说："回来了。谢谢您关照我的花，这株蟆叶海棠从来没像今年开得这样好。"其实，临走时并没有拜托她照顾，连招呼也没有特意打，只是因为担心放在室内会枯死，就把花盆放到了两家并用的阴凉处隔栏下。她家那边种着一些花草，我当时心想借着这些一栏之隔植物的地气，我的花或许不至于枯死在旁边。回来看见海棠长得这么好，还致谢似的伸到她家那边开出一串花，就意识到受到了隔栏沐浴之惠。听我道谢，她说："是啊是啊，我每天洒水的时候就顺便给浇了浇。这花真的很好看啊。"

今天是秋分日，日本国民假日。历时二十多年的民间中文班7月份就计划好今天下午中文课之后聚餐，为老师接风，同时听取我的中国见闻。九十分钟的课没翻课本，七个学员之间也是月余未见，热聊日常、当前事态以及我的归国之旅。晚间聚餐举杯时，一人说为久违重逢干杯，另一人说为日中邦交四十周年干杯。于是大家齐声相应，对对对，为四十周年干杯。

这些人多在四十多年前开始接触中国和中文的，其中一人退休前在JTB（日本旅行社）供职，退休后想去中国留学，我帮他介绍了大连理工大学。留学两年回来后，就在奈良地区参加了日中友好志愿者团体，一年到头忙碌在奈良公园东大寺一带，免费为中国游客导游。大家一致赞叹他的选择，他自己也为此喜不自禁，反复说现在做着的事比原来的工作充实得多，强调说接触中国游客非常开心，说到日本来的中国人都亲切友好，对他们的志愿协助反复道谢，有的人还给小费或礼品。因为他们的团体信息公布在网页上，大陆中国游客以外，还有来自欧美地区的华人前来求助。

或许是喝着酒的缘故，对于目前的两国局势，没有一人现出忧虑状，其中一人还喜滋滋地说："这是好事啊，中国话说得好，不打不成交——中国话里我最欣赏这句！"早年供职于《朝日新闻》社的一个人反复感叹说："中国人的生活好起来了，这是比什么都好的大好事，生活好了，心态就会好起来。"他 80 年代初第一次去中国，那时对中国尚一无所知，导游兼翻译是一个三十岁出头的女性，日语呱呱叫，让他钦佩得什么似的，问她怎么学的，她说她是北大同期班里的最差生。就这一句话，让他一下子喜欢上了中国——这么优秀的人还这么谦虚，中国和日本在这一点上是相通的。此后，他利用出差机会探望过她两次。她有两个儿子，工资养育孩子不够宽松。他出差补贴很优厚，很想给她小孩儿一点儿钱用，但是怕伤了她的自尊心，在反复犹豫后还是作罢了。酒桌上，他几次拉长了声音说现在特别想见那个她。酒至三分醉，他开始自言自语：你们这些人学汉语，只是因为喜欢中国。我跟你们不一样，大不一样！我不是喜欢，我是爱。爱和喜欢怎么能一样呢……

散席时，早年在广播部门工作的一个人说："老师啊，虽然绝大多数日本人现在都是从容不迫温良恭俭让的样子，这是因为生活上还有余裕，真到了生计出现危机的时候，保不准会有什么人做出什么事来呢，过去的战争时代不就是吗？"然后又说："没事儿没事儿，我看中国的反日游行并没觉得有什么，在'九一八'这样的节骨眼儿上出现这样的争议，可以理解可以理解……可是，游行队伍里有人举着毛泽东像那是为什么呢？"——我没看电视，我也不知道啊。真的。我好久不看电视了。（2012.09.22）

日本没有“三八节”

日本从洋人那里学来吃面包，学来使用椅子的洋式生活。小麦营养和健康文化的普及使得战后日本的人均身高超过了中国，但是，他们没有设立“三八节”，也没把妇女解放到开火车、上电线杆作业的社会前沿。日本很多受过高等教育的女性自愿做专职主妇，社会把她们为家庭付出应得的报酬和各种待遇加算在丈夫的工资里。

妹妹在邮件里说，今早一上班公司就送给每位女员工一枝玫瑰花，获得意外欣喜，大家兴致勃勃。我这里则是平常日子，正值假期，天气好，适于做家务，洗衣服洗窗帘擦地改换家具位置兼写随笔……没人送花，也没这个期待。凡是强调的，大半是由于缺失。“三八节”时被优待，反倒觉得平时被亏待也说不定。谈不上谁待谁如何，都是人，平起平坐着。呵呵。

中国有几项革命性的节日，“三八”“五一”“七一”“八一”“十一”，还有几十年不曾放假的传统节日，如元宵节、中秋节。据说，承蒙经济搞活，为促进消费，现在中秋节也放假了。这些节日在国外都没有，我们连春节也过不上。出国在外的人有点陷入节日贫困，心里记着中国节日却要照常上班，徒增几分寂寞，还不如忘记今夕何夕。反过来说，与国内不同步的节假日倒是不少。日本除去新年和日常周末以外，一年下来除去6月和8月两个月没有法定休息日以外，其他十个月，挂历上都有印成红色表示各种名目假日的红日子。成人日、建国日、春分日、绿化日、宪法纪念日、国民休息日、儿童日、开海日、敬老日、秋分日、体育日、文化日、勤劳感谢日、天皇生日等等。8月中旬还有一个不成文的定例，多数公司会一连放假几天避暑，那时正赶上学生暑假，很多人就举家去旅游、祭祖或扫墓兼归故里省亲。

过了这么多年的各种有来由的“日”，也弄不十分清楚哪天究竟是什么“日”，只要日历上是红日子，公司学校都得闭门，让学生员工在家休息自由使用。

大学假期更长。春假暑假各近两个多月，全年实际工作时间不到三十一周，还不包括周末周日和红日子。私立学校还多半有带薪休假。

在日本生活的华人女性做专职主妇的不多，因为大多受过教育具有工作能力，而且早年出来的人多数有过在国内的工作经历，不工作做主妇似乎自己也不甘心。可是这批人相比较日本主妇和国内有家庭的工作女性都要辛苦一些。有的中国丈夫似乎很善于效仿日本式丈夫，心理上产生了“我是家庭顶梁柱”“男主外女主内”的自我暗示，面临妻子出国后照样工作的现实，不知不觉就流露出日本丈夫要求妻子承担全部内务的理所当然的态度。深受“三八”情结抬举过的中国女性却多半好逞强，在外工作不输给男性，在内主持家务也不甘落在日本主妇之后，这样岂有不辛苦之理？天长日久的呕心沥血，不是为别人，是为自己家和家人，也只好自耐自享辛苦。中华女儿的美德啊。呵呵。

（2006.03.08）

无节可过的教师节

曾经被捧着过了第一个或是第二个教师节，学校还发了月饼。全体教师兴致勃勃，一天下来都把“教师节”这个新词夹在各种句子里说来道去。我已经忘了这教师节的详细由来，当初的第一感觉好像是为了提高教师地位，力求使这个神圣的职业获得精神境界上的认知，同时，还能给它添上一层有形有色的物质神圣，如是，教师头上似乎就套上了一圈与崇高有关的光环。不过，教师身价似乎也并未因这个一年一度的光荣日子而有多大幅度的提升。那时候，同学聚会时，做教师的多半看上去谦和平淡，在机关供事的却神采飞扬。

离开有教师节的国度，依然做教师。再没有特别的日子强调教职的神圣，也不被提醒某一天应该享受来自社会的特别厚爱，倒也清静。比如，没有集会学习，也没有发言表态。只要打发好教室里的九十分钟，便没有九十分钟以外的职责义务。

4月，开学的前一天，教务科打电话来，说班里有一个重度弱视的学生，让安排在前座，板书的字也要放大了写。电话那头的人说话口气谦逊客气，仿佛那弱视学生是他自家子弟。开学以后，我把这个学生排在第一排中间位置，课间每讲完一段内容，就低身问他是否领会。其他学生会把自习时间利用得活跃轻松，只有他把眼睛几乎贴在教科书和笔记本上边看边写。有时候，他会举手叫我，说："老师，请问这个字的笔画怎么写？"比如"钱"字，多半学生会想当然地写成"钱"，尽管把"金"字旁写成"钅"，但右边还照旧写成日语钱字右半的"戋"，而不是汉语简体字的"戋"。教了这么多年汉语，唯有他未经提示自己发现了汉语"钱"字的右边比日语的少一横，而他，是一个弱视学生。与这个学生的相遇，使我养成了写板书横平竖直的习惯，重新体验了小学时写田字格时的一丝不苟。

期末考试那天，教务科封闭好的试卷袋里，有一张尺寸大于其他B4纸的A3试卷。这张放大的卷子，叫我心中猛然热了一下，想起一句哪里听来的歌词，"特别的爱给特别的你"。人间的相互呵护，社会对弱者的关照，当这些理想概念呈现在具体细节中时，叫人感到如此美好温馨。评卷子的时候，我把这张A3卷留在最后，像是为了给这一学期的工作打一个完整而充实的结。这个特别的学生，给了我特别的自信，也给了我做教师的荣誉感。他得了九十五分，远远高于平均分。尽管无人对他抱有特殊的期待，更不会有谁是为得到回报而为他做事，但他的九十五分，却让我觉得不仅是他对自己的答复，也是对老师的褒奖，更是对所有愿意关照他的人的回报。

为着与这个学生的相遇，重读了海伦·凯勒的《假如给我三天光明》。和绝大多数人一样，我拥有与生俱来的健康视力，然而，正如盲人凯勒所说，很多时候，对于官能健全的人来说，随处可见的光明都是不以为然的理所当然。

写下这件事，以纪念没有节过的教师节。（2007.09.10）

贺年片时节

2008年10月30日，日本各邮局开始出售2009年度贺年片。提前两个月提供服务，够体贴周到。今年贺年片的发行量，包括慈善基金贺年片（每张售价五十五日元，一般贺年片五十日元），总共三十九亿五千万枚，是日本人口三十倍还有余。就是说，平均每人购买三十枚以上才可能达到这个发行数目。

1月1日早上，新年第一天第一件事，便是出门开邮箱。成捆的贺卡翩翩而至，拿进屋一张一张地翻看，欣享着这个曾经陌生的国度里来自各地记着你祝福着你的人们的新年贺辞和简短信息。有人结婚了，有人新添了子女，有人出国工作去了，有人新出了一本书，有人退休后开始钓鱼或者玩游艇，有人说去中国留学了半年，有人说退休后去中国做义工当日语教师……要说过年有什么快意，这一情景便是快乐之首。

和中国一样，日本自古有新年时节的拜年习俗。明治四年（1871），邮政业务起步；明治六年（1873）首次发行邮政明信片。此后，拜年习俗逐渐转为明信片方式，发行量连年递增。每到年始，邮局信筒就被各种贺年邮件塞满，邮局工作量大增，工作人员彻夜分发。明治三十三年（1900），私制明信片获得国家认可，各类插图明信片一时间成为时尚品。自此，寄贺年片作为日本的一项新年必行的大节目延续下来。昭和十一年（1936），邮政部门首次发行贺年邮票。昭和二十四年（1949），开始发行专用贺年片。昭和五十七年（1982）起发行插图贺年片。随着电脑及印刷机在家庭中的普及，平成十七年（2005），增加发行了图片印刷专用纸质贺年片。

虽说贺年片以“年”为主题，但这一课题的展开前后差不多要跨越一两个月时间。10月底11月初开始发售，年底更忙的人可以提前购来陆续写印。同时，与贺年相关的预先“通知”也开始相继进入各家信箱。去年刚进入12月，我便收到当年第一张与贺年相关的明信片，是一个日本朋友发来的“丧中”通知。上面写道，“本家在守丧，请原谅今年免发贺年片拜年”，内中附有小字说明：“母亲于9月15日享年100岁长眠。葬礼之日恰为日本的‘敬老日’，这一天我们收到了来自内阁大臣和本市市长发给母亲的百岁贺信。虽然母亲没能亲自看到这份诚贺，但是她在另一个世界一定能感受到这份欣喜和欣慰。”一周后，收到第二个“丧中”通知，来自一位十几年前跟我学过中文的七十多岁的老人。他用中文写道：“九十七岁的老母亲长眠了。我在服丧，恕不拜年。生老病死，人生无常。”

这样的“丧中”通知，每年年底总要收到几张。每收到一张，就马上在自制的贺年片地址簿上找出该人地址，注明“丧中”，免得再发去贺年片给哀思未泯的守丧人平添无喜可贺之忧。上面两张都是通知给母亲守丧的，还有的“丧中”通知来自曾与我们往来的“本人”的家属。上面写着“主人”或“家父”“家母”“长兄”“姐姐”等享年某岁于某月某日长眠等等。近年，我的贺年片地址簿上已有好几个名字画上了黑框，注明与逝者相识于某年某地及逝者逝日。

日本的服丧习俗最早来自中国的五服制度，寺庙神社里有根据五服关系做出的服丧服忌时日的规定，各类部门也有“服丧休假”的相关规章。印象里中国的守丧习惯，体现为家人去世后一段时间里按时烧纸上坟和不着艳装、三年不贴对联、过年不放鞭炮等。这些还都是外祖母在世时留给我的常识。外祖母外祖父相继离开时，我们遵守了他们的规矩。去年春节回国参加同学聚会，一位当年丧夫的女生穿着红毛衣出现时，让我觉得外祖母的守丧教谕或许已经过时。

刚到日本的第一个新年，收到过几张贺年片。收到就收到了，也不知道应以同样的方式还拜。后来知道了大体要互拜，就开始给对方发送,并且学会了给“旧年中”受过其关照的人主动发送。一年又一年，结识的人越来越多，往来贺年片的数目就多起来。我把收来的按年份收藏在两个长盒子里，看上去像图书馆的查书卡片。

近年出现了电子贺卡，有的人就发来邮件并说为节约资源今后改为电子卡拜年。我也认为日本这项规模宏大的贺年片工程耗资费时，觉得有必要也有义务参与削减。但是，每当收到一份友人去世的服丧通知，想起今生再不能跟这位曾经交谈曾经共餐的人以任何方式交流，就又觉得亲自写贺年片送给相识相知的人是一件值得静下心来做的事。好在,每到圣诞节前后学校便进入冬假,有时间悉心伏案作业。地址簿、上一年收来的贺年片、新年度的空白贺年片、毛笔、印泥、自家地址印章、旁边的几个橘子、一杯茶。来日本快二十年了，这样的年底也过了快二十个。手边厚厚的一摞新贺年片，眼前浮现着一位又一位在这个国

✲ 打包的贺年片

度里相识的友人们的音容笑貌。一张又一张，亲手把吉言善语写上去。外面吹着这一年最后几天的寒风，心里感受着迎新春的温暖。

曾经尝试过提高效率的作业方式，把地址姓名都输入电脑打印。但是，别人发来的贺年片中，那些一丝不苟亲笔写就甚至附了亲笔画的作品式个性贺年片，总会让我真切感受到对方的诚意和尊重。于是，依旧改为亲笔写。至少，对方的地址姓名要亲笔写。既然发送，还是把内心祝愿体现得更亲近更直接才好。数量再多，每一张的对象也只是一个人，如果仅仅是走形式，便不发也罢。

人类已进入电子时代，新世代的人也越来越不受以往繁复礼仪的束缚。年轻人多用手机短信拜年，现在已经有了手机短信式贺年片。传统贺年片发行量近四十亿枚之多，与以往相比，邮政部门的这项收益已连年呈现明显递减的趋势。为增加抽奖贺年片的魅力，邮政部门近年新增了每购买五十张贺年片赠送一张地方特产抽奖券的服务。此外,还有一些公司厂家为提高商业效益而定制商务贺年片,以“单行道”方式发给客户。

不管怎么说，这些年底年初成捆成打地传递于千家万户的贺年片，都体现着日本是一个具有古老东方色彩的礼仪之邦。

“11·22”幸福伉俪与“11·11”光棍节

1988年，当时一个称作“休闲开发中心”的机构，将11月22日命名为“圆满夫妇日”（いい夫婦の日）。刚开始时，还觉得有点不自然，夫妇年年月月天天在一起，每天都是夫妇日，好像没必要指定这么一天刻意强调圆满。据说，提倡的理由是一年四季的日常生活中有情人节、母亲节、父亲节、圣诞节等，却没有一个大家共同参与的夫妇节，而随着人们寿命的延长，建设并享受宽裕而和谐的家庭生活，在人生中的位置越来越重要了。可见，设立“圆满夫妇日”的指导方针是从夫妇二人的视角来关注生命和生活。

日本人好像很喜欢谐音。比如这个“1122”，音读“i i fuu fu”，写成汉字是“良夫妇”，它就因此成了一个夫妇节。也有在谐音中读出不吉暗示而极力回避的，比如车牌号就很少见到42-56，因为这个数字排列成日语可以解读成“死时”（死に頃）。

俗话说缺什么补什么。自从有了这个良缘日，不少恋人选择这个日子成婚。提倡圆满，多半是因为圆满的不多。月亮圆，也就那么不大会儿的光景。人生中，即便不是人人尝遍悲欢离合，中途总是少不了颠簸、离别、缺憾。即便是长年安分的家庭的两位主角，又有几个敢作出本家夫妻美满的宣言？前几年，演艺界名人小柳夫妇经常在公众面前演示自家如何和谐，美满到无以复加，不久却各奔东西了，破灭了自己的美满婚姻童话不说，叫艳羡的人也扫兴得有几分灰溜溜的。圆满，像寺庙里菩萨那永不动声色的佛面尊容，远近难测，需以自己的分寸信仰去不屈不挠地向往之。

时值深秋，四处飘落的叶子中，难寻出一片形状对称色调均匀端正到无可挑剔的。在夫妻这个单位中一辈子相伴相处下来，如同这树叶的一生，走过四季走到秋冬末日的，多少都留下了点儿斑痕虫孔。饱经了风霜，哗哗地落地，似也算得上是体面的寿终正寝。

方才路上与一对年轻人擦肩走过。他和她手拉手说着话，你一句我一句，声声伴着笑音。作为局外人的我，似也感受到空气里充溢着快乐，秋风悸动在甜蜜的波涛中。这一刻，已经是一种圆满。

近来，中国也有个别借助巧读日历数字创立或推广公共文化的实例。例如，首都举办奥林匹克运动会那年的2月11日，是新出炉的第一个“排队日”。作为首都文明办发出的建设首都文明措施之一环，每月11日被规定为“排队日”。两个1并列着，示意先后有序，看图识字般通俗亲切。

后来，每到11月11日，又见网络上出现一些将此称作“光棍节”的说法。四个1排列，一群单身汉的意思。网络时代到底是不同，一个人吃饱了全家不饿的单身族个体，网上聚众打趣，就造出一个“光棍节”来。有节过了，说不定会一时间忘了“孤独”的寂寞。自我解嘲，是一种有功效的心态。从这个意义上来说，“光棍节”比“排队日”来得自然得多。想啊，首都人民被用两个1提示排队，怎么说都觉得有几分嘲弄的意味。

敬老日盘点寿命

一天的课上下来，忘了今天是个法定假日，倒是有学生撒娇说："早点儿下课吧老师，今天本来是假日，您也早点回家吧……" 我问今天到底是个什么日子，为什么休息？二十多个人却一时没谁答得上来，你看我我看你，嘀嘀咕咕说是啊今天到底是什么日？有人拿出学生手册查看，说"敬老日"。哦，我也想起来了，9月里是有个敬老日。

回家的路上，打开车里的小电视，里面正热热闹闹播放着关于敬老的节目。老人平日每天都活在一天老于一天的日子里，并不受人关注，可是每到了这个特别的日子，媒体就会张罗些敬老尊老的专题节目。正在播放的是一个采访，被采访者是目前日本首席男性寿星，112岁的木村次郎右卫门先生，住在京都丹后市。他在当地邮局工作了四十年，退休后务农到90岁，目前与丧夫的长媳及孙媳三人生活在一起，喜读报纸，每天必仔细遍览，尤其关心政治，对政权交替充满兴趣，认为日本最有影响的首相是伊藤博文。

寿星体检表全项正常，每天坚持做蹬自行车的动作一百圈作为运动，按时起居，按时吃饭，保持八分饱，每餐十几样，各样极少量。被问及长寿秘诀，答曰把每一天都活得充分充实，中国话应该叫“活好每一天”。他说：“不要想着有明天，要把每一天都当成自己的全部。”这位寿星有子女七人、孙辈十五人、曾孙辈二十五人、玄孙辈九人。他视力和听力稍弱，笑容明朗和蔼。只看神态不能想象他年已百余，也就是八十多岁的样子。但如果当面对他说“您看着很年轻，就像八十岁一样”，他会觉得很开心吗？天啊，如果被赞叹看上去年轻得就像八十岁一样，世上还有什么不开心的事吗？这个“看上去”的年龄和实际年龄相差三十多岁，等于对五十多岁的人说看着像二十来岁，谁敢这样忽悠？

追求长寿未必可当作人生目标，但长寿者明朗淡泊的心态，却可作为处世楷模。每个人都同样在人世里走一遭，走得端庄稳妥，就可谓雅。持有这样一份平凡的雅兴，与人世相处，与生命相伴，慢慢活，每天醒来迎接的就都是一个新天地。

日本《国民假日法》中关于“敬老日”的“宗旨”处说设立这个节日，是要“向为社会做出长年贡献的老年人表示敬爱并祝愿他们长寿”。“敬老日”最早缘起于兵库县多可町野间谷村村长于1947年提倡的“老人节”，到了1950年，兵库县全县推广这个节，其后又逐渐扩展到全国。

1964年，“老人节”改称“老年节”，1966年起以“敬老日”命名并列入法定国民假日。与外来文化的“母亲节”“父亲节”等不同，“敬老日”是日本的国产节日。2001年，伴随日本假日法修改方案新增的“快乐星期一”制度的实施，从2003年开始将“敬老日”由原来的9月15日改为9月的第三个星期一。

“老人”这一概念，规范用词为“高龄者”。高龄者一般指达到一定年龄后离职退出社会第一线的人，自身特征为开始出现各种健康失调状况，并渐渐产生关于死亡的意识。WHO（世界卫生组织）定义，高龄人口指65岁以上者。65—74岁为高龄前期,75岁以上为高龄后期。2007年，日本65岁以上人数占总人口比例达21%以上，成为超高龄化社会。

2012年，日本男性平均寿命为79.94岁，居世界第五位；女性86.41岁，居世界首位。据2013年9月统计，日本满100岁以上的人口数为五万四千三百九十七人，比上一年度增加三千零二十一人，连续四十三年呈增加趋势。另有一个相关概念称作“平均余命”——将平均寿命年龄数减去现有年龄，是每个人的平均剩余寿命。

我如果按照日本的平均寿命做一下自我寿命盘点，恐有贪生怕死之嫌——生为中国人，寿命也当由种族共同命数计算。中国人的平均寿命，据2002年世界卫生组织数据显示，在人口一百万以上的一百四十九个国家的统计中，排名第五十七位，总平均为71.1岁，男性平均寿命为69.6岁，排名第四十四位，女性72.7岁，排名第七十位。

与中国男性平均寿命排在世界第四十四位相比，中国女性平均寿命的排名远远落后于居世界之首的日本女性平均寿命不说，与本国男性寿命排名差距之大，亦为其他国家数据中罕见。原因何在？女婴成活率低？妇女医疗保健设施落后？还是有什么其他原因？

如此算来，中国女性的“余命”比日本女性短了将近13岁，但如果能按照平均寿命活到自然死亡，也还算剩余不少。因为有30岁前定居日本这一背景，朋友提醒说我的寿命盘点应该在中国平均值和日本平均值之间。不过，想一想都活到百岁那样无边无际，也是前后无岸般的茫然。有个日本朋友曾在母亲百岁长眠之后乐呵呵地说：“哎呀！

终于走了。还算留了点自由时间让我们安度晚年。”

补注：2013年6月的某一天，在教研室的英文报纸头版看到附有木村次郎右卫门先生大照片的报道：世界最高龄男性（116岁）逝世。

京都酒家

京都，以千年古都文化盛名吸引着日本国内及世界各地的远近来客。皇宫御所及几千座寺院神社分布在各处，让来这里看的人走啊走的走不完。京都，耐走，耐看，耐品味。在京都，走走停停，吃吃看看。

要说吃，也真没什么可吃的，然而京都的料理却有个极其响亮的名称，叫“京都料理”。至于“京都料理”究竟是什么菜，什么味儿，却又举不出几样实实在在的吃喝之物。比如有一家店，店名叫“葱屋平吉”，可理解为姓平吉的人开的以葱为主打食品的小馆。门帘上干脆就画着葱：进来吧，专门吃吃咱家的葱！想象吧，葱能有多少种吃法？葱能否吃出葱以外的什么味儿来？“以为自己是根葱呢？”呵呵，不是葱焉敢挂幌专做葱？

依我看，京都料理，就是精致、典雅的代名词，有各类淳朴的容器，装在里面的不论是什么，都更像是装点而非食物。

京都市地处内陆，特色菜是咸菜。很农民吧？许多店家就把地产茄子、萝卜装在筐里当招牌摆出来，粘着泥土的粗菜，硬是诱得各种肤色的客人驻足。绿油油的尖椒，活生生地晾在那儿，仿佛就能挥发出京都特有风物的香醇。点一份最盛大的咸菜拼盘，送上来看吧，细细的四根胡萝卜条，加起来不过小手指粗，四五片萝卜，或者还有几片腌白菜、萝卜缨。开眼了吧？这叫京都料理。

京味不是吃出来的，也不是闻出来的，是品出来赏出来的。京都料理，似乎与生理无关，更紧要的是审美与雅趣。很飘逸。几千日元几万日元结了账，或者还要拐进站前某家面条店，实实惠惠来上一碗几百日元的热面。兴致醉心，粮食才抚胃。

酒呢，倒是大方，只要你不断地吆喝跑堂的小哥小妹“拿酒来”，就会有人一壶又一壶地殷勤送至。小酒壶也必是与那些中看不中吃的精品们遥相呼应的,你却绝不会抱怨这酒壶小——一次又一次地吆喝“拿酒来”，乐趣无穷，要的就是这份陶醉。菜肴雅，酒兴豪，即便是“多乎哉不多也”，亦无丝毫寒酸味。

每到夏季，有一条街就从吃饭街变成纳凉胜地，明晃晃的纸灯高高在上，上书大字“鸭川纳凉床”。季节语加河川名，像俳句一般，就是扛大个儿挖煤的苦力大哥，也能给陶冶为速成风雅士，顿悟到这里不宜大吃大喝，只宜诗情画意。“鸭川纳凉床”的“床”，与风情万种的席梦思床宁式床之类俗物也不沾边，专指架于鸭川河床之上的木质露天酒馆。

细长的小街上，偶尔见穿和服的女人三三两两走过。若是赶上成人节或者祇园祭，翩翩锦袖长裾，就把这里繁荣得披红挂绿，颇有时空穿越感。为使这些缤纷的绫罗展现在街上，穿和服打出租车可享受赁费优惠。传统非打造而成，靠的是爱戴和恭敬。

“先斗町”，从“清水寺”“祇园”均可步行而至，位于四条与鸭川交接处的河原町站东部，从“四条大桥”西桥头向北一拐便到。一步步迈过，户户是酒家，南北八百米左右的细小街道两边，一家挨一家，风格各异，每家都是一个幽静妙处，想不细看都不行。左看右看，欲迈入这家，又舍不得那家。朴素，别致，每家都在努力体现个性，却又不显张扬。家家不一样，家家是京都。走一条小街，便可成就京都之旅，一碟半盏，不忘京都之夜。或许，这就是京都韵致的奥妙所在。

东京见闻琐记

跟女儿约定碰头地点的时候，正好看见头上有个“八公出口”的指示板，就说“你到涩谷站打听八公出口……”话还没说完，那边就说“知道了”。这个“八公”，还是在网上看帖子得来的见识，今天是偶遇，算是顺便参观了一处景点。出站找到八公，如同来到大佛脚下，不顾周围形形色色的人，带着满心满怀的敬意，围着塑像看了好几圈。八公忠姿永定的坐像，仰望着烈日普照的午后，视周围来来往往的人为无物，专心致志于与主人在天之灵的呼应。

见到女儿后，问她怎么知道八公，她说谁不知道啊，那么感人的忠犬故事。我说我原来就不知道，才知道不久。她说那是因为妈妈对日本太孤陋寡闻。见她说得这样理所当然，我就争着要找个台阶，摆开了霸道架势说日本还是我接你来的呢，我知道的很多你也不知道。不想人家却毫无做晚辈的自卑，十分包容地说：“那是那是，妈妈不知道八公也不会有什么损失。”接着她就说，到底是东京，刚出站就有人过来问她：“你想进艺能界吗？”我说我在这儿等了半天了，怎么没人来问我啊？她笑了，说谁敢问你啊，你这么恐怖，黑社会见你都得躲着。我，有这么惨吗？她又安慰我说妈妈不是惨，是一看就刀枪不入软硬不吃的，所以没人跟你费口舌。

下午 4 点前后，两人在涩谷站附近一家咖啡馆用便餐。东京的确是寸土寸金之地，咖啡店里的高脚座椅，座面小得像婴儿专用的，大人的身体中部装进去远看都成了标准身材。即便这样，能坐上也算运气不坏，很多人还等在外面呢。

女儿坐在我右边。她右边的人走后，进来一个中年男人。男人入座之前，往我们这边盯着看。被他看得莫名其妙，我示意女儿把椅子往我这边靠近，给右边又腾出一点空间，他这才就座。我们这边靠得太近，就只好把椅子拉得跟条桌有些距离。那男人坐定后，顾不得端起冰水来喝，就把右手手指递到唇边开始吮啃。我赶快收回视线，恢复自己的用餐节奏。可是，他放在共用桌上的左手就摆在我们眼前，五个指甲都短短的，深陷在指肉里，整个手轻微痉挛着。

女儿把脸别到我这边来，看得出她不舒服到亟需回避的程度。那个人啃完了右手一家的指头，又换左手来啃。他穿戴着熨烫整洁的衬衫和领带，看上去像一个室内作业的工薪层。啃着手指的他，表情安然，但刚才盯着我们这边示意“让开”的神态，却是焦躁的。于是，我低声跟女儿说，这个人其实很令人尊重，你想，咬手指是他不能自控的强烈需要，一定比吃饭喝水还来得迫切，但是在办公室里他肯定要强制地自抑，这比吸烟酗酒依存症的自控要艰难得多，因为手指就是举手可得的恋嗜对象，没有顽强的意志，很难做到不为。

我拐弯抹角的话，她听得不耐烦起来，说：“妈妈不用说这么多，我都懂。谁不懂啊？心里能摆开，可就是眼睛看见了胃里受不了……”

这时候，窗外走过一个男青年，酷暑伏天里，腰后垂着一条真毛尾巴。我们看着，低声说“到底是东京啊”。

4点半左右，品川站内换车的时候，走着走着看见站台上躺着一个大男人。当时过往的人并不多，还没人在意他。走过几米之后，无论如何我无法再向前迈进，很自然就回转身向那人走去，想看看他究竟处在什么状态，有没有危险。他躺在乘客等车的黄线上，看上去在睡觉，头枕着右臂，左手把着手机、香烟、钱包，样子三四十岁，体态健壮。我左右看，不见有车站工作人员。站在他身边，想问他怎么了，是不是该打电话呼救。有人可能是看见我徘徊不安的焦急样子，开始围过来，我就控制住自己的发问，希望有个日本人来问。一个头上裹着毛巾的小伙子，凑过来低头轻拍他的头，大声说：“喂，大叔！怎么了？”无回答。“喂！喂！大叔！你怎么了？要不要叫救护车？”睡着的人轻轻哼出一声，意思像是“不用”。青年又接着问：“不是中暑吧？”“不是。”“就是困了想睡一会儿是吗？”“嗯。”“那好，接着睡吧，睡吧。”

看样子，他只是疲惫到了来不及择地而卧的地步，我转身走了。我手里提着两个大包，花布衫，黑布裤，红凉鞋。就这么一个外地来的在日外国中年妇女，还指望帮别人做点儿什么救急的事，也是因为从小做姐姐、长大做主妇的非职业性疾病心理在作祟。

东京。大。繁华。人多。我似一匹小蚂蚁爬进去跟着运转了几十个小时。山手线上了下、下了上，多少年也不曾这样频繁地坐电车了。日本文化和经济的巅峰，差不多都集中在这个都会里，我却只是完成了一只蚂蚁的行踪，紧着倒腾，也就是绕了那么一个小小的圈路。我所看进眼里来的，远的是高楼和太阳、无所不在的人和热风热气，近的是餐桌上的吃喝、柜台上的商品和恍惚时刻收进来的个别形影。这些，又何必非东京不可？纵然陌生如初，东京于我，还是因着有与同胞的牵连才变得有意义。第一次进的店，第一次见的人。因着共同的语言，有了关于东京、关于亲切和信任的记忆。

回来的新干线上，又没坐上指定席。每次都是这样，买了指定席的票，上车时间却不是提前就是错后，最终还是要沦落到去享受自由席。看来自身骨子里还是自由分子偏多，有自由可供选择时，做什么就优哉着而不窘迫。匆匆就近上了车，为了奔赴“自由席”车厢，我穿过特等包厢车和指定席车厢，最后来到自由席地域。这一场穿行，仿佛走过第一世界第二世界来到第三世界。第一世界的人造出第一世界的氛围，似乎那里的空气都有别于其他地方：穿和服的女人，脖颈白皙挺直，优雅如皇亲国戚；男人的行头坐姿，看上去也合着绅士的规范。不过，来到第三世界，我才意识到这里的自由似乎更有人情味。只听鼾声，也知是自由的畅睡。想起年轻时曾经坐过连站稳的空间都要共享的长途火车的经历，默叹仅仅用第一到第三划分，远不够把人的世界的阶层场景之异区分开来。

一路上盯着车厢内的滚动新闻看。每当独自出门时，总是担心飞机下或者车厢外的世界会否有大不测发生。某航空公司的飞机爆燃在冲绳机场……日本赛马因马患流感中止比赛……全日本盂兰盆节期间有一百九十多人丧身交通事故，是去年的六倍以上……这个数字让我站起身来环顾整个车厢，打量出一车厢即使满员似乎也还不到这么多。人，这么轻易就能死去。每时每刻，几乎都有“死亡人数为……”的报告成为新闻向活人发布。

哦，我要回家，渴望立刻就回到家。（2007.08.20）

冲绳—琉球之行

琉球。冲绳。这两个名字是什么时候第一次知道的，已经回想不起来了。它是地图上星散着的几个小沙粒，小得涂不上用以区分国家的颜色。似乎不曾想象过那些小小的沙粒上住着什么样的人，长着什么样的树，只知道那里到处是海洋，是天空，在很远很远的南边。琉球现在属于日本，到了日本，也并未觉得它近，依然遥远而陌生。

近10月底的一天。早上8点在伊丹机场登机，不到两个小时，就来到了那霸机场。遥远而充满未知的冲绳，就这么简单地来了。青空碧海，还没下飞机，就夹在了层层叠叠的透明蓝色里。气温30℃，把在大阪出门时穿的风衣卷起来往旅行箱中装，风衣变成一大团不合时宜的布物，灰溜溜地躲进箱子底层。

说不出有多少感动，也形容不出那里的美丽。来不及感叹有多美，拍照也觉得是一种干扰。带不走，抚摸不到，只能静静观看、感受，共呼吸，共存片刻。琉球列岛之夜的月辉，伴着首里城顶的风。城院一角静坐一个多小时。

红墙。明月。风起发飘。一切如此安宁。安宁中似听到古往今来的车音蹄声。夜城顶，是一条平平的直线，直线托着的月亮，静静的，缓缓上升。时而有云拂动，走过明月，有时像彩色烟朵，有时像腾绕着山湖的雨雾。感动不是因为美好的夜色。除去静静地坐着，不知道怎样，也不想怎样。静坐里想起“和平”二字。这两个字浮现出来的时候，就有了感动。和平，是多么美好。月的尊严，城的庄重，生命的尊贵，自然的协调。我知道，这里不会是天天晴天丽日，夜夜月明风清。在这样一个美好圆满的景中观城观月，幸运。

波浪拍岸，水溅白珠。

分不出哪一滴是曾经绝望的泪水。肃穆中按下相机。甘蔗林的叶响，曾经是人们压抑的哭泣。茎体中的甘汁稀释不去这里曾经的苦难。飒哇哇，飒哇哇。风在甘蔗林中穿过，昔日的场景被染成海蓝。

同行的一位日本朋友出生在冲绳，她对我说：“因为我说日语，这里的人总把我当成日本人。”一时没反应过来这话的意思，再问，她解释说，琉球人把琉球以外的日本人叫“日本人”，把冲绳人叫“琉球人”，把“琉球人”说的语言叫“琉球语”，把“日本人”说的语言叫“日本语”。她说自己身上有中国血统，好像是母亲家祖籍上有来自大陆的华人。她又笑着说：“不过我也不知道是不是真的，甚至连我母亲自己也怀疑。有很多琉球人喜欢说自己祖上有中国血统，因为从前的中国人有钱也有社会地位。”

的确，初次来冲绳，就看到不少与中国相关的符号。首先是带皮猪肉，这在日本其他地方根本看不到。“冲绳拉面”上盖两大片红烧肉并一大块排骨，七百日元，岛外来客总要端起一大碗。

这位冲绳朋友的母亲做晚饭接待中国客人，从事法国文学研究的父亲指着满桌子的料理对客人说："呵呵，你来琉球做客，这些菜里却只有这份海草是琉球的，其他的都是从中国传来的吃法做法。你看，豆腐、红烧肉……"

冲绳特产的彩色玻璃制品，拙朴，鲜艳大胆。走了几个小店，发现有种杯子价格各自差那么一点点。选出两只，拿到柜台付款的时候，问店员小男孩为什么各店价格不一样。他不说为什么，只说自己家的最便宜。我说我看见别人家还有更便宜的（不是说谎是真话），你能否给我与别店同样的价格？他说不行不行。我就说了句："有什么不行啊！"（なんくるないさ！）他一听就笑了："你说我们琉球话了，好，给你便宜点！"哈哈，好开心。他身后墙上贴了一个条幅，写着"大家一起说方言——大丈夫（没什么的）：琉球語では——なんくるないさ"。

琉球人热情开朗，爱说话，跟本岛日本人风格截然不同。在那霸免税店服务台预约了观光船，便出门打车奔那霸新港。说去新港时，出租车司机马上说："你们不要去那里。那里没意思，每人三千五百日元看的是装在鱼缸里的鱼。我带你们去一个地方，看海底天然鱼，一人才一千五百日元。"同行朋友马上警觉起来，低声跟我说这人怎么这样，日本人哪有这么主动劝诱的，咱们得小心点。于是，就半警觉半好奇地开始了交涉。十多分钟后就上了他的车上，手拿地图随时确认他带我们往哪里走。

他说："我陪你们一下午，怎么样？正宗琉球大哥负责导游解说，车费大优惠，八千怎么样？我喜欢中国人，中国人大大地好。琉球文化受过很多中国文化的熏陶，比起日本，我更喜欢中国……"交涉结果，两人共六千日元，从下午 1 点半到 5 点，带我们去美原天然海滨乘船游海观鱼，并到南端和平公园参观，最后送到步行可以走回 MIYAKO

饭店的首里城。

路友对此人的过分热情一直抱有戒备，我却以为他只是出于职业服务意识。个人开出租，谁不想多赚几个钱？生计啊。呵呵，说心里话，如果说人家不怀好意，我根本想不出任何理由来。打劫？谁信啊。劫色？想都不好意思乱想。罪过罪过。

一路上他不断地说呀说。看啊，左边是甘蔗林，“飒哇哇，飒哇哇”——你们知道这首歌吗？那边的房子是琉球传统建筑，那种红瓦顶的是武士庄园，另一种是商人庄园。你们知道屋顶上的那个大家伙是什么吗？那是水箱，琉球缺水，到了夏季，我们希望来那么一两次台风，那样可以多蓄些淡水……对了，我还买了一本徐葆光的诗集《海舶集》呢，可惜我一句也看不懂……他下车从后备箱中取出书来。那是一本学术性比较强的书，没有对原汉诗的现代日文版注释。“你为什么要买呢？”“嗯，现在来琉球观光的中国客人越来越多，我想我看了这样的书可以增加跟客人沟通的话题。徐葆光是我尊重的伟大的中国人……”

此次来冲绳是开会并非旅游，事先没时间做任何资料调查，承蒙这位导游的热情，我们偏得了很多有关冲绳的人文知识。晚上 5 点半，这位叫山本的司机把我们送到首里城。付车费，彼此疲惫着说“谢谢”和“再见”。几个小时下来，他已经会用好几个中文短语了。

这几天，首里城正在搞修复十五周年大型纪念活动。在入口处打听关城门时间，负责引导路边车辆的保安小伙子应对周到，答完了又问：“你们是日本人吧？”“不是，是中国人。”“嗯，你们日语这么好，我是说你们是从日本来的吧？”“对对，从大阪来的。”然后，话题就打开了。“哦哦，大阪啊。我还没去过呢。你们从中国什么地方到日本的？第一次来琉球吗？日本的生活习惯了吗？……”说了一堆话之后，才意识到他早已手拎着交通指挥棒离开了该站的路边，跟着我们边聊边走到了城门脚下。

这天是周末，农历九月十六。月色下，城风中，异乡人。此夜难忘。风物长宜放眼望。

10月28日，星期天。在饭店里看见当天有“琉球王朝绘卷行列”大型表演，便打车去国际大道。到时恰离开始只有十分钟，选好位置站定，把这从琉球“国王”“王妃”到大清“正使”“副使”的再现行列看了一个遍。行列表演自南向北纵贯那霸市中心大街国际大道，参加者人人表情动作若第一主角，服饰装束豪华庄重。从北侧终点处迎队列向南移动，近两个小时，烈日下看遍整个表演。武术队过来时，国际大道上奏起中国音乐，好像是《霍元甲》还是什么武打片中的主题曲。（2007年秋）

相关介绍（网摘）[译文大意]：

首里城节

表现传统艺能、群舞、琉球王朝绘卷行列等首里文化的节。“琉球王朝绘卷行列”为一年一度首里城节的主要节目。绘卷行列根据当时中国皇帝派遣使者前来琉球册封摄政王时的列队情形编制而成，豪华绚丽是其主要看点。国王、王妃以及皇帝使者扮演者，均从公开募集的普通市民应征者中选出。该大型队列表演由琉球国王、王妃行列，中国皇帝册封使行列以及琉球传统艺能行列三部分组成，人数达一千五百名之多。

大阪—上海—纽约

2008年8月8日。早上从大阪站出发,11点半到达关西国际机场。安检处反复提示，入境中国时严禁携带打火机及液体物品。办理出境手续之前，安检人员过来要求再次详查每一位乘坐大阪—上海航班的乘客的手提物品。答曰只是经由上海，不出机场，之后转去纽约，对方伸出白手套，说“请!”，免除了再次安检。

下午3点，到达上海。31℃。在浦东机场内办理转机手续的旅客，从大阪出发时即得到一个红标签，上有“穿梭中国”四字，被告之将它贴在上身显眼处。此时照做。

转机手续柜台后有四五个年轻人。具体多年轻，看不出来，总之近两年越来越发现工作在各行各业的人员都像刚毕业的学生一般年轻，我看着差不多就是孩子——似敝人眼光已经饱经风霜了,呵呵。中国人多,年轻人也多,不年轻的人更多……新西兰航空公司和美联航公司的空中小姐帅哥有的看上去有六十岁，服务娴熟，步履矫健，让人顾不得去推测这职业与年龄是否相称。

眼前这几个孩子态度比较随和，工作状态也相对随意，慢悠悠地翻着我的护照，一点儿不耽误和男孩女孩般的同事们用上海话聊天儿。女儿听不懂上海话，问他们在说什么语，这里不是中国吗？我说他们在说上海话。“他们在说什么？”我也听不太懂，但是简单的能听懂一点。一个问另一个：“你也是（19）71年生的？我还以为你是（19）70年的呢？”女儿用日语说：“说这些干什么？工作时间怎么能说个人的事？”“这是中国。”我提醒她。客人面前说上海话，本身就够冷落客人了，还说个人的事……这个从幼儿园开始接受日本教育成长的中国娃，从大学一年级开始打工，虽然是个小时工，但工作态度被训练得还真够严谨的，不由得当娘的心中暗喜。

办完转机手续，问之后我们该去哪里，四个来小时能否找到一个有电视看的地方休息。小伙子笑呵呵地说：“随便。但是没有电视。你们可以出机场，可以去市里玩儿。”

办理入境中国的手续。入境钢印喀嚓一声，国人归国。机场内人不多，干净，安静。出机场大厅后再重新进入时，要接受扫描检查。想找个地方喝茶休息，还想找书店看有没有《男人装》八月号出售，据说上个月完稿的《桃花源三十六小时》发表在上面，想看看文字编辑版及美编花心思选用的图片。进一书亭问有否《男人装》，女孩脆答：“有！那边。”还真有。拿两本要买，才想起身上没有人民币。下楼到银行换汇，美元1：67余，一万日元，得六〇四余小数点。换人民币千余，手续费五十元。购杂志成。小孩儿要求进咖啡店休息坐等，一酒吧或者高级餐馆前有电视，正在转播奥运盛况。荧屏右上倒计时显示“四小时二十一分若干秒”，到它至零，意味着那个不知有多少人日思夜盼的时刻来到眼前。

站在人家店前，对着电视机，傻傻地执着地流连十数分钟，一步一回头地离开，恨不得下一个回头能把四小时后的开幕式提前吸进眼球。

走着，女儿就说有点儿饿。知道她其实不是饿，飞机上的餐食吃过才两小时不到。踏入中国，不吃顿地道的中国饭对不起自己的中国心中国胃。错过奥运开幕式，已经是历史性的遗憾了，再不能错过其他。进一家开放式餐厅，点了泰国汤和海鲜套餐一份，并芥兰。好吃。美。香。要多好吃有多好吃。边吃边念叨中国菜就是好吃就是好吃，平时净吃些什么了啊这可怜的胃啊可怜的食欲。呵呵，你也真有点势利眼，平时也常听你说这好吃那好吃啊？我对她说。嗯，那是实在饿得味觉麻木了……这个见了美食良心就大大地坏了的丫头，享受着口福乐得喜不自禁故意要贫嘴。

吃来吃去，还是那几根油绿到美不胜收的芥兰最为合口。意犹未尽，又叫添来一份。吃着芥兰，翻看《桃花源三十六小时》，字号太小，难得看进去。见首段未有改动，便安心，就此也没了阅读兴趣，草草扫过，收起。

办理出境手续时，手提行李被要求全部倒出来挨件检查。连杂志也被重新开封翻页检查。我对那女孩说方才在大阪出境时手提行李没有检查得这样严格，女孩翻着我的包，头也不抬："因为大阪不开奥运会呀！"

飞机上，除去报纸之外看不见任何其他奥运信息。这是飞离中国的航班，而所有的奥运之韵都在以分秒之速汇集中国凝聚北京。从报纸上得知两小时后的开幕式上将由刘欢和那个有着动听的歌喉漂亮的面孔美丽的名字的女歌手同唱主题歌，可是我记得住她与波切利唱的

《告别时刻》的旋律与声音，却记不住她的名字，可见多大的星到我这里也别指望我去追去崇拜、倾听到倾心，也就是随着一段旋律回味，并于欣享陶醉中自造一层纯个人性情式的、似是而非的小小升华，而已。跟小孩儿说今晚是那个唱《告别时刻》的谁谁谁唱主题歌，她立刻说出她的一串音似萨拉哗啦的日语名字，我依旧听不懂。听不懂也无妨，呵呵，不影响我自以为是她一期一会的知音。

6点半准时起飞。和全飞机的人一同，把那个世人瞩目的非凡时刻实实在在地抛在身后脚下，被架空起来。

七年前，北京申奥成功的那个夜晚，在大阪看电视时的兴奋和喜悦尚清晰记得。好像是几个同胞朋友一起看的，大家一同跳起来欢呼。啊，中国。哦，北京。那一晚的五星红旗，记忆里红得最美，如心花绽放，荡漾着心底的欢畅。

1993年，留学生宿舍里。北京申奥落空。一同留学的北京女孩失落得眼睛灰蒙蒙的，半夜到我宿舍里来抱怨某某国家关键时刻不投中国票，中国曾经向那个国家提供过那么多援助……2004年8月，在惠灵顿下榻的饭店里看到刘翔在希腊拿冠军的场面。新西兰电视里不断重复着“Liu Xiang!”“Liu Xiang!”。到了码头要上船从北岛向南岛移动时，见很多人手中的报纸头版是红背心的刘翔巨照。姑娘高兴得不断说刘翔真棒刘翔真棒刘翔真是中国人的骄傲。作为移行在外的我们，充分领略了刘翔带给国人的喜悦和荣光。欣悦着，也感激着，并且祈望着他的前途与成长。

两星期前，在大阪商业街路过一家钟表店时，瞥见一款时尚表，一见倾心，遂购下。拿到手才知道这是2008年北京奥运纪念款，表带上四块红色金属方块上是鸟巢钢架的意象，表心是那个红京字。其后才知道，这个品牌的表还颇有名，是瑞士的SWATCH。从不轻易追赶时尚的我，无意间赶了一个这么大的时尚，就一连几日逢人便说我的奥运表。

以上是我的全部奥运情结，和盘托出。

这个8月8日三十六小时的长途之旅，早一天走不得，晚一天没有票，偏偏就得中了这么一个不情愿的出离时辰。到达肯尼迪机场是8月8日21点，北京已经进入十二小时后的9日清晨。23℃。海关入境大厅里，大半是操着各种腔调的华语的亚裔人。劳力士钟表高高在上，滴答着纽约之夜。边防人员头部上方悬挂有大大的汉字，是银行广告。电视里在播放新闻，这当儿恰好错过奥运内容。

亲友等候在外，见面急问他是否看了开幕式。没有！美国太不像话，没有现场直播；凤凰更不像话，硬是不给转播。奔驰车在灯火中奔驰不起来，周末的纽约之夜，不知道有多少人要驱车出城。奥运成了唯一的话题。或许是因为没看成开幕式惹得情绪躁动，喋喋不休。他们说赴机场途中经过曼哈顿唐人街时，路边拥满华人，聚集于街头众颈一向，朝一家播放奥运开幕式新闻片段的门缝看去。路过一高架路时，看到报时闪光板上显示的时间是“2008.08.08.18:48”。工科友人强调说这是本世纪倒数第二个五个8的时间，我们有幸看到了！其实这也没什么值得自豪的，想必是未能实时参与开幕式造成的缺失感，导致我们如同无形中患了关联数字词语症般极度敏感。一路奥运话题，直到波士顿。

次日清早，尚未醒，窗外飘来草香，两台割草机在给友人家侍弄草坪。机车前后院绕来转去，似在一个莫大的煎锅里翻炒着什么神奇料理，清香沁肺。开电视挨台翻看，偶尔有新闻片段转播奥运会。比赛项目已经开始，却看不进去，似乎不看开幕式就不能接受大会的正式开始这一已经是昨日之事的事实。下午偶尔又乱点台，见一家韩国电视台重播开幕式实况，虽已是进行中，立即坐守观望。晚饭时再次重播，从头补看。几个中国人，在一个中国以外的国家，看韩语解说开在中国的奥运开幕式。虽然一句韩语不懂，但还是怀着感激，感激这个频道的大方周到。（结果，到了第三天，又是翻来覆去地重播。）

《歌唱祖国》响起，每个人自然而然地跟唱起来。祖国，这两个从小写着长大的字，从来没觉得与它如此亲近，从没觉得它如此意绪悠长。起伏于它的抑扬肃穆中，体会着与它的灵肉连带，无论走多远，我知道我从哪里来。刻骨铭心的旋律，其间所含的情愫，此刻获得契合的共鸣，是自发地源自根的感动。我们是中国人，生在那里，爱在那里，手足亲情在那里，复杂的记忆在那里，不变的夙愿也在那里。

下午去超市买菜。猪肉、排骨、鸡肉、火腿、波士顿特产龙虾、面包、圆白菜、芹菜、香菜、水萝卜、尖椒、黄瓜、蘑菇、牛奶、果汁、西瓜、李子、木瓜、樱桃、黄油、玉米、口香糖……选了满满一购物车，共一百二十美元，绝对价格比日本稍便宜。除去一品清蒸牡蛎由绅士主动要求大显身手外，晚餐由我来策划并下厨。从今日起，主妇兼保姆光荣上任。初步构思，主餐：龙虾、玉米。管它哪儿跟哪儿，吃着过瘾即可。排骨汤，加放土豆、圆白菜、蘑菇，入口前洒香菜末少许。黄油轻煎西洋笋。饭后西瓜、樱桃。

边煮汤边切了尖椒、圆白菜、黄瓜，中块，加盐、花椒粒，两手揉。菜汁出，盐味进，即可。食前点少许香油，好醋者亦可随意加醋。镇江香醋最宜。

饭后，正式进入这里的第一夜。推门出。莫说五指，一指也不得见。这里的夜，暗，也静。这里的静，是为了聆听虫鸣；这里的暗，是为了给星光让路。远处，偶尔有地铁驶过，载着归家人的脚步。树们卸去团团浓绿，缩成暗影，在天幕与大地之间拉出朦胧而虚幻的过渡带，那是天地的交界。树树黑成浓块，层层叠叠沉入梦境，静候下一天太阳初升时再现温暖与照耀中的舞姿。夏之歌，在夜深人静之后。天上布满星，四处闻虫鸣。草香。花香。丰饶着夜色，柔和着夜风。

（2008.08.10）

北海道——北国之秋

第一次去北海道，是和高仓健。也是坐飞机，并且自驾。那是很多年前的事了,那时候他叫杜丘。第二次,是和葛优,还有那个漂亮姑娘。如此山水如此地，她不好好玩儿，寻死觅活还惊动了北海道道警。

此行是第三次，也是实际意义上的第一次。

北海道，我终于来了。

着陆新千岁

直到在机场候机，才开始搜索两小时后着陆北海道时该先去哪里。正渺茫在网海中，遇见一个相识，携妻儿同航班去札幌。问及有否推荐地，答说札幌近距离可去之处有小樽和洞爷湖。我对两地均无详细知识，小樽听说过，像是城市，好像还和酒有关。洞爷湖名字好，比洞庭湖有个性，就那儿了。

一出新千岁机场，立刻去咨询如何直达洞爷湖。说先乘 JR 线（日本铁路）到南千岁，在那里换乘札幌—函馆线。立即上车。看上去很高级的车厢，AIRPORT 特急，三百日元。跑了不到五分钟，就南千岁了。下车立刻问函馆车几点到，告曰一小时四十分钟后。他指着我身后的站台说车刚走，还呵呵笑，那笑有点幸灾乐祸，一点看不出为我遗憾一下的意思。JR 员工大概都这样吧，反正终年终日地看着人们你来我往，早一班晚一班没什么不同，又不差价钱。

总共也就四十多小时的北海道之旅，沦落在南千岁两个来小时，不甘心，就拉着小箱出了站。出了站才算真到了北海道。冷。车站建筑很大，站内通道空港般宽广，就是没人。直奔道头电梯，下。出来一看，好家伙，农村。要说是荒郊野外有点刻薄，道路平直，附近建筑物停车场都板板正正，新。拿定主意午饭就在这儿吃了，进店暖和暖和，什么好吃吃什么。

顺大道走了也就三分钟，见前方有一处公园入口样的地方，直奔而入。这里有几十家店铺。淡橘色洋板房各有走向地排成几列，其间相隔着宽宽的人行道，道边有休息亭。这是一个名店村，后来听说它还有个著名的外国名叫 OUTDOOR，好像在世界各地都有连锁店。要吃饭，无心购物。找了几条巷子，除去热狗汉堡之类，没什么称得上饭的东西可吃，就顺路进了几家店。多是服装、鞋、提包。这类东西基本饱和，决心不再买。可是出了一家店，凉风扑面而来的时候，就进店去试穿了一件方才看到的拉链秋衣。虽然已经带了风衣围巾，但还是买了，并且立刻换上。

出村回车站。走了几步，发现脚上的鞋不合适，走起来有点累，就回转身去试穿方才见过的鞋。正酬宾，七折大优惠，两万多的短靴一万多就买下。日本制，挺秀气。立刻换上。走起来舒服，心中欢喜。

穿在北海道买的新鞋走北海道，心诚。

就剩下十分钟时间，站内买一盒三明治、一桶茶。之后到那个幸灾乐祸过我的JR桑那里买票。他告诉我可以买往返票，这样能优惠一千多日元。挺厚道啊老同志！

雨中洞爷湖

站台上。

面向西等车。小风嗖嗖，细雨淋淋。旁边一位老妇人，口罩，薄羽绒服，对我说："今天真冷啊！这么冷。"我说是啊是啊，真冷。她说带广没这么冷，札幌怎么这么冷啊？我说我从大阪来，预计这里会冷。她说你从大阪来当然更觉得冷了，应该多穿点儿衣服，听说这里正流行猪流感，所以我戴了口罩。然后她问我座席是几号，我说是自由席。有点奇怪，JR桑为什么没让我买指定席。她说自由席不在这儿，这节车厢是指定席。

广播说电车就要来了，自由席是七、八号车厢。就找到一个挂着一串号码牌其中有七号的地方立等。"SUPER北斗"号进站，我正要上车，门前车长说，乘客同学，这是指定席。我说广播说自由席是七号我看牌子是七号……转身要跑，他就喊："来不及了来不及了，快请上来！"

刚站定，车就开了。进车厢见空位不少，就在靠门处宽座位上坐下，把三明治和茶放在小台上，喘气。还没喘好，那车长就推门进来了。先是跟我道歉，说对不起让你误解了车厢号，是这样，今天满员，自由席车厢很多乘客都站着，隔壁指定席车厢就剩一个座位，就像专门为您留的一样，呵呵，还是单座，很适合单身女性。我说那好，我去。跟我说话的时候，他低躬着上半身，视线比坐着的我还低，口气跟哄孩子一样和蔼耐心。听我说去，他就端起我的茶拿起我的三明治，说“跟我来”。

到了隔壁车厢那个单人座位处，他对座上一个男乘客说：“对不起，指定席顾客来了。”那人走后，他放下我的吃喝，掏出补票器，说指定席今天三百一十日元。今天？你们每天席位价格不一样吗？是的是的。平时五百一，过年七百一呢。我平时很少坐电车，对这些变幻的节目一无所知。

途中个别地名有所耳闻，比如苫小牧、登别。右窗外时而可见低山，铁路沿线时常可见民居，处处宽敞，色彩明亮。秋天，在风中，在雨中，在各种树木上，纷呈着。左窗外是地平线，天地闭合相融雨中，分不清天空大地之界。其实，那不是地平线，是海平线。雨把界线给和谐了。一路凝看，回想着东北平原上的火车之旅。

一个多小时后，到达JR洞爷湖站。还没出站，就看见几处花花绿绿的各国彩旗。那是2008年G8峰会成员国的国旗。首脑们来过的地方，我也来了，貌似颇有身份。出站即是巴士站，去洞爷温泉的巴士正等在那里，上车。还没发车，就听旁边两个拉着大箱子的女孩讲中文，像是来自台湾。还有一个中年欧洲女人，也拉着大行李。三百二十日元，二十多分钟。

完全不知道自己要去的是什么地方，方向交给司机，自己交给洞爷。出站不远，即行山路。漫山树群，风光无限好。盘山，走村庄，缓坡迂回。下至一处平地，到达洞爷温泉客车站。两小时前决定来这里时，电话约了同伴。下车时，她已经等在这里。第一次来的地方，还是外国，居然有人接，欢欣得手舞足蹈。

其实，她只早我一班车，但是已经把这洞爷湖的“爷情”大致探索了一番。说先去湖边，那里有游船。好，先湖光山色，之后温泉，之后美味。

船票一千三百日元，五十分钟。船上二三十人，大半是韩国游客，三四层舱内舱外到处是韩语。我们当然是大讲汉语。下了船，沿湖散步。湖畔景观静雅疏朗。游客不多见，时而可见带宠犬持伞散步的洞爷人。在一个“足汤”亭前驻足，顿悟——坐此地避雨观湖当为天赐至福。

温泉槽边坐泡着四个年轻人，一女孩三男孩。把行李立在一旁，去鞋袜，提裙入水。站在边上小心观察着水深，见几个年轻人汤中的脚们白生生的，心想这水大概金贵，弄这么浅，就迈步前行。不想下一步就深去十厘米不止，哎呀一声裙裾落水，引得他们欢声大笑，阵阵不止。立刻就有一位不知哪里出现的老翁，过来紧着问：“不要紧吧？不要紧吧？弄湿了，这里可冷啊。”一边说着不要紧不要紧谢谢谢谢，一边自己也忍不住大笑。见那几个年轻人还是止不住笑，就嗔怒相讥：“你们为什么不告诉我水里面有段差？就是想看笑话是不是？够坏的哈！”又是一阵笑。

坐泉看湖。避着雨，热着脚。那个无微不至的老翁坐在池外微雨中，不时转头看我，看我湿了的裙子。他的眼睛是会说话的，千言万语都是“没事吧？别再弄湿了……”同伴转身对着我，一边特意挡住他投向我的视线，一边嘀咕：“这洞爷湖人怎么这么闲，可看见你出了点事儿，还没完了。”

如果是晴天，我们可以看到夕阳映湖而下，看到湖心的中岛后面10月5日初冠雪的羊蹄山。阴雨黄昏，我们看到的是披满秋彩的中岛渐沉湖中，看到的是从白色变幻成灯彩万道行于暗水之上的夜游船。

泡脚泉是一个长五六米的池，中间呈环状，中央部位环出一个石台，上涌热水。双手伸进水中，四肢都温暖在洞爷湖情境中。几个年轻人起身离去时，从我们面前的环水池中走过，我心怀好意地提醒说：“小心点啊！”他们又哈哈笑起来，离开时跟我们说着再见，并不怀好意地叮嘱说：“出水的时候可要小心啊！”又是哄然大笑。哈哈哈的笑声击碎了静悄悄的小雨。湖岸灯火点点，夜色如此美好。

赏着湖光山影，热着足下，聊着世间。走来一对男女，是来自深圳的自由行旅客。他们双双两足入水，坐在我旁边。聊起来，是非常知性的年轻人。说是福建人，到深圳打工的。问我们在日本做什么，我说是打工妹，又是哈哈笑。人家笑的不是打工不打工，而是有勇气自我介绍是什么什么妹。他们说办理赴日个人游手续很简单，申请费一千元，稍有情绪的是必须接受旅行社安排的航班住宿。出行九天，东京—箱根—北海道。他们对眼前的日本很满意很陶醉，说国内开发的很多温泉设施的规模质量都比这里还好，但就是商业化氛围浓厚，无论如何不能与这里的自然感觉相比。还说到了国庆大典，说到了几个我们共同的伟人敌人大人小人以及媒体愤青什么什么的。他们很优秀，有头脑，有情怀，属于Q值很高的那类。这个邂逅，让我感到洞爷湖之旅充实了几分人文色彩。

那个一直坐在旁边的老翁，起身走的时候，还过来看我们，并且看我放在一边的行李和鞋是不是被雨淋了。人家这么关心我们，见要走，就跟他说再见，并问他这里什么地方有好吃的。他指着身后一幢大楼：“那里。那里好吃哦。”

临走，用深圳人的相机给他们拍照。很好的相机，问是佳能吧，他们说：对对，日本的。什么都是日本的，日本东西好噢。呵呵。

没伞。就那么走。几分钟走到大街上，想找家饭店，拉开架势吃当地海鲜，却只看见一家拉面馆。这是一个旅游点，又不是旺季，沿街小店多已打烊。进一家亮着灯的店里，问店里的女孩哪里有可以吃海鲜的饭店，说附近还真没有。说往对面胡同里走，穿过去有家烤肉店。不想吃肉。她就说海鲜的话我们饭店也有，自助餐。见她这店铺里排着一些幼儿游戏机，就判明吃不出什么名堂来，说着谢谢便欲出门。她拿出两把塑料伞，说请使用。我问怎么还。她说不用还，放在北海道哪里都行。

有了伞，就又走了一段街。没找到像是可以吃正经饭的地方。回头看那座老翁指过的大楼，是一家星级饭店，好像叫"天翔"，就进去问了一下。自助晚餐，和洋中俱全，三千日元。就这儿了。大厅能坐几百号人，可以听到从这里那里飘过来的中国话。

旁边桌上的八位老者，看上去像是高龄伉俪的旅行团。饭间一老翁端着盘子过来问我们是中国人还是韩国人，答曰中国。又问是不是第一次来北海道，是不是还想再来日本。说还想再来北海道，他很高兴的样子，说："好好，好。"

据说这家饭店的温泉宇宙第一，并且，这就是给我们提供雨伞的女孩说的饭店，她服务的地方是这家饭店的一个偏门入口。

夜车去札幌

去往洞爷湖 JR 站的末班巴士 7 点半开。车站就在对面，提前十分钟过去。站前是一个土特产店，同伴进去了就一直不出来，我守着行李在雨中等车。还有五分钟，忍不住进去看她在抢购什么。

她已经提了一大袋，说是枕头，还有土豆点心。什么？枕头？在这里买枕头？说是薰衣草香枕。哦？薰衣草，北海道风情香草。这个我喜欢，也买，买两只。据说安眠，本来就睡眠好，这下就好上加好了。售货员乐呵呵地说给打折，定价一千二百日元的枕头卖八百。同伴钟情薰衣草，说有个地方她特别想去，一定要去，那地方叫富良野。说一见到这个地名就特别特别想去，这三个字充满召唤。她说富良野以薰衣草闻名。这个我不知道。十几年前，养过一盆抽紫色穗的香草，只知道日语叫ラベンダー，过了好几年，才知道它的中文名字叫“薰衣草”。

抱着香枕，提着伞，上车。专车，就我们俩。

洞爷湖 JR 站内，一爷也没有。去札幌的车一个多小时之后到，现在刚出函馆不久。不小的一个站，怎么没人管？厕所门也上着锁。正纳闷，进来一个穿制服的老头，将吃过的盒饭饭盒和空易拉罐丢进站内的垃圾箱，他转过身时我问他这里除了站内关了的洗手间还有没有其他的。他领我们出了站，往右走，走了十多米，指着前方说：“那儿。”然后，还是跟我们一起走。同伴问我他怎么还跟着，他不管站里事儿了？我说他刚吃喝完不也得方便一下。

结果，走到公厕旁边的一辆出租车边上，人家打开门坐了进去。原来是出租车司机。我把人家当成 JR 桑给拜托了。

泡脚泉边无微不至的老翁，晚餐桌边搭话的老头，洞爷湖站的出租车司机，还有南千岁站的 JR 桑，落脚北海道几个小时，相遇的居然都是老者。同伴说：“这北海道的老头儿真爱说话，还特热情，有趣儿哈！”

无人站里等了一个多小时。陆陆续续，进来几个大人孩子。其间有车进站，下车的人出来，站内大人孩子就迎上去，多半是来接爸爸的。估计是爸爸去大城市办公，妈妈开车带着孩子来接爸爸回家。

开始还奇怪，无人站，也没见自动检票机，进出站乘客可以无票出入吗？后来确认，还真就可以无票出入。和同伴两人一直聊天，时间就过得快。函馆方向的车进站时，又下来几个人。这时，才意识到函馆方向车就停在眼前的站台上，而札幌方向的末班车三分钟后进来，不可能也是同一站台吧？赶不上车可就得在洞爷湖过夜了。遂拉起行李对同伴说："快快，咱们得马上进去看看是几站台。"慌张进站，见光板显示"札幌三站台"，忙下楼梯过通道。临了，把那两把雨伞放在了站内长椅上。这是洞爷湖的公共财产，还是留在原地的好。

函馆到札幌的末班车，自由席里空席无多，找两个座位就坐下了。行至途中时，同伴小声说前排右边那个老头老盯着这边看，有点烦人。我转头向右看，跟他对了个正脸。他看着我，转头向他旁边一个女乘客说："哎，她们说的是什么语啊？完全听不懂，真叫人纳闷儿。韩国话？中国话？"听他问话的女人未作答，继续跟自己身边的人小声说着话。之后，他还是继续自言自语，纳闷儿啊纳闷儿地叨咕着。我再转头时，他还是那样盯着看。我就说了一句"すみません（对不起）"，意思是"让他纳闷儿了，不好意思"。这下不得了了，他注射了兴奋剂一般跟旁边乘客喊："哇！'すみません！'说的是日语！"之后，就没完了，问这问那，反复确认究竟是韩国人还是中国人。知道是中国人之后，就说了一大堆中国话。"谢谢！""大连！""北京！"，说到累了为止。过一会儿，忽然又转过来大声冲我说："高粱酒！"吓我一大跳。我也就哼哈着跟他二重唱似的"高粱酒"。

安静一阵之后，他又突然提出一个问题："棒球，棒球知道吧？乐天，日本哈姆，谁赢了？"他用英语说"棒球"，然后说谁谁难波万（No.1）。被他问得一头雾水，笑着哼哈。可他还是紧追不放，就是逼着问我谁赢了。我说我不知道，不知道他说的是什么，也不懂棒球。同伴问我他说的是什么，我说他问日本棒球谁赢了。她就抢答说："阪神！"老头听见她说"阪神"，就怒了。"什么？阪神？！搞笑吧？中国人可真奇怪！阪神！？"他自己叨咕不说，还拦住走过来的车长告状："哎，那个中国人说阪神队赢了，你说是不是有病？还阪神！"

车长站在通道中，听完他告的状后，跟我们耐心解释起来。说今晚有棒球比赛，他们都非常关心结果，现在比赛已经结束，想知道谁赢了。但是呢，跟阪神队完全无关，呵呵。

我也就顺势找台阶说我们对棒球一无所知，同伴所以脱口而出"阪神"，是因为住神户一带，经常乘坐阪神电车，知道有个阪神棒球队。车长听着笑起来，并说他是什么什么棒球队的后援俱乐部资深会员。这时，我忽然灵机一动，拿出iPhone，点击体育新闻，那个比赛结果居然就在首页。拿给车长看，车长当即念出声音发表，引出乘客的一片议论。接着他们就侃开了这场比赛，连连咂舌有声。车长也不工作了，聊着棒球跟乘客打成一片。抬头看他，才发现他就是我去程帮我端茶引导到指定席给我补票的那位。我说破这一层，他很亲切地笑着说："对呀对呀，你去的时候就是这班车，我到函馆，调头回札幌，又碰上了，缘分啊。"落脚北海道才半天，就跟同一个人有重逢之遇，同车行，确实够缘分，呵呵。

进札幌站之前，"高粱酒"老头又问我们去札幌哪里，住什么饭店等等。下了车，还紧紧地跟着，比比划划指路。他手里握着一个小扁瓶威士忌，走几步就整一口。

连连道谢，好不容易甩开脱身。饭店就在车站旁，从站内通道步行即可直通。边朝饭店走，边再次议论北海道的老头真爱说话，真有意思，哈！

札幌见闻

没想到，在饭店居然可以享受纯正的中文服务。饭店里有穿制服的中国女孩,看样子是正规雇员。札幌站周边步行范围内好多家大饭店，服务热情周到，旅行社服务单上标明只有早餐，但前台给的是午餐早餐两用餐券。

次日是大晴天。一出门，图片和屏幕上经常出现的真北海道展现在眼前。走几分钟即是札幌名所之一的“道厅”，昵称“红砖房”。竣工于明治二十一年（1888）的厅舍建筑，是北海道厅政府旧址，作政府中枢八十年，是北海道的象征。美国新巴洛克式建筑，砖砌而成。能如此体现明治时代欧式风格的建筑，如今已属罕见。昭和四十四年（1969）它被日本政府指定为重要文化遗产。据资料介绍说，它所使用的二百五十万块红砖，均在札幌市当时的白石村和丰平村烧制，砌法则采用日本不多见的法国式。厅舍内设有道立文书馆、北海道历史资料陈列室等。

上二楼，正中央的房间是历代长官及知事办公纪念室，墙上悬挂着很多画像。该房间的不同之处是门框及窗框上都雕刻有精美的藤蔓图案花纹。

左侧房间是“北方领土”专题展厅。独立行政法人北方领土对策

协会的宣传册封面上写着：北方领土归还，唯有你的声音，才是真正的力量（北方領土返還　あなたの声こそ 力です）。进去看了一下。一个年迈的女性，指着中央玻璃罩内的北方四岛地图，对来访者讲述着领土的历史。齿舞（はぼまい）、色丹（しこたん）、国后（くなしり）、择捉（えとろふ），四岛名称在学过高中地理后一直铭记着，差不多是那时考试填空的必见题，可是到现在也记不住这些岛们的日语读音，估计永远也记不住。

出这个展厅时，听旁边两个日本女人发表参观感想说："看看这些资料，想一想真是憋气啊，是不是？"

道厅建筑里不时可听到中国话传来，还有人大声念出资料上的中文介绍。他们或大步或小步地走着楼梯，感觉像是在中国某办公大楼或者什么百货商店里。最近听一日本友人说，有一对年年去北海道旅行的日本老年夫妇抱怨，说因为中国旅行团大量涌入，北海道包括各大饭店在内的观光行业接待日本国内散客的态度日渐不如从前，服务质量明显降低。他们很生气，说因为有中国客源的保障就不再呵护自己的同胞游客，是商业化思考，太势利眼了云云。

出道厅正门沿路前行，去大通公园。晴天的札幌中心大街交叉口处，左右看情形颇似曼哈顿。两侧高楼耸立，尽头直立着梯形蓝天。大通公园的位置规划也与曼哈顿的中央公园近似，地处楼群密布的繁华区，占地广，造型规整，主干道上隔出了一大段种植花草，并设有喷泉水壁及休闲长椅。时见有在这里游玩的人戴着口罩，此时，那个新型流感正在札幌蔓延。

之后，按地图去找钟台。这个钟台应该就在步行几分钟可达的范围内，却找了二十多分钟。问了六七个人，都说不是当地人，不知道。

其中居然有两个人说也在找钟台。钟台被高起来的大楼掩在建筑群里，凑近了才发现。时间紧，没来得及细看钟台的文化背景，拍了几张照片，匆匆风雅了事。

往回走时，见JR札幌站旁的“大丸”百货店垂挂着醒目条幅：“欢迎您使用银联卡。”用饭店给的餐券吃午餐。客人满座。非住宿者三千二百日元，小型和洋华自助餐。酸奶和三文鱼极为好吃。餐毕，再次感叹饭店经营者大方厚道。住宿费才一万，一顿午餐就三千二，有魄力。

下午参观北海道大学，日本几所帝国大学之一，仅主校园就占地一百七十七余万平方米。进校园的不同院系，乘地铁要在不同站下车。

在北（海道）大（学）校园里，有幸与一位近三十年未见过面的日本老师重逢。那时，她到中国的大学去教日语，被称作“外国专家”，曾到我们班来听课，就坐在我前边。记忆里，她是我近距离见过的第一个日本人。当时大约三十岁上下，上课时听讲十分认真，用铅笔记笔记，还不时地用橡皮擦了重写。我们都吃惊，她这样一个外国专家居然使用铅笔。她用香水，一进教室就带进一股外国味道。

当时跟她没说过几句话，我不会日语，她汉语也不到家。面孔记忆不十分清晰，后来也没有过任何接触，甚至从未提起过、想起过。这天，看见她的名字，就想起来几十年前的事。问起来，她大为惊喜，并说出记得当时上现代汉语课的老师姓许，我顺口接着说那位老师叫许守谦，她又是惊喜得欢叫。今井敬子，现在任教于静冈大学。

来之前就早有所闻，北海道大学很大，很美。但没想到的是，美丽的北大，竟然给了我这样一份意外的相遇。

新千岁机场

收拾完行装准备次日早晨打道回府的当儿，忽想起给小女发个短信显摆显摆，“娘我在北海道哦”。一分钟后即得到回信：“スルメとかにお土産ね。あとほたて……”（拜托给我带点北海道鱼干哦，还有干贝什么的……）

到全日空办票，托运行李。不大的一个小箱，另外一个手提纸袋，全日空小姐挨个都给套上ANA专用的透明塑料袋，还挂上纸签，待客态度极其好。

登机前去看土特产品，要给用日语发令撒娇的孩子买点儿什么。所有能代表北海道的东西，凡是能带上飞机的，各类商店里应有尽有。活毛蟹，一只八千、六千、四千不等。按这价格，在大阪的百货商店里也买得到口吐白沫的活物了，不买。卖螃蟹的北海道大妈大声吆喝着No.1！ No.1！似乎这空港里的乘客都是外国人。

到处是夹奶油的“白色恋人”。这个吃过多少次了，太甜，不买。想起来了，JR洞爷湖站站前就有一家，好像店名就叫“白色恋人”。

咸菜、哈密瓜点心、干调海鲜等，还有一些什么，总共用了不到一万日元。稀里哗啦地抿紧一个手提袋，登机。

一进机舱，空姐就鞠躬引路，正准备跟在身后往里走，不想人家随即便转身温柔让座。原来是第一排A座。把这茬给忘了。订票时指定要在这一天返回大阪，偏偏当日各航空公司航班已无普通舱空位。若非要回不可，需另加八千日元坐特等舱。那就加吧，八千比再住一夜合算。

这点钱不白加，不到两小时的航程里，给提供了一份ANA特等舱专用午餐。这是一份双层寿司盒饭，名叫“寿司善”。盒是仿木的，做工好得舍不得扔。这饭一旦美其名曰“善”，就给“善”出不同来了。咱们说的“膳”，是带肉的，呵呵。这份“善”非畜肉，而是鱼肉。掀开第一层，板板正正一枚菜单，写着“一の重”“二の重”，居然有二十种荤素，北海道的各种地产海产美味，样样都给迷你成了精致的一小撮。其中有一颗豌豆，里面夹着那么一星点什么，青绿青绿，让我想起小时候东北除夕夜准备饺子材料时剥开的葱心。

日本海初雪游

对出门旅行的兴趣不是很浓，但或许是由于身处域外可东走西串的亲戚实在太少的缘故，一年里也东行西走一两次。临近年底闲来无事，想起前几日友人去日本海一泊两日之旅时顺便寄来的螃蟹美味，就致电蟹家咨询，答曰尚余空房一间，便当即预约。

主题明确，奔吃不奔玩，即便是大雪也挡不住对螃蟹的亲近欲。临行前，旅馆小妈妈来电话说当晚有雪，最好备防滑链。在店里盘桓半小时，无奈没买到和车轮同规格的装备，就抱着碰大运的侥幸心理上了路。一路向北向北，晴天丽日，不见落雪之兆。“你看这天多好，下不了雪。”“就是就是。天气预报有时候也不能全信。”呜……驰驰驰……车轮飞，风呼啸，汽车向着北边跑。

跑过青山隧道。跑过大道小桥。跑过田间跑过旧街。跑过午后的晴天，进入黄昏进入京丹后，天地良心，雪真来了。纷纷扬扬美滋滋亮闪闪地开始从天而降。一粒一粒，粒粒翩翩，戏舞车窗前。这倒霉的雪啊，谁跟你约在了这里见面？它要飘，想挡也挡不住。迎着走迎着走。此外又奈它何？

进旅馆。桌边坐定，先受旅馆女主人贴地叩首的寒暄之礼，之后端起一杯热茶，品一块地产白薯小点心。又匆匆出门，去拜谒两分钟路程之外的日本海。只这一进一出的几分钟间，地面已经积雪成绒。冷天里触景生旧情，北风吹，雪花飘，年来到……心里唱起了《白毛女》。还没看见海面，就听到了海的闷吼。风从那边来，穿透所有的所有。海上生劲风，卷雪扑面。推着你搡着你却又诱惑着你似乎在说你究竟敢来不敢来？

勇敢的人迎风而去。日本海，一海的水，涌荡不止，其势跃跃欲上岸。雪花横飞如沙砾，寸步难行若万军阻身。海在眼前，却难以接近。这凶猛而仁慈的海呵，我又不是去投身自尽为何这样巨力拦截？乱发飘起，棉衣遍湿。面海抒情的兴致荡然无存。

灰溜溜地往回走，正如我兴冲冲地来。

回旅馆入浴。室内室外各一池温泉。冬雪落，热泉涌。头顶毛巾入得水中，领略雨蛙荷叶下的滋润。想唱起歌来的小资情调油然而生，却没想出能唱得出名堂的曲调，只是看着遮挡了天空的雪雨发呆发痴。次日清晨再次重温，池中浮游着雪夜添来的落叶，院中积雪皑皑。水热不怕天寒，惬意惬意。

更衣间遇日人母女三人，均身宽体胖。小女儿站在人体称上称重，将浴巾挡住示数怕别人看去。母亲拍她肩膀出响声“大丈夫よ”（不用担心胖哦！），小女儿粉红的脸庞，羞笑忸怩。少女的笑脸就是好看，不论胖瘦都美得灿烂。

走出温泉，蒸蟹香味扑鼻而来。

6点。

螃蟹晚宴开餐。彻头彻尾的螃蟹宴。生、蒸、烤、涮、煮，把个叫螃蟹的生物换着花样地端上来，似乎不这样就不足以显示店家对来客的厚待尊敬。

一家人皆成解甲归田的自然人，好不轻快。不看电视，不戴手表。不知今夕何夕，不问窗外冬夏春秋。忘记工作，摒弃思考，不思学习，不自问有否能力大济苍生。

梦中几次被风雪中的残叶击窗声惊醒，想必旁边的日本海正在把那一季一冬的风拼命往岛上送。大自然，就是自然得想怎样就怎样，我于它无奈。于是，翻个身就势再睡。

次日早餐在一楼大房间。三十几人先后用餐。更衣间遇到的胖母女一家坐在旁桌。男主人瘦高寡言，守着大中小三位女家眷，泰然得近似惘然。

临告别旅馆，买下一袋土产，是那十分好吃的沙土栽培红薯。昨日晚餐中的红薯天妇罗松软香甜，问为何这般好吃，答曰“当地名物”。

大雪纷飞中，又去日本海。表情依旧。风在吼，浪滔滔。无论如何，海的对面是故乡，站到此岸看彼岸，什么也看不见，仍觉得近觉得一往情深。一衣带水的一水之隔。拍几张照片被打得鼻红脸湿。

背转身。别了，日本海。

归途中顺路去天桥立。水鸟游海中，成群结队。红桥，绿松，白雪。偶见青草秋草簇生园中，岸风把草吹成风状，叶片直指向东。远处，青山披薄雪。上罩云，下临水。凄凄零零冬景色，招徕八方慕名人。

未装防滑链，自然心虚，就自觉避开高速公路在国道上沿海踽踽而行。年还有好几天才来，一家人都在车上，不怕晚，就怕不安全。一路由北向南向东南，看遍了丹后的雪山雪树雪路雪舞。满眼是雪雪雪，单调得昏昏欲睡。翻看几页小说，便睡进归途。

醒来敢问何时。“6 点了！”环顾周围，红灯绿灯闪亮。这里的夜空是黑的，街道流光溢彩。大阪到了，没有一粒雪。

第一次日本海之行，宛若太虚白雪幻境。

七年后的 2013 年底，第五次出访此地——京丹后。

几次过隧道，入山，离日本海越来越近。小雨变成雪，两侧路根的喷水融雪装置自动启动……

一进门，Hinaya 旅馆的中年妈妈已迎候在门前。笑盈盈轻声寒暄，笑容依旧，只是面容上增添了几分岁月的变化。

叠放在木盒里的素色浴衣，装毛巾牙刷的土花布袋，掀开盖子飘响轻声小曲儿的茶盒，处处可见磨损痕迹的木窗和榻榻米。这些东西与高级、别致、奢华不搭边，意味着休憩、休闲、放松、歇着。

一路穿越风雪山路，周身冷凉。更衣入露天温泉，远处海风呼啸，池面落雪成水。山吃海喝，酒后大睡不醒，风流风光得忘乎所以，仿佛这一年下来累成了什么样子。

2013 年 6 月，世界最高龄寿星的离世，成为有关人类寿命的共同新闻，登在各语种报纸媒体的首页头版。华语媒体如是报道说：“世界最长寿老人、有记载以来最长寿的男性木村次郎右卫门 12 日凌晨在日本京都府京丹后市一家医院因自然原因去世，享年 116 岁。”

此地即位于京都府京丹后市区域中。旅馆服务员是位看上去年龄在六十岁上下的小身材妇人，面色红润，是那种用于描述少女面若桃花的粉红，且有自然光泽。她声音清脆，皓齿明眸，每进屋内必放低身姿。这是许多服务业的礼仪，视线不宜高于客人。送茶、送酒、送火锅、送食材。客人去洗温泉的空儿里，她已经铺上被褥，整叠好脱下的衣物。

闲聊时向她提起这地方是世界男寿星的故乡，她就说是是，就在更往那边的地方。她说："我们这个地方百岁以上的老人的确不少，光我们部落就四位，其中有两位是我家亲戚……" 我问长寿的秘诀是不是这里的物产和温泉啊，她摇着头说："不不，我不洗温泉。"那么是大家乐于保持活动非常勤劳？她笑了，说："也许吧。除了在这家旅馆打工以外，我还在塑料大棚工作。"我赞美她肤色好有光泽时，她喜不自禁地自报了年龄："我七十七岁了！"

七十七岁算超高龄者了，还在楼上楼下噔噔噔地跑堂，耳聪灵，口齿清，越活越水灵似的。问她是不是遗传，她又摇起头来，说不是不是，"我父母都五十刚过就没了"。本想打听点长寿经啊养生秘诀之类的，却一点儿相关线索都没摸索到。恍恍惚惚中想象着再过二十好几年我能否像她这样晚上八九点端着大托盘上下楼梯……想到这儿顿然停止联想，提醒自己可以为生活为健康工作，但没必要为求长寿而辛劳。愉悦轻松才算活得好，若能保持自理自立，必然空灵自如，活一千岁才好。凡事多半造化使然，积极顺应即可。

前晚，刚一进旅馆，当地人就寒暄说哎呀欢迎欢迎辛苦辛苦明天就风雪交加了……果然，次晨推门看车，黑小伙儿变成了白轿子，一夜间与这里的天地相处得浑然一体。

出旅馆开车一分钟行至海边，算是跟日本海打个照面然后回"内陆"。海被风雪大象吞拥，形影不见，唯听得浪涛涌吼。天海一色无际限，另类雾霾状。拍出照片看，远处像雪中民房样的东西，不是屋影，是海浪，很大很凶猛的冬涛。几次京丹后之旅，都是风雪天。此地距家单程不过百余公里，却感觉像翻山越岭远足到了雪国。丹后雪，白，黏，绵软，湿重，洋洋洒洒，任意着落。这是今冬初雪，薄积成层，绘山影，描树形，与即将到来的除夕一道，为大地山川清尘除垢。所有的汽车皆一尘不染，路面车辙清晰可辨，马葫芦井盖图案如清洗一新。

观光街商店进进出出，游览船上上下下，皮鞋当水鞋用，一路踩踏下来，鞋底比鞋面干净。进车里脱下鞋用毛巾擦拭，不禁吃惊，连鞋底都擦过的白毛巾竟然全无杂色。公路两侧融雪装置喷射出热水，新雪纷纷乖乖地就范从流。安心行驶间，不知不觉雪无踪影，雪国景象遁入身后，意绪里宛如幻境。看导航仪，现在地：能势。已入大阪版图，家近了。

归途在“一宫”笼神社对面码头停车，买往返游览船票，到“天桥立”吃午饭。宫城“松岛”、广岛“严岛”以及眼前的“天桥立”，是日本著名三景。1990年夏，到日本的第二年暑假，经由东京到仙台，和同学一起玩儿过松岛的海。今年5月去广岛探访日本朋友，与“严岛”擦身而过。这样盘点下来，才意识到自己活得还蛮风光，居然把总共只有三处的名胜步及了两处，单这“天桥立”，已是第三次走访。

三景的共同之处是靠海，典籍诗画中有记录；不同处是各有千秋：天桥立观雪，松岛赏月，严岛看红叶。船上有一筐袋装小食品，膨化虾条，一百日元一包，放一枚硬币到纸盒里，取一袋，走出船舱。海鸥成群跟来，第一次近距离看见水鸟清秀可爱的表情。它们温和大方，翔速与船速同步，所以可在接近静止状态中相望。人看鸟，鸟看食。

人在船上，船在海上，鸟在天上。人鸟海船统统都在风雪中。举一条虾味果向空中，鸟们兴奋得欢叫。健美的丰羽，优雅的翔姿，俏丽的红喙，徐徐俯身近来，衔走虾果，旋飞而去。其他几只随即跟去，叽叽喳喳鸣不平，像在说：“同样是鸟在海上混，凭什么你就那么幸福！”

时顷，群鸥中来了一大个儿，细看是鹰。正面看鹰脸圆似猫，相比之下海鸥小脸儿就是个瘦菱角。自从鹰进了这支觅食队伍，这场带有观光色彩的游戏就不太好玩儿了。鹰眼不仅锐利，更有威慑力，还性情霸道。它看好了食物目标后，并不忙着取食，而是用目光警告左右。只见它头稍稍向哪边一偏，那一侧的海鸥们就自动减速闪开。它的取食方式自然是鹰式风格，鹰爪，瞬间猎走，人手被触捉得生疼。鹰捕食的那个瞬间，至多是“瞬”字所表示时间长度的百分之一。

本来手已经冻得僵直，还要边给鸟献媚送饭边忙着拍照，加之被鹰爪掠夺，就没了兴致。不喂了，作罢。把剩在手里的半根虾条喂进自己嘴里，天啊，才知道这东西原来这么好吃！自从80年代初最早出现膨化食品时吃过那种一米多长拿在手里人就像丐帮成员的“康乐果”之后，几乎没吃过此类食物，本能地反感膨化物质。这是偏见。自知。

喂完海鸥，喂自己一份海鲜盖饭。饭毕，雪泥中行走二三十米到“文殊堂”，投币合掌，向掌管智慧之神祈愿今后更傻一些，放下多余的，只留下原本的天赋资质，以活得更自如。主动参拜，对我来说是极为少见的，无事先打算，也无多少诚挚可言，只是顺路走到了这地方，下意识而为。上路后，司机说一会儿见到五金店要去买块磨刀石，把刀磨开了好切活螃蟹生吃。正在构思晚饭的我，忽然意识到这一系列不动声色的动词形容词充满杀意，后面保鲜箱里的螃蟹若懂人语，该是多么痛苦。把冷血动物捕来做餐，还要用“冷血动物”来形容残忍，热血人的逻辑有点滑稽。（2013.12.30）

汉语倒爷

上世纪90年代初，一个到日本后认识的朋友去外地大学做专任教师，就把正做着的一份工作介绍给我。工作是教汉语，我能做的好像也只有教汉语。除了这一点自觉有优势外，似乎真没有其他心里有底的长项。

效劳的机构是东京一个叫什么语言研究中心的部门，开始还以为是个多大的机关，慢慢才知道这“中心”好像就只有一个人。那人的名字忘了，姑且就叫他“中心”。有工作的时候，“中心”就打电话派活儿，布置好时间、地点和学生人数等，最后说报酬。报酬实在不够好，课时酬金低于学校里的契约教师。不过，闲着也是闲着，传播中国话本身也是一种报酬，我一直这样想。私念这东西，有时候卑微不可告人，有时候也高尚得不好意思对外讲。曾接受“中心”指派来的两项活儿，一个是日本航空公司，另一个是东芝公司。

日航的学生是一个要派到中国做地勤的空姐。一对一上课，地点在她家里。在大阪市中心一套两居室的公寓小客厅里，从“你好”开始，一周一次。大约半年后，她带着跟我操练过的汉语本领去了北京。她当时新婚，刚随了丈夫的姓，可还是相当看重自己的旧姓，练习自我介绍时总要把两个名字都用中文说一遍。上课时师生商量决定，赶在星期天上课时，让她丈夫也跟着听。旁听了一会儿，她丈夫就过来也用中文向我做自我介绍。因为夫妇同姓，这句话两人可以共用。他们十分恩爱，空姐向我介绍说他父母都不在了，所以对她很依恋。我说那你要好好待他，对他来说你就像母亲。空姐高兴得大眼睛忽忽闪闪地笑："对呀对呀，这样的条件实在不好遇。没有公婆，婚姻生活少去很多烦恼，所以我一定要好好珍惜。"

几年后的一个夏天回国时，去北京长富宫饭店日航售票处买机票，居然遇见她在办公。比我更喜出望外的她，汉语已经说得十分地道，穿着日航空姐的装束看上去也比在家做妻子的样子更有风采。直到现在，他们夫妇仍然在每年新年时寄来贺卡。贺卡样式不变，总是家庭外出旅行的照片。开始是两个人，后来添上了女儿和女儿的名字。

给东芝上课是在大阪中心部位的东芝公司大楼，总共八个学生，多半是二十几岁到三十岁出头的年轻人，其中有一名女生。女生每次负责给大家备茶，上课提问题的时候也总是先人后己，但是她的发音最好，说出的句子也最顺。听她能活用新句式照字典说出教材上没有的话，男生们把茶喝得咝咝作响，似乎喝出了醋味。培训期间发生了阪神淡路大地震，震后去上课那天，看见大楼上的很多块巨型玻璃长出了裂痕，走廊墙壁上也出现了七扭八歪的细缝。他们说公司要为换玻璃补墙缝拿出上亿日元的预算。那阵子还赶上发生麻原彰晃真理教的沙林毒气事件，课间休息时大家就议论地震和沙林。

给"中心"干的这两份活儿，是我在日本教中文职历中为时最短、印象最淡的工作，留下印象的是“中心”。后来，“中心”曾来大阪召见过我一次。在一家咖啡店，对面而坐，他给我讲了年底填写纳税报表时如何获得纳税优惠等等。这位身为语言交流使节的“中心”一句汉语也不会。他说他不会任何外语，但是却把中文褒赞了一番，沉湎于汉字的绝妙；同时他又把韩文贬低了一番，说那不叫文字，怎么看都是一堆棍棒和圆圈的拼凑。我不懂韩文，他也不懂，不知道他为什么会对一种不懂的文字持偏见。再后来，他也曾打电话派活儿给我，我推托时间不够用没再接受，好像是给他介绍了别人，介绍的是谁现在也想不起来了。

几年后，在另一个中文教室里，一位退休的大公司员工说起学汉语的经历时，提到曾经用公款聘请过该“中心”派遣的教师做培训。他对那位老师似乎不太满意，说公司付出昂贵学费请来的先生有点儿玩儿不转。这时才知道，“中心”付给教师的报酬还不到他在各大公司那里得来的N分之一。也难怪，被“中心”采用既不需要严格的资料审查更无面试环节，“中心”丝毫不担心能否胜任，反正他不懂汉语，要学的人也是因为不懂才学。

尽管如此，依然对与“中心”的这份缘分怀有感激。日本社会讲究秩序，没有“中心”这样一个体面的环节做媒，任你是再优秀的汉语大师，公司也不会聘用一个民间个人进人家大楼里施展汉语技能。说穿了，这“中心”就是一个堂皇的文化倒爷，不知道他现在是否还在“倒”。凭着这倒爷的功夫，日航小姐顺利赴任北京，东芝的对华业务想必也有了进展。至于教师队伍的成员，接活时也算是挣了一个碗底儿，至于想不想长期被“倒”，全凭自己掂量。

“屁股沉”有几种说法？

本府男女主人都好客，节假日常邀请同胞朋友来家聊天喝酒。朋友大多都是来日留学后从事各行各业的人，出身于中国各地，专业各异。有国内做教师到日本公司就职的，也有做大学历史教授、汉学教授、文学教授的，还有从事技术开发、研究文化人类学、做自由画家、开美容院搞中医按摩的，更有独立经营公司从事文化交流、做鞋做茶叶的。这些人到了一起，话题纵横交错丰富多彩，从最初的半工半读忆苦思甜到眼下的发明专利出书立说以及中日关系，说起来就没完，往往是一聊起来就忘了时间。最后总是夫人们张罗着结束告辞，并要客气地抱怨说自己的丈夫屁股沉，到了人家就不想走。

“屁股沉”是比较通俗易懂的，我也只知道这一种说法，文一点说就是“在你家玩得太开心了，都忘了时间”。可是，这群朋友中的两家夫人都有非常经典的说法。一位东北的夫人说丈夫“屁股生钉”。我第一次听到她这么说时笑得止不住。“生钉”就是钉到板凳上了，当然就站不起来，实在够生动。还有一位西安的夫人说丈夫“烂板凳”。这“烂板凳”更是生动之极，坐在那里不起来，直到把板凳坐烂……

中国语言真是绝妙无比。这种程度的夸张传神而又不伤人。

有时候，汉语词汇用在日语环境中会给有语言机智的人带来巧妙的可乘之机。一位东京大学的博士去某大学参加教师选拔面试时，日本教授提问说：“你对中国现代史早期的‘秘密结社’问题怎么看？”他说：“‘秘密结社’是‘秘密’的，所以我不知道。”发问教授气得发抖，但也有教授为他的语言机智而叫好，主张录用他做该大学的专任教师，但最终还是没有通过。

1月1日凌晨1点多，开车去京都北野天满宫参拜学问之神，为的是给即将参加高考的女儿祈愿顺利合格，这是一种类似心理保险的行为。人一旦为人父母，有时为了孩子会变得有点接近非理性。我们本来是没有任何宗教信仰的人，自己的几次关键考试也不曾像日本人那样事先必去投币祈拜学问之神的关照。现在，却觉得不带她去一次仿佛就够不上一个合格的家长似的，因为她的同学几乎是人人都去，甚至是在1月1日零点之前就排在神社门前等待以示诚意。

我没去过这家神社，不知道路。喝了酒的孩儿爹坐在副驾席上指手画脚，我还是拐错了路。他发着酒脾气喊：“告诉你在那儿拐，你为什么不拐？”“你到了交叉点才说拐怎么来得及？再说神社在哪里，路怎么走，我本来就不知道！”眼看着夫妇战争进入硝烟炮火状态，女儿的一句话起到了扭转局面的作用。

她说：“こういう時まさに‘不知道’だね。”（这时候的“不知道”才是真的“不知”“道”啊。）“不知道”三字用日语可读解成“道を知らない”，恰恰是“不知”“道”——不知道路怎么走。二人听之忍俊不禁，转而联想到“不知道”一句的由来——“道”之本意为道路，又引申为道理、道义、方法等等。

女儿对汉语一知半解，口语尚可，书面语实在是不够书面。但也正因如此，她却能做到咬文嚼字地去吸收，有时还会给我们提供一些需要重新思考祖国语言的契机。比如“东西”一词，她曾几次问：“为什么把‘物’叫‘东西’？那不是‘东’和‘西’吗？”日本学生也常提这个问题，至今我也没找到一个圆满的解答。（2006）

上面这段文字在博客上发出后，网友回复中，对于“屁股沉”和“东西”等有各种介绍，抄在这里：

回复1：山东一带有一种说法与之类似，唤作“拔不了腚”“不拔腚”或“拔腚走人”。（青葭）

我的回复：青葭，多谢赐教。“拔不了腚”很精彩，像种在土里的大萝卜出土艰难。

回复2：关于“东西”一词的说法

左西右东，东西是我们的左右，左右的物就是东西。上北下南，天南地北，上下就是我们的天地。这是我对东西和天地的看法。嘿嘿，好像有点巧言豪辩。诡辩诡辩，辩得诡了，我会觉得洋洋自得。妹妹的不知“道”让我感受到了文人的大家风范。从文字的宏观直接跳跃到微观，而由微观再利用到宏观，这就是境界，值得我学习。（momo）

回复3：关于“东西”一词——“买东西”一词始于宋朝。

据史料记载，有一天，南宋著名文学批评家、理学家朱熹在街上与好友盛温和相遇，朱熹看他手中拎着一个竹篮子，于是问道："去做什么？"盛温和回答："买点东西去！"朱又戏问："你为什么不说去买南北？"盛根据"五行"中的金、木、水、火、土与东、西、南、北、中相配这个道理解释曰：东西属金木，金木两类我这篮子都盛得了；南北属水火，我这篮子可装不得呀！所以，只能买东西，不能买南北。"朱熹听后大笑曰："你说的有道理。"后来，人们就把购买物品称为"买东西"，沿袭至今。（dansheng）

回复4：这篇文章写得很有趣啊。这种语言学问我倒了解得真的很少，上述二位恐怕都是教授级的人吧？我不知道"屁股沉"的内涵，不过外延却知道一些。比如屁股第一沉的恐怕是皇帝，叫坐天下，天下都能坐，其屁股之大，可想而知，那么大一个屁股哪有不沉的？共产党人可能是屁股第二沉的，因为好像不止一个说要把牢底坐穿。把牢底都能坐穿，不比把凳子坐穿厉害得多？我这点儿学问不知道叫不叫学问，就教于作者。哈哈……（雷文）

我的专栏"东洋镜"在日本华文网站贴出后，又收到各地网友提供的一些信息，归纳整理如下。

1. 大众说法：屁股沉

2. 黑龙江："屁股生钉"

3. 西安："烂板凳"

4. 山东一带：“拔不了腚”“不拔腚”

5. 网友雷文：“皇帝，坐天下”

6. 网友雷文：共产党人，“把牢底坐穿”

7. 上海：“烂屁股”

8. 广东：“榄核屁股”

9. 广东：“糯米屎发”

10. 四川：“屁股生根”

大学校园文化节

日本各类院校每到秋季都举行“文化祭”，中文说成“校园节”可能更合适。从小学到大学，各有各的类似活动，有的叫“文化祭”，有的叫“学园祭”，还有的有自己本校独特的名称，有的活动团体还自己命名。校园节的主人公是学生，所有的活动内容由学生自主设计自主策划自主协调。活动形形色色，服装五花八门。总之，谁有什么点子什么节目，都可以拿出来尝试一下展示一番。活动没有校方人员参与指导，学校只是配合，比如派设备科给学生在校园内搭舞台、搭炉具、接灯线、设置临时用水管等等。学生俱乐部各有自己的传统，高年级带动低年级，将传统发扬下去。有的俱乐部的部龄几乎和校龄一样长，各校之间还时常展开俱乐部间的项目比赛。

其间，有摆摊开模拟店把自己不用的衣服书籍拿出来卖的，也有几个人搭伙架起煤气罐做小吃叫卖的，收回的钱刨除成本后归为己有。我留学的时候，就和几个中国学生在校园节上卖过水饺，日本老师出钱买材料，收的钱留学生自己分配。还有搭舞台唱歌跳舞的，演奏乐器的……各俱乐部也趁机大力宣传自己以扩大影响，争取吸引更多的成员加入。

校园节一般进行一两天，多半安排在周六周日，有的学校还特意设定在学校创校纪念日或者法定“文化节”休假前后，这样，学生们既可以有充分的准备时间，校园节后还可以有一天半天的休息时间。

去年的校园节后第一天回校那天，我在走廊里看到一幅从未见过的画面，觉得新奇，推想是学生们此次校园节的节目之一。看着这张彩色的大画纸，自己脑中掠过曾经站在课桌上往走廊墙上贴革命大字报的情形。

这是一幅两米见方的校园风景图。

这张图之所以吸引我，是因为它是由看上去差不多大的几百张小小的方块纸拼成的。这幅马赛克式的图片，远看是校园风景，近看是几百个年轻人的青春风采和放飞的心愿。看内容，这像是一个虚拟的许愿游戏，类似七夕时人们在许愿树上系挂自己的心愿条。每张小小的方块纸上，写着每个人心里想的事，说着每个人想说的话。我不由得取来相机拍下来。细看那些字，想到随时随地出现在身边眼前的学生们，忽然间觉得他们每个人都可亲可爱。美好的年华，可爱的平常心。

心中有一股热涌上来。是由于这样简单而直接地听到了年轻人自然的心声吗？不平静中生出一股微微的不平。同样的青春，同样只有一次的人生，面对世界，面对生活，我，我们，曾经这样自然这样坦荡地展现过自己的天然风采吗？令人欣慰的是我们有孩子，我的孩子和这些孩子一样活得自然，活得舒展，活得本色。努力着，成长着，是多么叫人欣慰的事。

下面是校园墙报图片上部分文字的汉译：

1．最近着迷的事：银魂。

2．希望想睡时能睡，想吃时能吃上。

3．饿吗？并不是总饿着，但……

4．但愿顺利就职。

5．在合欢树下午睡。

6．喜欢水果香蕉吗？喜欢。

7．希望遇到好男人，希望有美好的恋爱。

8．你有喜欢的人吗？嗯……

9．你认为国际婚姻好吗？我觉得好。

10．喜欢冬天吗？冬天冷，不喜欢。

11．与喜欢的人永远在一起。

12．最近的开心事是什么？看到了ガッキー（歌手名）。

13．希望尽快醒酒。

14．你有驾照吗？一般来说……

15．你对日本刀有兴趣吗？有。

16．想要学分。想要钱。

17．我愿每天笑逐颜开。

18．喜欢的电影是什么？最近看的《波特小姐》，很好看。

19．票能卖出去。

20．顺利考上大学。

21．希望我们俱乐部成员越来越多。（女子手球）

22．与现在身边伙伴们友谊长存。

23．我是谁？神。

24．明天的比赛获胜。

25．快乐每一天。

26．有过怦然心动吗？没有。

27．做一个对自己真诚的人。

28．现在最想去的地方：意大利。

29．预感会成为市长。——by 裁判长

30．希望考试获得好成绩。

31．成为优秀保育员。

32．全家人幸福地生活。

33．明年想去西班牙。

34．想要钱。

35．想成为能使别人幸福的人。

36．像 A 和他那样相亲相爱。

37．但愿有更多更多的播音工作。

38．美好的恋爱。

39．你变态吗？有一点点……

40．希望尽快遇到第二个好男友。

41．想成为天才。

42．健康。

43．广岛杯获胜！！

44．希望日本也成为一夫多妻制国家。

45．你想要比你大的恋人吗？想要。

46．好吃的面包哪里有？妈妈做的面包！

47．和喜欢的人永远在一起。

48．彩票中上三亿。

49．涨工资。

50．还没有过初体验吗？嗯？……

51．世界和平。

52．成为有钱人。

53．希望国际婚姻。

54．得到幸福。

55．但愿笑容长在。

56．奥さん，听我对你说——什么时候成为夫人吧。

57．比我大，白羊座，O型血，身高176CM，像细木数子说的天王星人——我要跟这样的人结婚。

58．打工努力吗？……保龄球馆玩命投球。

59．喜欢什么类型的异性？善良。诚实。有趣。个子高。聪明。帅气。长相一般。

60．给你喜欢的人的一句话：请说心里话！

61．昨天早饭吃了什么？法式土司！

62．攒下钱了吗？少许。

63．想对喜欢的人表白。S.Y

64．大……是的，想成为大写的人。

65．成为专业插图画家。

66．更有智慧。

67．要自由。

68．目标：最先出场选手！

69．成为配音演员。

70．现在最想要的东西是什么？ MD (iPod亦可)

71. 家庭更幸福。

72. 永远幸福。

73. 让现在的恋爱结出硕果。

74. 有希望吗？想拿到学分。

75. 别让我降级啊。

76. 全家健康。

77. 你喜欢的方便面是什么牌子？Acecook 的馄饨面。

78. 希望能跟大家一起毕业。

79. 想见皇太子。

80. 拿到下半学期的全部学分。

81. 世界和平。

82. 建立幸福家庭。

83. 漫画家。

84. 想看北极光。

85. 顺利找到工作。

……

天空下，校园中。

……

今年的校园节，正在进行中。上周开始时，上课前后总有学生来向老师兜售自己的"商品"或者"门票""餐券"之类。有个女生拿着一条印有两个字母的白毛巾向我推销。"老师，买一条毛巾吧！""我家不缺毛巾啊。""可是，我们卖毛巾是为了集资救助那些被人丢弃的小猫小狗，给它们买吃的，还有做避孕手术什么的……毛巾成本很低，但是我们印上了我们俱乐部的标志，价格就提高了两倍，不好意思，支持我们一下吧！”我答应买一条，她乐得跳起来。

前天，在校园广场上看到停放着一架飞机，学生体育俱乐部航空组的同学们正在向来往的师生员工发放机型介绍以及飞行表演的说明。这业余爱好，还真是动真格的，呵呵。（2008.11）

学生的请假条

今天收到一个我供职的学校某院系教务科转送来的档案袋。打开一看，是一个学生的请假条。说是请假条，并无学生亲笔写的什么事由，里面是三份应该叫作证明或陈述书之类的文书。文书陈述说该生的请假理由是去参加世界杯短道速滑比赛。按说这是级别很高的重要比赛，该学生怎么也算是个经过多重选拔而获得专业认可的优秀选手了，但是在日本这个凡事规则第一的国家里，哪怕你是去参加奥林匹克，只要不能按时出勤，也要严格履行请假及获准程序。

三份文书之上，曲别针夹着一个约五厘米宽的纸条，上面有几行字，内容是："房老师：这里有一名学生的请假条，请参考所附的文件。因本院系没有'公欠'（因公缺席）规定，所以请房老师酌情处理。"

这种五厘米宽的纸条，在该大学事务性业务联络中很常见，是节约用纸的措施之一。

这家大学无论师生还是事务员工，均无"公欠"之说，只要在非假期的工作日、授课日未到校，无论什么原因，均按缺勤缺席记录处理。

比如，中文是选修科目中的必修课，学生每学期缺席如果达到六课时，便失去了获得学分的资格。虽说无“公欠”之说，但是在学生缺席次数接近或超过限度的关键时刻，任课教师有权调整并定性某学生的缺席情况。

一般来说，在一个为期三个多月的学期内，即便诸如流感、家人丧事、本人参加体育赛事等各类事由都集中在同一人身上，这个五次非违规缺席次数的限度也基本足以用来调节了。但若因参加大型国际比赛使得缺席次数超过所定次数时，比赛期间的缺席次数可不做加算处理。当然，假如不幸患重病或遇交通事故需长期住院治疗的话，耽误课程非一门两门，留级重读便成为理所当然的事，因为缺席理由再充分，未接受课程内容的学习也是事实，即便参加了考试，也不可能通过。

各系各班往往会有那么一两名某体育项目爱好者，有的是校强项队的队员，有的个人项目成绩十分优秀。星期二下午我这个班坐在最前面的女生，曾获全日本大学生网球赛亚军。这些体育生多半是出于个人爱好参加校内俱乐部，之后入围重重赛事。但是哪怕对于体育成绩再出色的学生，校方在学业方面也没有丝毫的优待，若想在四年内完成学分按时毕业，训练及比赛耽误的课程内容，必须由个人努力弥补。但一般来说，越是体育项目成绩优秀的学生，越能显示出良好的综合素质。他们也都很认真，提交请假条时总要羞羞答答深怀歉意地向任课老师做详细说明。

去年，有个学生在去美国参赛前提交队长开的请假条时，还另写了一份郑重签名的个人誓约书给我，表示既要争取比赛获胜，又不枉老师的理解支持，回来还要刻苦补课赶回因比赛耽误的学业等等。人高马大的他站在旁边，肩膀像垫了衣架一样宽厚，双颊却因激情饱满涨得发红。他壮士出征般的豪情，使得我内心生出一阵感动，为他积极向上的年轻力量所感染，也为他的识礼得体而欢喜。我这边一句“加油！祝你取得好成绩”，他那边就高吼一声：“谢谢老师！我一定努力！”随后鞠一个大躬，腾腾腾地赴战场一般走出教室。

每个人都可以按照自己的节奏打发各段人生，维持现状平庸度日当然没理由受人指责，但对于积极进取热情向上勇于追求发挥个人潜能的人，我们无理由不予以赞叹与赏识。

昨天上午，日本电视台播放内容为“北京奥林匹克十七天”的专题节目，对开幕式的几分钟慨叹赞叹之后，开始系列介绍出席大会的日本选手。虽然我们经常可以看到比赛场上日本应援团的“日本！恰恰恰！”，但是选手本人的心态却往往都显得低调而踏实。蛙泳冠军北岛康介比赛后接受记者采访时，泣不成声，抽抽搭搭半天之后说“终于成了……”他战胜了自己，实现了奥运两连冠的夙愿。女射击选手的出征动机，仅仅是为了做给身边不满十岁的女儿看，是为了让女儿知道妈妈敢于挑战，示范“活着就要努力”，以使她长大后面对困难时能想起妈妈如何不畏困难而有应对的毅力。虽然排名第四没能拿到奖牌，但是她的实际行动却充分发挥了顽强面对人生的榜样作用。他们没有一句豪言壮语，也没有那种感染大众的民族宏愿。对他们来说，参加比赛，首先是爱好，其次是实现个人愿望，发挥全部力量，争取达到目标，无论有否成就，努力本身都是对自己实力的确认和对周围人的精神勉励。

下面是请假档案袋里三份文件的内容。

【第一张】

请假条

@@@老师：@@系　@@@同学　学号 XXXXXX

因参加世界杯比赛，于 10 月 8 日至 10 月 24 日期间不能出席中国语初级课程，请老师予以准假。

平成二十年十月七日　星期二

大学体育会冰上运动部部长@@@

主力@@@

主务@@@

（签名旁均有个人印章）

【第二张】（以 JAPAN SKATING FEDERATION 会长名义发给大学校长的请求书）

财团法人日本冰上运动联盟 08 年第 1 @@号

财团法人日本冰上运动联盟（JAPAN SKATING FEDERATION）

@@@大学校长@@@殿下

请求派遣日本选手团团员

首先向贵校对本联盟冰上运动予以的一贯支持表示衷心感谢。本联盟决定派@@@选手出征下述比赛大会，恳请贵校对本联盟向以下诸事项活动派遣该选手事宜予以高虑与协作。

事项名称

①北美世界杯大会会前集训

②世界杯短道速滑盐湖城站比赛

③世界杯短道速滑温哥华站比赛

派遣期间 2008 年 10 月 8 日（星期三）至 10 月 28 日（星期三）

大会会期② 10 月 17 日至 10 月 19 日③ 10 月 24 日至 10 月 26 日

地点：①长野县野边山②美国盐湖城③加拿大温哥华

财团法人日本冰上项目联盟会长

桥本圣子

2008 年 10 月 5 日

【第三张】(JAPAN SKATING FEDERATION 给该学生个人的委托信）

财团法人日本冰上运动联盟 08 年第 1 @@号@@@殿

本联盟委托你作为代表选手参加下述比赛，望展示作为选手的相宜行动。

事项名称

①北美世界杯大会会前集训

②世界杯短道速滑盐湖城站比赛

③世界杯短道速滑温哥华站比赛

派遣期间 2008 年 10 月 8 日（星期三）至 10 月 28 日（星期三）

大会会程② 10 月 17 日至 10 月 19 日③ 10 月 24 日至 10 月 26 日

地点：①长野县野边山②美国盐湖城③加拿大温哥华

财团法人日本冰上项目联盟会长

桥本圣子

2008 年 10 月 5 日

该学生因此次参赛将缺课七次，按规定说，是一次性请假便超过了非违规缺席次数的限制，但是既然院系将“酌情处理”权限下放给任课教师，我的酌情处理决定是，届时和该学生面谈，只要他本人表示努力补习争取拿学分，便予以正常考试的资格。

日本大学生看中国

每年新学期开始时，在正式进入中文课程之前，为掌握学生对中国的了解程度，我都会做一次简单的问卷调查。答卷时间大约 10 分钟，问题中心大致为“我心目中的中国”。这是其中的一次。

问卷时间：2009 年 4 月。

问卷对象：大学一、二年级学生（有个别三、四年级的复读生）。学生多属法律、经济、社会学、人间福祉等文科院系，中文课属自选必修二外之一。

需要声明的是，答卷的都是选修中文课的大学生，场所是教室而非网络，形式为手写。关于偏差，任何问卷调查都存在某种比例的偏差，这好像是一个社会学范畴的问题，本人不太了解，但是日本的高校经常搞有关教务教学方面的不记名调查，学生们还是能严肃对待的，比如老师迟到以及授课中的问题等等都会直言指出。

还有，该项调查仅限于课堂范围，具有即时性和直接性，师生多是第一次相见。我的原则是不做任何提示。

答卷不做分类排序，与课程学分无关，怎么想就怎么写，也可以不答，署名与否自愿。这里的排序是为方便阅读附加的。

下面是回收的答卷内容的翻译（笔者译），其中每一条为一个学生的答卷内容。关于答卷者性别及出生地，没有特别要求，自愿填写，所以这里提供的也是原貌。

1. 贫富差距大。

2. 上海的高楼大厦后面就能看到贫民街，让我觉得贫富差距特别大。虽说有差距本身不是什么坏事，但政府方面如果不采取什么措施的话，治安情况将很难好转。

3. 中国有造假现象。另外高中时因赶上飞机事故，本来计划修学旅行去中国却未能成行。总之，印象不太好。

4. 我认为中国是世界上历史最悠久的国家之一，在各个领域都有深厚的知识。喜欢中国菜。中国是一个好国家。但是近年来由于历史问题反感日本的中国人似乎越来越多，因此也出现了反感中国的日本人。这很令人遗憾。

5. 我认为近年来中国是亚洲发展最快的国家，人口也是世界最多，世界人口的差不多四分之一是中国人吧。还有国土面积大。北京奥林匹克进一步推动了进步发展。

6. 人多。马马虎虎的国家。中国人对于没有好感的国家彻底没好感。

7. 经济成长显著。但是工业发展造成严重大气污染。印象里中国人想法比较死板。

8. 中国面积大、人口多。有五十多个民族。穿民族服装（平时也是）。

9. 以前印象里中国人重面子自尊心强。高中时代听去中国研修过的人说中国人非常热情稳重，听后我想原来还有这样的一面啊。

10. 中国有三千年的历史。有点恐怖。地域性经济差距大。国土大。人口多。

11. 人口多。本大学也有不少中国留学生，所以我希望能跟他们成为朋友。还有，好好学中文，不光是在中文学习上，同时还想了解到更多方面的事。

12. 印象里中国人说话比较生硬，好像总是在生气。

13. 中国城市与游牧地区的贫富差距非常大。发达地区在技术方面已经在日本之上，今后将名列世界之首。

14. 很少笑。为达到个人目的不择手段。不拘小节。富裕阶层特别奢侈，但是贫困阶层只能维持最低限度的温饱。（上面是2008年12月之前的印象。）2008年12月18日到24日，我作为日中友好青少年交流团体的一员访问了中国，我印象中的中国和我看到的实际的中国有着惊人的差距。接触的人都那么热情，笑容亲切，大声跟我们说话。升入大学学习汉语，目的也是为了什么时候能去再会我在中国的寄宿家庭（host family）。

15. 印象里中文特别难。

16. 目前经济发展迅速。历史比日本长得多。有各种各样的民族。不同地域方言差异很大。觉得大家说中文都很快，好像很难听懂。但是中国必将在未来世界中发挥不可取代的重要作用，所以好好学习汉语绝对不会吃亏。

17. 无论什么事情都积极对待。学习努力。以自己国家为荣。发自内心尊重他们。

18. 人口多。

19. 最近日中关系不太好，希望早日好起来。不太喜欢中国人。

20. 看电视新闻，印象里中国人了不起。虽然至今为止没有与中国人有过直接接触，不太了解，但在世界范围内中国也是经济大国，所以不管怎么说我觉得了不起。

21. 与中国人没有过接触，不太了解，但在电视新闻报道中看到日中关系恶化，中国指责日本什么的。还有，奥林匹克的时候日本选手出场时起哄喝倒彩什么的，觉得很多人不懂得分场合。好像以为只有自己国家才是第一。

22. 中国是出色的国家。物价便宜是好事。

23. 没什么可说的，非要说的话就直说了。食品安全问题等等负面印象比较深。还有人多、国土广大、万里长城，别的就不知道了。

24. 人口多。生产力增长中。发展潜力大。纸箱包子。食品安全整体上有危险。

25. 对于中国的印象是贫富差距严重。实际情况也是如此。人口众多，每个人个人就相对被轻视。但是中文很有意思。希望什么时候能去中国。食品安全问题有点担心。我觉得今后中国会越来越好。

26. 人口多。中国制品在日本很多。目前正在发展。物价低。

27. 人口多。大。说话声音大、情绪高。物价低。早上太极拳。自行车多。

28. 物价低。人多。还在发展中。Made in China 做工不太好。中国菜好吃。治安好像不太好。

29. 感觉在守秩序方面做得差。

30. 不承认台湾是国家。棒球比较弱。“山寨文化”，意思就是什么都造假。治理黄沙意识差。饭菜好吃。发射散雨火箭。靖国神社问题揪住不放。写字拿手的人多。非法入境和偷渡者多。声音大。人多。自行车多。地震造成严重伤亡灾害。讨厌日本人。因非典遭到严重不幸。李小龙。刘德华。成龙。京剧。珍惜传统。建筑及艺术等文化丰富多彩。

31. 人多。多为自行车移动。有春节。民族多。

32. 虽说近年来中国发展成为影响不小的经济大国，但在产品安全性可靠性方面却完全没有进步，制造出大量“假货”不说，还若无其事地使用假货。从这点来看，感觉民族性很低。说实话，我对于 Made in China 持怀疑态度。还有，把自己的意志强加于他人方面也应该改善。印象里中国在卫生方面差。好像去年的北京奥林匹克时也出现了不少环境问题。中国的环境问题也给日本造成危害（比如酸雨等），这样的国家即使嘴上说要改善环境问题也无法相信。

33. 西藏问题。熊猫。万里长城。《论语》。饺子。多民族国家。黄河。

34. 国土面积大。人口多。不买中国产食品。北京奥林匹克开幕式女孩假唱以及烟花GC等等究竟是怎么回事呢？黄沙。阻止日本入常。巨大市场。Made in China。中国杂技团。电影《三国》。自行车。

35. 说话声音大。

36. 日本有很多中国产品和食品，甚至可以说每个人身边都能找到中国制造。但是前一段在中国产冷冻饺子中验出有毒农药。这样的事一次又一次地出现，说实话，感觉中国的加工食品没有信誉。但是中国产品中也有很多很多物美价廉的东西，我也从中受益很大。我对中国的印象是物价便宜。

37. 说中国如今是世界的大国也不过分。经济方面，在有效利用广大国土资源以及充分发挥生产性方面都做得很好。人口居世界第一。我对中国抱有危机感。中国是日本邻国，有着非常密切的关系。所以，如果中国的发展使得两国之间的现有的平衡发生倾斜的话，说不定会像战争中那样相互对立起来。我会关注这些方面。

38. 人口多。近年发展迅速。日本企业大量进入中国。

39. 人口世界第一。有熊猫。近年经济发展迅速。多种体育项目强。

40. 中国人口多，经济上虽说也是世界上屈指可数的大国，但是印象不太好。原因是首先感觉与朝鲜有关系的国家不怎么可靠，其次还有在对待环境问题方面不够积极等等，这些影响了中国在我心目中的形象。

41.（空白）

42. 贫富差距特别大。内战不断。秩序差。卫生方面也不太好。市场上销售模仿日本的制品等等。但是发展很快，个别大都会跟东京差不多。

43. 我心目中的中国是一个具有古代文化的出色国家，同时由于在日本发生的一些食品卫生问题也感到有点可怕。

44. 由于特别喜欢吃中国菜，说起中国就想起中国菜。虽然没吃过地道的中国菜，但就是喜欢。好像中国有很多很多中国菜餐馆。还有两层大巴。还能想起经常看的动作片电影中的成龙。还有就是中国人口多，不管去什么地方都是人。嗯，就是这样的感觉。

45. 人口多。实施独生子政策。中国菜好吃。北京奥林匹克景象盛大。土地辽阔，河流大。武术什么的普遍，运动神经发达。

46.《三国志》。模仿力强。复制版迪士尼乐园。黄沙。经济发展显著。国土大。人口世界第一。乒乓球厉害。农药。

47. 土地辽阔。人口多。

48. 学习和工作什么的社会身份差异大。人口众多。大气污染等自然环境方面有不太好的印象。

49. 说起中国,《三国志》。

50. 我的中文不好，但是会努力。这一年拜托老师了！

51. 经济方面差距大。经济发展迅猛。想象不出中国国内是什么样子。一党制。觉得中国食品有点危险。

52. 物价比日本低。人口多。说话快。

53. 我觉得中国的贫富差距是严重问题。北京奥林匹克时电视里看到被掩在高层建筑后面的贫困街。看到这样的地方我觉得中国这个国家有点儿心胸狭隘。这样想还因为奥运开幕式小女孩的假唱那件事。背后加工，掩盖表面。无法接受这样的虚荣行为。

54. 空气不太好。人口多。少林拳普及。体操比赛强。

55. 熊猫著名。物价低。菜好吃。人口多。最近经济发展迅速。

56.（空白）

57. 历史漫长。文明发祥地。人口多。经济发展中。中国菜。环境问题。奥林匹克。世界智力运动会等等。独生子政策。西藏问题。食品安全。日本海油田。

58. 由于个人特别喜欢《三国志》，所以喜欢中国。总的来说比较喜欢日本史，对比一下，还是更喜欢三国。因为最喜欢《三国志》，就喜欢中国，原因很单纯。

59. 中国人口多，还有料理好吃。拥有四千年的历史，真是了不起。

60. 中国人口多资源丰富，有效发挥的话今后定会发展。中国食品好吃的特别多，北京上海什么的好像比日本发达，希望能有机会去看看。

61. 印象里中国各地的方言差异好像很大，还有贫富差距也大。

62. 关于经济方面，内陆地区和沿海地区差距特别大。由于人口多，我觉得从人均角度看还算不上富国。我喜欢历史，尤其是周和汉代历史。食品安全方面稍稍有点不安。

63. 人口多。物价低。急速增长的经济。贫富差距大。

64. 经济高度发展的另一面，商品存在各种各样的问题。

虽然价格便宜，但是从安全性方面想的话不能说好。

65. 中国的经济不仅在亚洲，在世界上也一直保持增长，这令人叹服。还有人口多。传统文化丰富，是令人感兴趣的国家。我特别喜欢中国菜，希望有机会去中国吃上地道的包子。

66. 城市热闹繁华。高贵的旗袍。食品丰富，珍味多。

67. 人口多。热闹。物质丰富。道路狭窄。

68. 自古文明发达土地辽阔的国家。我喜欢《三国志》，所以会继续保持对于中国历史的兴趣。

69. 人口多。菜好吃。

70. 俱乐部中有中国同学。总之是特别爱说话，还有就是一旦形成自己的想法就很难变通，自我主张强烈，开始时给我的印象是不太好相处。虽然不会就此认为所有的中国人都是这样，但还是感到似乎在价值观方面跟日本人有很大差异。希望这辈子能亲自去一次中国。

71. 中国文化及习俗方面都有传统，尤其是中文奥妙很深，这就是我想学习中文的原因所在。

72. 现如今，以超越日本之猛势成长发展中。每天都在进行高层建筑工程。大人们在公园里聚集，十分认真地进行体育锻炼和休闲游戏。人格方面，好像不在意别人怎么看自己。造假货（盗版DVD、名牌产品等）。沙漠化在不断恶化（黄河周边？）。好像喜欢原色服装。军队团结一心。爱国。对日本有憧憬意识（连续剧、动漫、服饰时尚等）。贫富差距大。土地辽阔！男人发型三七分。女人身材好。

73.（原文中文）广大的领土。十三亿的人口。声音很大。

城市内非常热闹。路上有乞丐，而且孩子乞丐（儿童乞丐——引者注）也有。发展国家。我认为将来越来越发展。因公害环境不好。多民族国家。中国共产党。大家都喜欢花哨的颜色。

74. 骑自行车的人多。空气脏。辛辣食品多，热食品多。讨厌日本的人多。好强者多。制造假名牌。食品缺乏安全性。独裁政治。皮肤好的女人多。吃蜥蜴什么的古怪东西。

75. 第一感觉是具有漫长历史的大国。进一步学习之后了解到中国是多民族国家，村镇地名多，有些地名很难读。还有，印象里只要涉及产业流通的话题，就离不开中国。无论过去还是现在，中国都是世界上绝对不可忽视的国家。中国在发展中，是需要关注的国家。虽然还没有去过中国，但是今年夏天将去XX大学学习，相信一定会有与现在完全不同的新认识，我对此充满期待。

76. 说起中国，眼前首先浮现出中国菜。听说中国的中国菜特别好吃，但是还从来没吃过，所以想吃一次。还有就是中国孩子的课外学习科目特别多，这个好像在新闻里看到过，现在情况不太了解。日本一般也就是一两门，但是中国好像有四五门（不知真假）。还有中国武术，在电视里看过几次，在大学里也看过俱乐部的表演，觉得有的动作在日本没有，非常独特。不由联想到中国人是不是身体很软的人特别多？还有就是中国人吃的东西和日本不一样，印象里好像动物类什么都吃。另外还有中药什么的，吃很多对身体好的东西。

77. 从小就对中国的音乐和料理感兴趣，因为从高中就开始学习中文，所以对中国印象比较好。中文有趣，还有中国的传统文化中有很多优秀的东西。但是，在最近成为话题的中国食品卫生问题方面，我也不得不就此产生怀疑。还有，上公交车不排队、往路边扔垃圾等等，生活习惯方面也有一些我不喜欢的地方。但是我去中国时接触过的中国人都非常好。虽然还存在一些问题，但我喜欢中国。（女 / 埼玉县）

78. 我对中国的第一印象是，高中时代我家附近有一个文化交流中心，尤其对那里的中文感兴趣（当然还有英语、法语、意大利语等），发自内心想模仿女性声音发出的四声。我觉得媒体报道什么的总是挑中国不好的地方报道。因为是人，有不好的地方理所当然。虽说不好的地方应该改，但是日本人，不，就是美国人、意大利人、法国人、英国人、俄国人……数不过来的什么什么人，都有不好的地方。我想如果大家都相互看彼此好的地方的话，就都会成为好人。我最讨厌“因为是某国人，所以讨厌”这种说法。（哦，请原谅，今天也忘了带铅笔。）（女 / 石川县）

79.（原文中文）中国很大而且人口很多。中国历史很长。日本从中国传来文化，比如汉字、思想、佛教等等。我对中国的思想感兴趣，比如像《论语》《孟子》这些——不过我不太知道。（女 / 大阪府）

80. 中国：人多。有意思的人多。物价便宜。自然景观多。不同地区温差大。中国菜好吃。有《三国志》。生活节奏慢。日本：物价高。气候安定。日本菜好吃。生活节奏快。（男 / 大阪府）

81. 中国的东西很好吃，而且量很多。人们都很热情，很友好。但是公共场所的服务员的态度有些不好。因为中国现在

已经很国际化了，所以我希望服务员态度能再好些。（女 / 兵库县）

82. 我喜欢中国。关于中国的记忆虽然不多，但都是美好的。需要中国改善的地方是厕所卫生。每次去都想厕所能不能变干净点儿啊！新闻中一听到关于中国和日本的问题就很伤心。一看见日本批判中国，我就想护着中国。我希望中日关系一点点好起来。我也想了解到更多的中日两国间的问题。（女 / 京都）

83. 我的中国印象是很多人和很多民族。他们对历史感到自豪，但是他们不珍惜他们的历史建筑物。"关系"世界。啃老族越来越多。留学生中勤奋的人多。（女 / 兵库县）

84. 上中学的时候我开始对中国产生兴趣。电视上看到介绍中国的世界遗产节目，就感觉中国很漂亮，想亲自去看看中国。提起中国，我眼前马上浮现出节目中看到的四川省的风景。还有，印象就是中国大。因为没亲自去过，计划今年夏天去中国旅行，正因为想去的地方太多而犯愁。（女 / 冈山县）

85. 这些年中国经济显著发展，同时高速增长也带来了环境污染和贫富差距等很多问题。人口世界第一。国土是日本的大约几十倍。整体来说物价低于日本。中国菜。（男 / 京都府）

86. 印象里中国贫富差距大治安不好，但是最近去中国发现城市治安有惊人的明显好转。但厕所依旧是问题。饭店等高级场所的厕所比较干净，但是街上的普通公厕实在太脏，真不愿意使用。但是食品好吃。（女 / 兵库县）

87. 我小学和中学九年间都在神户 ×××× 学校学习中文。我是中国人和日本人的混血儿，有四分之一中国血统。出生和

成长都在日本。祖父来自福建。我只去过一次北京。（男/神户）

88. 自我中心。中国菜。食品恐怖。黄沙。大。独生子政策。亚洲。燕窝。饺子。炒饭。天津饭。（男/兵库县）

89. 不太干净的国家。东西好吃。（男/大阪府）

90. 空气有污染。食物丰富。四川菜辣。骑自行车。声音大。吃相不雅观。批判日本。

91. 我打工的地方有两个来日本留学的中国人。一个是男生，另一个是女生。我想写一下我从这两个人身上得出的中国人印象。首先他们两个人共同的地方是对工作特别认真。不管做什么都专心致志，具有努力学会做各种工作的进取心。还有就是干活快，两个人都很能干。因此我非常尊敬这两个人。这两个人的情况并非特例，偶尔也会有其他分店来帮忙的中国人，来过好几个打工的中国人，他们都有这样的共同特征。再就是跟日本人相比，觉得他们自尊心很强。（男/大阪）

92. 我曾经去过一次外国，那次经历与中国关联很多。感觉他们爱说话，想法明确，不屈己。仅仅是感觉，不知事实上是否真是这样。看见到处有卖假名牌的。但是由于我在日本接触到的中国人都是非常好的人，觉得跟自己的印象多少有点不相符。关于中国虽然没有十分详细的了解，饺子事件什么的（日本）国内关于中国的负面报道很多，这很容易使人在对中情感上产生错觉。那么大的国家，当然什么人都有，什么想法都有吧。因为中文老师人都很好所以到今天为止还保持着好印象。（男/兵库县）

93. 中华思想根深蒂固。社会、经济方面差距大。作为经济大国在世界上的发言权越来越强。联合国常任理事国。家人亲属之间关系亲密。爱在日本购买医药品。不守规则的情况多。想从日本夺取钓鱼岛。不是社会主义。跟俄罗斯友好。对朝鲜半岛有支配意识。（女 / 大阪府）

94. 首先，说起中国的感觉是大、人多什么的吧，也可以说是那种乡下式的乱哄哄的感觉。文化方面就是中国菜的印象最深。如今，普及到可以说在日本所有地方都可以吃上中国菜。我觉得中国菜就是如此容易让日本人在口味上习惯下来的料理。（男 / 大阪）

95. 土地辽阔。十三亿的人口，人口这么多，但是由于都只被同一个行政机构领导，所以感觉国民每个人的意见（尤其西部地区）很难反映到行政部门。想去四川。想看黄河、长江。（男 / 兵库县）

96. 对中国有战争多、政权更替频繁的印象。以己为中心的中华思想也显示出好用武力解决问题的国风。现在的印象是人口多，虽然经济发展显著，但贫富差距大，好像国家也不安定。（男 / 兵库县）

97. 发展中国家。因为国土太大所以成长有点变形。脏。臭。豆包好吃。

98. 国土大。人口多。食物辣。有很多自行车。现在是经济成长期。民族多。独生子。世界遗产多。（女）

99. 正面印象：文化丰富多彩。料理好吃。领土广大。会绝技的人多。负面印象：造假。治安差。反日情绪使人不能轻轻松松地去旅行。

100. 对于中国整体的印象，因为有许许多多的问题所以总的来说不太好。但是至今为止我接触的中国人都是好人，所以就我个人来说，个体中国人给我的印象都很好。(男)

101. 人口多。盗版宝库。历史悠久。黄沙。独生子。大气污染。(男 / 鸟取县)

102. 红色多。世界人口第一。提到中国人的姓就想起“王”。说不定有卖仿日本货的造假商品。料理好吃。北京大学(学生)好像脑子好。好像单眼皮多。各种各样的民族。建筑物上贴着人像。万里长城令人叫绝。国土面积大。经济发展迅猛。因为实行独生子女政策大概独生子女很多吧。(男 / 兵库县)

103. 说起中国就联想起中国菜，尤其是辣东西印象强烈。人物的话，能想起成龙、张艺谋、吴宇森、李连杰。对于国家的感觉有老是没完没了反复提及过去的负面印象。(男)

104. 急速经济增长。人口多。共产主义。农村与城市的贫富差距巨大。军备开支每年在增加。(男 / 兵库县)

105. 人口特别多，国土特别大。首都北京。中国语。拼音。学会区分中文汉字和日文汉字一定很辛苦。目前世界上发展最显著的国家。去年的北京奥林匹克获得极大注目。“三国”有名。悠久的历史。自古与日本有友好邦交。黄河。长江。万里长城。民族特别多。国内也有好多种不同语言。主要是汉族。想去一次，但治安太差不太好去。考虑到将来，觉得还是会说中文比较好，所以我会努力学习。(男 / 兵库县)

106. 中国人好像不打扫卫生。还不仅如此，不论什么地方都能轻易给弄脏。空气好像也不好。但好像很珍视传统。到底

是有历史的国家，这方面感觉很严格。再就是杂技表演有各种体态。（男 / 广岛县）

107. 中国的印象是东西好吃，当然这也是因为我喜欢中国菜。再就是无视知识产权啦冷冻饺子啦经常有骗人的事什么的印象。一提及中国，负面联想比较多。（男）

108. 骑自行车的人多。大声发脾气。北京烤鸭。香港夜景很美。（男）

109. 河流好像脏。因为是发展中国家，所以污染严重。中国人爱国意识特别强烈，好像敌视日本。大。人多。中国人说话快。（男 / 兵库县）

110. 热情，精力充沛，这样的印象十分鲜明。好像不努力求生存就会被丢在后面。贫富差距大。强。有点弱肉强食的感觉。虽然政治体制完全不同，但我感觉在明确表示自我主张和有点狂热的国民性方面跟美国相似。觉得有强烈爱国意识的人多。同时还觉得感情易于外露的人也多。（女 / 兵库县）

111. 人口多。熊猫。目前飞速发展。中国共产党。少林寺。有漫长历史。民族问题。农药。饮食文化发达。麻将。我想去上海。（男 / 广岛）

112. 虽然没去过中国，但是去英国和澳大利亚的时候，可以说（发现那里）China Town 是必然存在，所以我的印象是有很多以华侨为主的国际人活跃在世界各地。给日本带来各种各样文化的国家。（大阪 / 男）

113. 利己主义倾向。治安不好。贫富差距悬殊。资源丰富。历史悠久。空气脏。食品管理差。经济发展迅猛。人口多。军事力量好像有点危险。

114. 人口多。有多种民族。物价低。急速发展。国土辽阔农作物种类丰富。内陆地区与沿海地区的发达程度有差距。

115. 说起中国就是历史。我觉得从秦代到现在高度文明一直在持续。

116. 人口多。面积大。口头语言有地域性不同。发音难。（男）

117. 人多。历史长。大。经济发展中。自然景观多。性格激烈。料理好吃。乒乓球厉害。羽毛球强。旗袍。汉族。

118. 历史长。国土大。人口多。武打电影好看。近年经济发展迅猛。（男 / 熊本）

119. 看最近的新闻报道好像没什么好印象。与食品相关的负面新闻比较多。但是因为我有中国朋友，想起她在学习和努力习惯日本生活方面的认真样子，我就觉得我还是喜欢中国。另外，在电视新闻中看到中国对日本印象也很不好的报道我就觉得伤心。战争中的确非常过分，但是觉得说法有点走题。历史老师说这是中国的讲述历史方式。（三重县）

120. 中国辽阔，文化多样。觉得有很多中文发音不清晰，并且中国人说话快，难听懂，就觉得他们好像特爱生气。但是中国的传统文化很有趣（杂技团什么的）。（女 / 兵库县）

121. 经济发展迅猛，但是城市与农村地区的贫富差距显著。一党制。思想受限制。环境不太好。人口多。中国菜有名。

122. 辽阔。有很多敌视日本的人。脏。治安不好。

123. 饮食文化发达。有地域性经济差距。多民族国家。发展中国家。环境问题令人担心。

124. 多民族聚集。贫富差距悬殊。今后还会继续发展。爱国心强烈。

125. 人多。治安差。饭菜好吃。拔尖。想去看看。东部地区稍有了解，对西部一无所知。(男)

126. 听中文的时候觉得都说那么快，感觉像在生气吵架。体操运动员真厉害。中国拳道、功夫，了不起。因为人口多，环境污染也是不可避免的。贫富差距大。(男 / 濑户)

127. 提起中国，四千年的历史和万里长城。

128. 感觉脸皮厚!

129. 良：拥有悠久历史。有万里长城什么的辉煌建筑。北京奥林匹克非常华丽。恶：食品不安全。西藏问题。(女 / 大阪)

130. 好吃。物价低。学习用功。人口多。独生子。拔尖的人多。毛泽东! 万里长城。(女 / 兵库县)

131. 我去过好几次中国。第一次去的时候还是小学生。最吃惊的是厕所没有门或者没有锁。东西特好吃。每次去中国一定要喝西瓜汁，特别喜欢。比起北京，我更喜欢上海。中国人态度不太好的人多。但是反正我也不用在意别人怎么看我，很轻松。这种自由轻松的感觉我特喜欢。(女 / 京都)

132. 喜欢成龙电影。可能因为这个缘故吧，一说中国，就是成龙和武打功夫。(男 / 奈良)

133. 人口多。(男 / 冈山县)

134. 没去过中国，印象里觉得贫穷。好像种植很多小麦和玉米，这在教材里学过。(女 / 大阪)

135. 说起中国，印象是人口多，贫富差距大，口气强硬和扒手多什么的。去过鸟取县的中国庭院，很开心。想去中国玩玩看看，但是没有永久居住的想法。想去四川、北京、上海等地吃各种各样的菜。还有中国有很多民族，好像北方吃小麦，南方吃大米。

136. 中国印象：好强。东西好吃。广大。精力充沛。便宜。聪明。空气不太好。健康。（女 / 大阪）

137. 人口多。学历社会。竞争社会。地域性差距大。爱国热情。家庭关系亲密。尊重家长和长者。（女 / 兵库县）

138. 熊猫。北朝鲜。中国菜好吃。似乎感觉社会道德观念差。有 Chinese Mafia。（男 / 富山县）

139. 教育方面厉害。贫富差距大。同样的中国话也有地域性差异，像完全不同的语言一样。经济发展。（女 / 大阪）

140. 传统文化繁荣。再就是近年来发生的著作权侵权现象很多。（男 / 京都）

141. 我对中国文化和流行时尚有兴趣，很想去看看。但是在电视里看到中国有反日运动，所以就想如果去了自己遭遇到什么的话……感觉中国人讨厌日本人。（女 / 奈良县）

142. 大家骑自行车。卫生方面有点儿问题。个别地区治安不好。IT 发达。有很多外国工厂。料理好吃。哪儿都是人。辽阔。（女 / 大阪）

143. 曾在日本史还是什么课上学习过，中国历史非常悠久，在日本还是绳文时代的时候，中国已经有了国家，还发明了纸和文字什么的。知道这些的时候心想真是了不起。还没去过中国，希望能去看看历史建筑。（女 / 兵库县）

144. 奥林匹克使得卫生方面有了好转，但是公共秩序方面还有待改善。（男 / 福冈县）

145. 料理好吃。但是食品材料令人不安。历史深远。人口和民族多。人们的行动积极向上。反日倾向（因人而异）。急速发展。（女 / 香川县）

146. 正面：华丽。美味。美女多。身材好。人多。历史有趣。经济发展迅速。在电视里看到富裕层家庭的大学生子女有去农村贫困地区当老师的节目报道，让我觉得有很多好人。负面：空气脏。食品农药含量高。西藏问题。贫富差距大。（女 / 兵库县）

147. 感觉大陆有反日情绪。香港和台湾没有这样的感觉，也许是误解。再就是有环境污染严重的印象。（女 / 北海道）

148. 由于历史原因，中国人对日本人没有好印象。（女 / 奈良）

149. 印象里中国东西便宜，房子特别多。人很多，很有生机，但是贫富差别大。印象里厕所不干净。食品卫生方面粗枝大叶。（女 / 大阪）

150. 人很多。离日本近。历史长。世界遗产多。环境污染越来越严重。

151. 料理好吃。万里长城。不认错。不服输。说话快。（男 / 大阪）

152. 人口多。大。贫富差距悬殊。（男 / 兵库县）

153. 中国食品信誉度低。希望治理黄沙。人多。个子高。大。有超人。爱穿鲜艳衣服。（男 / 兵库县）

154. 麻婆豆腐。熊猫。毛泽东。（男 / 大阪）

155. 中国菜好吃。《三国志》。贫富差别大。特别讨厌日本。人口世界第一。汉字。熊猫。自行车。（男 / 兵库县）

156. 大。迅速发展。人口多。贫富差别大。（男 / 三重县）

157.（空白）

158. 环境污染在恶化。因为过去的虐杀等事件极其讨厌日本人。中文好听。真的觉得中文和法语非常美。（女 / 名古屋）

159. 红色。自行车。（女 / 爱媛县）

160. 在上中文课之前，感觉中国人有点冲，就想中文老师会不会很可怕啊。但是接触后发现老师（笔者——译者注）一点不可怕。（女 / 大阪）

161. 世界人口第一多。各种各样民族。（女 / 明石）

162. 地大人多。料理好吃。红色。（女 / 大阪）

163. 感觉什么事都容易情绪高昂，有点像几十年前的日本。还有就是贫富差距好像很悬殊。（女 / 大阪）

164. 中国人口多。熊猫。（男 / 明石）

165. 人多。自行车多。（女 / 神户）

166. 国民多。路上自行车比汽车多。（女 / 大阪）

167. 大。国际化。（女 / 兵库县）

168. 最近发展很快。Made in China 多。北京举办奥林匹克。好像空气有污染。独生子多。有钱人住高层大厦。（女 / 神户）

169. 人多。中国菜。有反日情绪者多。大。穷人多。卫生差。（女 / 兵库县）

170. 大。人多。建筑物高。飞速发展。（男 / 大阪）

171. 人口多。面积大。万里长城。（男 / 大阪）

172. 印象感觉处于高速经济发展中，很有生机。选学中文也是考虑到（想得太多了？）这种发展将来会加深与日本的关联。但是奥林匹克那些乱七八糟的事造成一些负面印象。中国能不能想办法变好一点啊？（男 / 姬路市）

173. 感觉香港电影里的治安不好。（女 / 大阪）

174. 万里长城。自行车。西藏和新疆自治区的问题。（男 / 福冈）

175. 近年来急速发展起来的国家，有不可估量的潜力。（男）

176. 工厂等废气造成的环境污染严重。（男 / 神户）

177. 麻婆豆腐辣，好吃。（男）

178. 人多。熊猫。和日本人长相一样。（男 / 兵库县）

179. 人多。国土大。朝鲜辣白菜。跟日本关系不太好。食物好像什么都辣。（男 / 广岛）

180. 很多中国人讨厌日本人。人很多。（男 / 大阪）

181. 不透明的感觉。城乡差距悬殊。饭菜好吃。熊猫。人多。西藏问题。辽阔。（男 / 尼崎）

182. 我从小学一年级到六年级住在台湾。台湾话即使正常说听上去也像在发火。印象是觉得脏。（男 / 兵库县）

183. 人多。（男 / 宝冢）

184. 中日两国关系不好。送我们熊猫，但是昂贵？人太多。头发漂亮。物价便宜。（女 / 德岛）

185. 感觉乱扔垃圾。公共场所用户客人秩序不好。生水不能饮用。感觉有可能遭到坑害。（男）

186. 一年级上亚洲史课时学过，记得是贫富差距大。但是

吃饺子的时候心里对中国人充满感激。(女 / 大阪)

187. 人口多。贫富差距大。英语好。饭好吃。亚洲美色。历史漫长。爱国心强。感觉上说话快。摊床多。物价低。(女 / 大阪)

188. 中国国土面积世界第三，人口第一。这是第一印象。因为中国菜极好吃，所以吃的东西都好吃吧。还有是觉得物价特别便宜。还有就是我练空手道，对少林寺拳特别感兴趣。还有因为以前在田径俱乐部呆过，特别喜欢那个爱唱歌的跨栏选手(刘翔?)(男)

189. 料理好吃。人口多。大。熊猫有名。(女 / 大阪)

190. 身怀绝技的人多。想去看看。北京烤鸭。辣白菜。人多。有可能被害。治安不好。中国共产党。东西好吃。

191. 熊猫。大。会说英语的人多。拳法。(女 / 神户)

192. 中国历史悠久。在儒教文化及饮食文化方面在世界上有很大影响。最近高速发展，在政治经济方面也开始对世界构成影响。(男 / 新潟)

193. 我对中国印象不太好,觉得马马虎虎。但是老师很好。因为中国历史悠久，我觉得将来引导世界向前的将是中国。觉得日本跟中国必须建立起良好的关系。(男 / 兵库县)

194. 自行车多。时间观念差。说话快。少子化政策。东西好吃！(女 / 大阪)

195. 大国。人数多。(男 / 兵库县)

196. 人多。饭好吃。吵吵嚷嚷。好像每天都吃饺子。造假是拿手技术。(男 / 东京)

197. 不卫生。人多。自行车。历史辉煌。（男 / 兵库县）

198. 中文好像很难，但是语法跟英语很像。（男 / 爱知县）

199. 赝品多。反日情绪强烈。食品不太安全。贫富差别大。（男 / 神户）

200. 我对中国的印象首先是人特别多，乱糟糟一片。印象是不太干净。但是北京奥林匹克时比赛场什么的看上去都很干净，印象就有了些改变。还有就是觉得他们穿中国式服装。中国菜特别好吃，地道的饺子啦烧卖啦什么的，真想吃。

201. 因为发生食品安全等问题，印象不好。人特多。东西好吃。（男 / 兵库县）

202. 杂技厉害。感觉由于国土太大，政府可能有关照不到的地方。想吃一次燕窝。就我个人来说因为有不少中国朋友所以好印象不少。但是，对于政府党员的优越待遇不能理解。（男 / 滋贺县）

203. 看新闻报道什么的觉得是个有点冷漠的国家。上个月去了台湾，接触到了中国文化，觉得他们温和，人好。（男 / 兵库县）

204. 中国特别大,人多,我觉得这是好事。但是由于人太多，也可能容易发生流行病。东西好吃。今后越发进步。觉得中国人友好。北京奥林匹克！北京烤鸭！自行车特多。（男 / 大阪）

205. 人口多。杂技和体操强。手艺巧。WBC 棒球水平也在提高，三年之后有点可怕。（男 / 大阪）

206. 孩子多。都会发达程度令人瞩目。房租便宜。（男 / 大阪）

207.（空）

208. 我出生在香港，四岁时搬到北京，一直到中学三年级，在中国生活了十五年。但是我的中文不太流畅，因为从小一直读日本人学校。说起对中国的印象，由于是我出生的地方，觉得没有特别可说的。但是，在我心目中，中国是我的故乡。和日本相比，由于中国国土大，感觉时光流逝得很缓慢。但是一踏进繁华区街道就可以看到许许多多的自行车和出租车还有数不尽的人。我喜欢中国。（女）

209. 说起中国，熊猫。

210. 好像动辄激动的人多。父亲曾经去过中国，听父亲讲中国的事的时候我产生了这样的印象。还觉得性格有点强加于人。但是觉得生命力远远强于日本人。（女）

211. 中国近年来的经济发展走在世界先列。但是也许由于日本电视播放一些负面报道的缘故，我印象不太好。比如中国国内的食品问题、足球比赛时对日本队施暴什么的。由于战争原因什么也不能说，但是我想中国人对日本人怀有敌意。另一面觉得中国人学习上特别努力。（男）

212. 对于中国的印象是这些年经济发展迅速，但是食品卫生方面不太好。再就是贫富差距大，新疆什么的治安不太好。但因为是近邻，和日本之间也有很多交友关系。（男 / 大阪）

213. 经济发展快，我觉得已经赶上日本。与过去相比，和日本的关系已经有所改善，但是还有鸿沟，我希望会渐渐好起来。（男）

214. 说起中国，首先想起熊猫。觉得熊猫加深了日本和中国的交流。听说今后产业方面将更加发达。好像街上有很多很

多自行车。人多，人口世界第一。中国语用汉字，和日语稍稍相像，但是语法跟英语相像。（女/广岛）

215. 长相比日本人轮廓清晰。觉得化妆的人不太多。好像爱国心很强。说话快。摩托车多。空气不好。沙尘。技术发展迅猛，今后会被称为技术国中国。（男）

216. 长相和日本人很像。模仿日本登场人物（比如米奇猫）和游乐场什么的。中国制品非常便宜，但据说不安全。水质安全性差。国土大。人多。贫富差别大。（女）

217. 目前发展最显著的国家。劳动力廉价。中国产品便宜但质量不太好。沙尘横飞。历史漫长。存在民族间矛盾冲突。遵守秩序方面做得不好的人多。熊猫。帝王时代的绝对皇权。万里长城。茶。（男/大阪）

218. 精力充沛的人多。电视里看市场上的人说话声音都很大很大，吵吵嚷嚷的，喧哗而热闹。还有，现在可能已经不这样了，听说厕所没有门的时候我很吃惊，不知这是真是假。所以我对中国的印象就是：精力充沛的人多，中国菜既新鲜又好吃，但是卫生方面稍稍有点问题。（女/京都）

219. 上海F1中国。Lenovo（电脑）。China Town。北京烤鸭。奥林匹克。章子怡。成龙。电影《赤壁》。《三国志》。石景山公园。（男/福冈）

220. 中国人多，所以实施独生子政策。最近中国科技发展到世界一流水平。还有资源丰富。（男）

221. 中国人多。中国语难。发音和读音都不能理解。（男）

222. 物价便宜。爱国心强。（男/爱知县）

223. 中国人之间说话听起来像吵架，有点可怕。对于中国的印象，从新闻报道上看，没什么好印象。觉得中国跟日本不同，“个”的意识过强。（男）

224. 人数多。钱方面苛酷。低报酬劳动。贫富差距大。（男 / 大阪）

225. 中国、中国人给我的印象，不论是好的意思还是不好的意思，都是自我主张过于强烈。（女 / 神户）

226. 吃狗肉。气盛。有点残酷。仿造品多。产品质量有点差。人口众多。娇生惯养的独生子越来越多。贫富差距大。绘画美术方面优秀。历史上改朝换代时皇族皆遭斩……比如三国武将，这个真有点……

旗袍漂亮。不能与台湾重归于好吗？沙尘屏障到眼前，危害极甚。音乐体育方面，有国家级尖子培养学校。公园里很多人打拳。仙人之类的印象。山水画。北京奥林匹克搞得过分。家族家法好像很严厉。弃婴多。饭菜好吃！（男）

227. 中文汉字多，易读，有趣。喜欢汉字。觉得日语汉字和中国汉字之间的微妙差异十分有趣。发音和听力练习还没习惯，觉得有点无聊。希望能在日常生活中操用初级程度的中文。我觉得中国今后会变得越来越重要所以选修了这门课。（男）

228. 我去年去了中国，知道了中国真是一个好地方。国家之间必须友好，不好不行。所以希望从我们这一代开始建立交流。所以我选学了这门课。（男 / 神户）

229. 中文发音比想象的难得多。要学好的话必须下苦功夫。因为是从零开始，能不能学好全靠个人努力，所以我会努力。

（男）

230. 万里长城。熊猫。中国菜。

231. 我去过一次中国，那时候听周围人说话觉得特别快，听上去像在吵架不像是说话，心想说话交流口气怎么这么生硬啊。但是在我迷路的时候很多人非常友好地帮我指路，中国菜也特别好吃。所以中国给我留下了很多美好的回忆。（女）

232. 人口多。发展中。熊猫。

233. 先进地区和落后地区差别大。历史悠久。传统丰富。给日本和亚洲影响很大。（女 / 福冈）

234. 中国印象是自以为是世界中心，但并不觉得他们自我中心。经常在电视里看到中国人说英语，觉得很多人说得就像英国人一样，发音特别好。父亲认识很多中国人，他们像理所当然一样都会说英语。我觉得这样的地方很值得日本人学习。我二外选修了中文，一看发音这么难真有点后悔，但是为了跟上一定好好预习好好复习。（女）

235. 中文和日语不一样，有声调变化。想知道中国人怎么看日本人。觉得双方之间有隔膜偏见。中国菜好吃。中国有模仿日本的地方。（男）

236. 使用汉字。（男）

237. 有中国有四千年历史的说法，所以我觉得中国历史非常悠久。我对中国最感兴趣的是《三国志》，其中尤其喜欢诸葛孔明。赤壁之战拍成了电影，我希望从电影中进一步了解《三国志》。（男 / 香川）

238. 四千年的历史。《三国志》。加上电影《赤壁》的影响，

更进一步加深了印象。（男 / 兵库县）

239. 大国。人口多。北京奥林匹克。电视里经常介绍中国食品。想什么时候去看看。（女 / 兵库县）

240. 大。民族多。长相和日本人相似。（女 / 兵库县）

241. 人口多。语言难。民族多。（男 / 鹿儿岛县）

242. 好吃。空气不太好。道路总是拥挤。（男 / 兵库县）

243. 说话听上去像在发火。人多。聪明。都会与乡村差距大。（男 / 大阪）

244. 大。人口多。自行车。（男）

245. 我中文不好。经济发展受瞩目。中国人英语发音拿手。人口世界第一。城乡差别大。沙尘。（男）

246. 黄沙严重。快嘴人多。体操强项。高个子人多。（男 / 滋贺县）

247. 印象里骑自行车的人多。出售仿造名牌。声音大。（男 / 兵库县）

248. 人口众多。成为资本主义也没什么不好，固执一念不好。（男）

249. 好吃。大。人多。（男 / 兵库县）

250. 四川拉面辣。人口多。

251. 国土大，人口多。第二次世界大战战胜国。联合国常任理事国。最近经济发展备受瞩目。（男 / 兵库县）

252. 第一次学中文，觉得很难。（女 / 大阪）

253. 中国近年的高速发展，各方面好像就要超过日本。但是觉得卫生方面不太好，环境意识差。对人的印象是冷漠。（男 / 大阪）

254. 人多。大国。（男 / 大阪）

255. 第一次学中文，希望带着兴趣努力学好。（男 / 大阪）

256. 中国女人漂亮的多。中国很大，今后会发展得更好。中国菜好吃。中文比英文易懂。中国空气不干净。独生子政策。（女 / 京都）

257. 中国菜好吃。世界人口第一。贫富差距大。开朗。（男）

258. 和大家一样，也是第一次学汉语，以前从来没接触过，希望能一点点增长知识。课程进度我觉得正合适。（女 / 京都）

259. 人口多。有很多日本工厂。因为原材料便宜，对生计负担有所减轻。历史漫长。创造出丰富的文化。（男 / 石川县）

260. 世界人口第一。没有言论自由。没有选举。西藏问题。历史大国。外交方面与日本有冲突。现今经济发展中。（男 / 大阪）

261. 高中时有中国朋友，所以觉得中文亲近。即使是一般地说话也觉得特别快，听上去像生气。（男 / 兵库县）

262. 人口特别多。繁华街什么的很多。不论是哪儿都热热闹闹。（男 / 大阪）

263. 说话快。跟日本人像。人口多。今后经济方面将进一步发展。元寇。把像沟一样的地方当厕所用。（女 / 兵库县）

264. 笼统的中国印象是贫富差距大。实际上是什么样的生活搞不清楚，但房租很便宜，家族人口多，生活很困难，这样的话经常听说。但也听说今后中国经济将发展成为世界中心。但我的疑问是既然经济上是世界中心，为什么贫富差距又那么大？（女 / 大阪）

265. 在日本史和世界史的课上学过有关中国的事。还有就

是沙尘问题什么的，也不容易。（女 / 大阪）

266. 中国人口多。觉得每个人都有自己的自行车。东西好吃。和日本相像。（男）

267. 在西洋文化进入中国之前的几千年的漫长岁月里，有皇帝，并始终是帝制，这一点真是不得了。掌握统治权的民族不断更替，历史丰富。如今经济发展迅猛，会说中文的话也许不错。（男 / 京都）

268. 贫富差距大。有真人之后而有真知。社会主义市场经济。独生子政策。历史长久。（男）

269. 人口多。中国料理是三大美食之一。中国产蔬菜需用洗剂清洗农药。（女 / 大阪）

270. 自我表现意识强。不倾听别人的话。利己倾向。（男 / 奈良）

271. 公害和污染严重。感觉中国乐器非常有魅力。穿中式服装的女人好看。努力学好中文，去中国旅行，想吃拉面和馄饨。（女 / 兵库县）

272. 中国菜。中国杂技。干脆麻利。乒乓球和羽毛球强。（女 / 京都）

273. 感觉老实人多。看上去不太好接近，但是接触以后发现很有趣。（男 / 兵库县）

274. 印象：爱学习，亲子关系亲密。语气强。（男 / 冈山）

275. 北京上海香港什么的很发达，想去看看。此外的地方没有想去的念头。（男 / 兵库县）

276. 感觉中国人聪明。老实人多。还觉得和日本人像。（女 /

石川县）

277. 车多。人多。都会地区上空有点灰蒙蒙。还有，山区什么的住着很多穷人。就是这样的印象。（男 / 神户）

278. 人口多。目前发展中。中文发音难。物价便宜。（女 / 兵库县）

279. 人口多。国土大。近年高度发展。空气污染。中国人感觉有点认真呆板。中文发音难。（女 / 高知县）

280. 中国好像对学习抓得特别严格，看过电视介绍，感觉学的东西特别多。中文说得那么快还能互相听得懂，觉得真是不得了。（女 / 兵库县）

281. 人多。菜好吃。熊猫。汉字。（女 / 大阪）

282. 人多。经济成长迅速。城乡差别特别大。（男 / 德岛县）

283. 中国菜好吃。中文有点难。（女 / 爱媛县）

284. 都会特别发达。空气不好。什么都粗枝大叶。（男 / 大阪）

285. 有很多熊猫。中国餐馆多，好吃。因为人口多，实施独生子政策。独生子多。大自然面积大。国大。（女 / 大阪）

286. 菜好吃。中国人比日本人爱学习。（女 / 兵库县）

287. 人口多。没去过，但是觉得东西好吃。（女 / 香川县）

288. 人口多。自然丰富。都会空气不好。东西好吃。自行车多。（男 / 大阪）

289. 就是大。体育运动啦啦队狂热。说话快。印象颜色：红。（女 / 兵库县）

290. 人口、面积、经济、历史，不管什么都大。好的地方有很多，但是最近负面的东西比较明显（比如在遵守规则方面）。

（男 / 大阪）

291. 人口多。自行车多。去年学了中文，有点忘了，今年要好好学。（男 / 大阪）

292. 对日本有强烈对抗意识。经济发展显著，美国也说在亚洲与中国的关系最为重要。与日本人相比，自我主张鲜明的人多。（大阪）

293. 中文难。没有特意去中国的想法。（男 / 大阪）

294. 经济成长率高。人口特多。国土大。中国菜好吃。贫富差别大。（男 / 福岛县）

295. 食品可怕。但是中国菜好吃。人多，人口密度大。太极拳很酷。（男 / 大阪）

296. 一提中国就想起冷冻食品等等相关问题。（男 / 奈良）

297. 中国菜好吃。体操强。少林寺很酷。人口多。（男 / 大阪）

298. 去年学过一年，基本程度是可以读生词，但是完全不能说，拜托关照。（男）

……

华人老板不雇中国人

下午4点，按约定地点到大阪市某车站接春英，带她到附近一家中国朋友经营的公司面试。在日多年间，曾几次帮助中国人到日本公司面试或向日本朋友求助介绍工作，而向中国人求助给日本人介绍工作，这还是第一次。

春英的父亲倾心中国文化，凡是与中国有关的人和事，都热心出面倾力帮忙。受父亲影响，春英在大学选学中文专业，又到中国留学两年，毕业就职后她的中文能力立刻派上了用场，现在已有十年工作经验。她刚就职时，正值公司在北京创办合资公司，她的中文发挥了很大作用。现在合资公司已踏上正轨，她被安排做日本境内的产品推销，虽然卖的是中国货，但对象是日本人，她不十分满意。新年期间，她突然打电话跟我说想调换工作，理由是现在的工作几乎已经用不上中文了。

正巧，做鞋生意的中国朋友S老板给我打电话，说与中国境内的工厂业务联系很多，让帮助介绍懂中文的日本人到公司工作，于是就跟春英约在今天见面。

S老板的妻子跟我是朋友，每年能见上几面。她常说丈夫一年到头都忙，总是用又赞又怨的口吻说："他脑子里除了鞋就是鞋，没别的。"今天到他公司，不禁惊叹十年间竟然成就了这么大的规模。公司在交通枢纽处的一栋三层楼内，下有停车场，内有员工十几人，走廊里摆满了他们公司品牌的各式鞋盒，整整齐齐，像仓库又像橱窗。公司还在东京设立了分公司。

老板向春英介绍了公司从创办到今天的成长过程以及工作内容之后，春英讲了她的工作经历及调换工作的动机。讲到她正在做营销，老板立刻眉飞色舞着把营销部门的负责人找来。那是一个三十岁的女孩儿，头脑清晰话语简练。她对春英说："本公司虽然经销的是中国鞋，但工作地点主要在日本，更多的内容是需要开车到处跑，有时候我一个人开车大阪冈山当天往返。这个工作与其说需要发挥中文的语言优势，不如说穿牛仔裤运动鞋干力气活的时候更多。"春英说："干力气活我倒不在乎，只要能用上中文就行。这是我当初选学中文的动机和愿望。"

见老板之前，我也曾提醒春英，现在找工作不容易，放弃十年工作履历重新找工作，需要慎重考虑工资待遇上的得失以及其他风险，况且年龄方面也不再有多少选择余地。可是，春英只一味地强调她要实现自己选学中文的最初目标——为中日友好做贡献——这是她的中文原话。在日本，许多家境优越教养良好的孩子都很单纯，心地善良，看世界的眼睛一尘不染。

说话间，她问起老板公司有几个中国人，老板摆手说"一个也没有"。我和春英都觉得惊奇，说："在日本随时都可以找到会说日语的中国人。”老板笑着说：“试过好几个了，不行。”他说来公司工作的中国人有一个共性，缺乏敬业精神，没有责任感，散漫随便，公私不分，不必要的自尊心又极强。尤其是有点家庭背景的孩子，放不下公子小姐的架子，以为自己会说几句外语会操作电脑就应该是个不下楼的坐办公室的白领。他说：“我们这种处于成长阶段的中小公司根本不分车间办公室，活儿一来大家都要换上工作服上场，连我本人也一样。员工9点上班我7点，接待客人或者外出见客户时才换上西装。公司有今天还不能说已经见到了多大光明，可已经经历了不知道多少挫折磨难。”S老板的话我十分理解，自己因为去年翻译一本有关商务经营的书，才从中了解到了经营公司的艰难。

最后，老板笑着对我说：“你是教中文的，所以我才请你介绍会中文的日本人。按说，中国老板应该多用中国人才符合中国的人情道理，我心里也不是没这个分寸。可是有过几次尝试之后真是怕了，中国人的工作素质实在是太要命，耽误事儿。我经常参加这边的华商会呀领事馆活动什么的，认识一些中国来的头头脑脑，谁都有个侄子外甥的在日本，当叔叔大爷的打招呼找活儿，没办法就给安排来我这儿工作。可是没干上几天，就会拎着一双鞋说‘这鞋给我吧’。这不是开玩笑吗？公司的日本员工穿鞋都要花钱买。是，一双鞋没几个钱，但关键是公司的风气、公司的制度。给他一双鞋，没多大损失，可是公司形象就会因此降格。日本任何一家公司都没有随便分发公司商品的习惯，待遇都打到工资里了。所以，为了减少麻烦，不用中国人。我的公司家业规模还小，禁不住作践，我也操不起闲心。日本人只要签了合同正式就职，基本上都能做到与公司同心同德，不计较加班时间加班费之类的细节，老板在不在场工作态度都一样，可是中国员工做不到。”

听他说到这里，我想起曾听说过的拍摄《千里走单骑》时的一个插曲。据说，拍摄开始不久，大家发现只要是在工作时间内，高仓健始终保持站立，绝不坐下，而中国摄制组成员则是神州大地随处可见的样子，想站就站，不想站就坐着。见此情景，张艺谋导演发话撤掉了场地内的所有椅子。高仓健绝不是出于鹤立鸡群的大腕儿心理强作站立状，他的姿态仅仅体现出了所有日本人都懂得的一个普通常识——工作时间与休息时间，迥然有别。

日本虽说是个重视信誉和规矩的社会，但也不是一点儿人情味儿都没有。比如，饮食业大多习惯雇用年轻学生做零工，业主都认为学生是需要全社会援助的群体，要帮助他们建立起靠劳动自立的生存能力，而且每个人都从学生时代走过，对学生应持宽厚扶持的态度。这也是各行各业所共同肩负的社会责任。也正因为如此，二十七八岁以上的人再找临时工作就不再容易，因为老板们认为，你这么大了还没一个稳定工作就说明你要么是本身素质有问题，要么是对自己缺少责任心在自我设计上有欠缺，所以没必要再同情。

来日本的中国留学生，绝大多数都能在几个月之内找到临时工作，不管日语程度多差也不管多么缺少经验。只要有人肯雇用你，就说明老板多少是有几分善心的人，至少是把你当成和日本学生一样需要扶持和援助的对象来训练使用的。S老板家的女儿也是自己打工攒钱考驾照，不是家长付不起，而是为她着想，让她知道劳动与金钱的关系，知道社会是怎么回事，工作是怎么回事。她大学毕业就职以后，在公司受到上司批评，回家对母亲说："我这才知道这么多年我爸爸一个人工作养活这个家有多不容易。"

当然，也会发生很多冲突。常听留学生流露出日本老板抠门儿甚至欺负中国人之类的抱怨，我就会对他们说："你可以随时炒掉老板摆脱困境，只要你行，你可以选择老板而不是甘受屈辱。"日本社会也有很多弊端，也有很多相当差的人，但是我们没必要靠寻找他人缺点获取安慰从而自欺，那样就别指望自己有改善有进步。怎样做才真正有利于自己的发展和进步，仁者见仁，智者见智。

有时候，中国人之间那种叫作人情的东西，简直昂贵得难以计价，一旦纠缠进去，就像掉进了无底洞，还不胜还。如果是我，付同样的工资雇用员工当然也会选择让自己放心的人。只要肯为公司效劳，不管什么国籍什么民族都是好样的。除非你有多得用不过来的钱想拿出来立个牌位做慈善，或者你天生就是一个能够大济苍生的真佛，否则，首先该做的是自保自强。这位中国老板下决心不再雇用中国人，是在充分领略了雇用同胞的苦楚之后。自己创业打天下，谁也不肯为应付人情拿自己的公司开涮。

了解到工作中中文应用有限这一情况，从公司出来以后，春英有些犹豫，说要考虑之后再做决定。开车把她送到电车站，我调转车头向北走上了回家的路。

雨天的大阪之夜，车行辚辚。雨刮器摆来摆去。昏暗里的车声雨声。天倦地倦，人倦车忙。不禁独自感慨起人海求生的艰难不易，于是乎突然感到自己得以半生站在讲台上维持生计,可算幸运。这行工作，说得堂皇点是外教，是中国文化的弘扬传播者；说得实在点儿，是给把学生当顾客上帝的大学打工，工作内容是卖话，几乎可以精确计算出一句话值多少日元能买多少粒大米。工作，第一层意义是维持生活，第二层意义是奉献于人类社会。生活有了保障，就自然要追求第二层意义以求精神上的自我实现感。于是，不由得把着方向盘暗下决心，今后还需加倍上心讲课，让更多想学中国话的日本人学到更多与中国有关的东西，从而对中国和与中国相关的事亲近起来。

东大阪有个华人早市（之一）

2005年的圣诞节是星期天，正赶上东大阪的华人早市开市，便与同胞S女士同去赶集。这个自发性的华人早市萌生于十年前，距我家二十多公里，自今春以来我大致每月去一次。

早市上几乎没有固定的店铺场地，就是在大阪府二号线侧道旁就地摆摊而已，大约有几十个商家，主要以食物商品为主。在日本的超市里买不到的华人口味的材料这里应有尽有，日本超市有的这里则价廉物美。比如，中国人习惯吃带皮猪肉，而日本超市里根本没有，日本消费者多半不曾看到过猪肉带皮是什么样，更不用说其吃法了。在他们看来，切好的鲜肉是食品，带皮的猪则是动物。早市上大概有五家卖猪肉、猪骨和内脏的摊主，不知他们从哪里批发的，总之不会是进口到日本来的。摊子上的骨肉干净新鲜，平均八十到九十日元一百克，相当于人民币三十元一斤，这几乎是日本超市精肉价格的70%。不过，最重要的是这里有而别处无。

第一次去时，一边问着价购买，一边觉得心中发热，对这些热情的摊主心怀感激，为他们的不辞辛劳而感动。那些摆在地面和各式桌架纸箱上的商品样样都是乡情美味：干豆腐、豆腐脑、豆浆、现炸油条、麻花、烧饼、香菜、芹菜、豆角、翠花酸菜、榨菜、芥菜头、腐竹、葵花子、花生米、腐乳、臭豆腐、老干妈辣酱、火锅材料、熏肚熏蹄、猪头猪尾、白鸡乌鸡、蘑菇木耳、花椒大料五香粉等。此外还有国际电话卡，国产 DVD、VCD、CD 碟，录像带，武侠小说，各种华文报以及有人过来说着“一起学习学习吧”免费送到手里的宗教宣传小册子。我的购买欲远不如观看体验欲来得强烈，看到什么就问一下“多少钱”，以至于卖主把我当成日本人用日语回答我。环顾周围才发现真正地道的华人谈买卖时用的语言不是中文课本上的“多少钱”，而是买主问“这个五百仨拿不拿？”店主妻子会看着丈夫小声说句“拿吧”，丈夫则“不拿不拿”脱口而出。

上个月，在“李氏豆腐脑”摊上吃豆腐脑时，对面三个日本女孩见我往碗里加了一匙辣椒，她们也加进碗里去。我问她们不怕辣吗，她们吃了一口说：“好吃！”跟她们聊起来知道其中两个是大学中文专业毕业生，能说几句简单的中文；另一个在附近的小学担任中国学生的日语教师，她对中国孩子和中国食物热情非凡，甚至跟我聊起中国家长与日本家长对子女教育及对学校态度的不同。她说这里摆摊的人就有她学生的家长。问她们毕业于哪家大学时吃了一惊，居然是我家先生供职的学校并且就是他教过的学生，还曾经到中国我的母校留学一年，于是，话说得比吃一碗豆腐脑的时间长出了许多。

在早市上，常看见一些有趣的事。有一次，一个日本警察站在卖影碟的年轻摊主身边，和气地说：“你这些碟都是盗版，是非法的，请你离开。”店主就是不予理睬，跟顾客只说中文。我觉得有意思，就站在一旁观看。警察也是年轻人，个头比摊主矮出许多，挎着手枪，夹着一个大文件夹子。摊主一头时髦黄发，戴着粗大的金项链。矮个子警察不断嘟囔说："你懂日语，对不对？"黄发青年不语。警察接着说："你懂日语。就是不说，对不对？你是装不懂。"黄发青年生意照做，顾客也对警察视而不见。这样持续了二十分钟，摊主可能实在觉得这个警察碍事，就用日语说："知道了知道了我马上走！""那你什么时候走？""马上走。""那你现在就走！"摊主生意照旧。警察就用商量式的口吻说："那我在这里等着，你什么时候走我就什么时候走。"我站在一边笑起来。恐怕哪里也找不到这么和谐的警民关系了。一圈采购回来，看警察不在了，我问黄发青年说："他走了？"青年若无其事地说："走了。"生意照做。

有时，会看见七十多岁的日本老人手持油条端着豆腐脑感慨："简直难以想象这地方是日本。"这里的摊主大多以家庭为单位，甚至有祖孙三代全体出市的。他们普通话东北话日本话兼通，当然最地道的是乡音东北土话。这些人很多是当年日本遗孤的儿女子孙，拿着日本国籍做着面向华人顾客的个体生意。在秩序严谨法规严格的日本，能够得以无场地无纳税地做生意简直是奇迹。从前，每周在这里开车路过时看见路旁有中文写成的"禁止路面摆摊"的牌子感到不可思议，原来是警察写给这些摊主的禁令。这里地处门真和东大阪两市交界处，两市政府都采取睁一眼闭一眼的含糊态度，当地商会互助部门也因它利于搞活本地经济，同样不出面干涉，连附近的超市和批发市场也跟着每星期天早上六点就开门营业了。

早市没有专用停车场，来客又大多用自家车，所以沿途站着十几名警察禁止路面停车，违者当即罚款。那情景非常怪异，荷枪实弹的日本警察就像是这个华人早市的卫兵，拉开阵势护卫着长达一百多米的熙攘市容。旁边一家车位宽裕的麦当劳雇用两个保安，站在那里给每位车主发卡片，详细说明在麦当劳消费饮料可停车三十分钟，店内用餐则一小时。在麦当劳店里往往能看见桌上摆一个汉堡包手持油条吃豆腐脑的同胞。几乎一大半人下了车直奔早市，然后提着大包小包的食物走进麦当劳消费几百日元后再堂皇地走出来。一次，我在麦当劳喝了一杯咖啡，要离开时被保安拦住，要求交停车费一千日元，因为一杯咖啡只可停车半小时，而我已经停了一小时。我说那我再进去买东西，保安说不可以。“为什么不可以？我消费自由啊。”“那你去问麦当劳经理。”我进去又买一个苹果派，店员在我的卡上“店内用餐”处画了圈。出来示于保安，他气得双唇发抖还得鞠着躬说：“谢谢光临！”

今天的情况则不同，我和S女士离开麦当劳时已超过一小时十分钟，保安拦住执意要求交钱。S女士在国内是英语教师，又在日本有长年的公司工作经验，伶牙俐齿，执意交涉，强调说你们没有明文规定，为什么要求麦当劳顾客交停车费？保安说不过她，就把上司找来。上司问：“你们是不是去了市场购物？”“是。”“那就要按规定时间交费。”我觉得争吵会给华人早市抹黑，毕竟这里是日本，任何争执纠纷都容易归到华人与日本这个层面上，于是把钱交给保安，并要求开收据。保安去店里拿出麦当劳的收据，内容一栏里手写着“停车费”。S女士愤愤不平，对保安大声说：“你们这样的口头规定是不合法的，哪里有这样的明文规定？麦当劳从来不收停车费！”她说的是有道理的，如果我们有足够的时间，完全可以把这件事说清楚，麦当劳没有任何理由收停车费。可是毕竟我们不是来麦当劳消费而是来逛早市的，这是事实。再说，保安一大早站在冬天的早晨里，眼看着中国人一家一群兴致勃勃大模大样开着各式日本车说着各式中国话出出进进，本来就一肚子的不平衡了，况且，他还可怜巴巴地说“我这是工作，不按规定收费会被解雇”什么的。算了。

日本的规矩，对华人来说就像橡皮筋，日本人在它的规定范围内自觉地遵守，而华人会“聪明”地时不时借用它的弹性以求方便，只要不把它拉断惹是生非，就会获得一些较之日本人更为安然的宽松。比如开车行走，前面转弯处路口塞车，要转弯的车就都自觉地跟在后面排长队，旁边的直行道畅通无阻。这时若借用这个方便直奔前面，在接近禁止并线标志前再加进转弯车道，能节约一些时间。此时绝不会有人前来阻拦，因为这样做没有违法，只是跟其他车辆的做法不同而已，但如果大家都这样做，必将造成两线并堵。

华人早市上沸扬着的汉语和浓厚的市井味道，涌动着中国人顽强的求生欲，多灾多难造就了这一民族坚毅异常的生命力。但如果没有半个多世纪以前的日本侵华，也不会有日本遗孤及其子孙这一奇异的中日血肉相连的群体。当年，被日军丢弃在中国大陆的日本遗孤幸存者，在中国获得了生命的延续，这种延续使得他们的血液里注入了中华民族的生命毅力。这个日本警察维护下的华人早市，像一面记录那场战争的旗帜，讲解着历史的来龙去脉。(2005.12)

东大阪有个华人早市（之二）

2006年3月某星期天，小雨。

在麦当劳停车时，保安过来发给我一张停车卡，用圆珠笔写上“9:55”，并把那句必说不可的话又说了一遍：“享用饮料免费停车三十分钟，用餐一小时。”我看了一下表，是9:52，心想这个瘦老头还真是个厚道人，下笔就白送我三分钟。

这个只有星期天上午才开市的华人早市风雨无阻，各家摊床都有简易的避雨棚。棚下炸油条的炸油条，煎锅贴的煎锅贴，生意兴隆，生趣盎然。

开车往这里走的时候，脑中想着只买一包辣尖椒和一把香菜，其他的暂时不需要，绝不能再像每次那样恨不得长出五条手臂来提东西。我到这里来的动力，多半是逛景而非购物。华人早市嘛，我是华人，来这里东看西看浏览上一小时觉得心里舒坦。

可是，刚走近第一家，就被一个东北姐们儿叫住：“姐们儿拿根血肠吧，可新鲜了！就这两根儿了，七百就拿走，本来卖五百一根的。”“等回来再拿。”不是找托词，一见血肠，空腹中立刻分泌出新指令，把脑中的购物计划轰毁到底线之下。食欲冲动下的肉香诱惑，是一种极具冲击力的本能，理性之于它脆弱无比。

早市中间的部位有一家熟食摊，他家的熏肉做得极美。《水浒》里有“三碗不过冈”之说，我走到这家店前便闻香不过店。我以前曾与这家的男主人聊过几句，他说是方正人。此前我不知道黑龙江还有个叫方正的县，尽管我出生在黑龙江。

今天站柜台的是年轻的女主人，这是几个月来第一次见到她。去年首次来早市时，她挺着大圆肚子接钱递货，到了夏天就不见了，便问摊床男人：“那个女孩子生了吧？”他笑得露出了方正的大板牙：“生了生了！生了个小子！”我一边说：“祝贺你！”一边推测那个做上新妈妈的女孩儿该是他的女儿或者儿媳。

看这个喜得贵子后重归岗位的女孩儿在雨里守着几十样渡洋而来的中国物产，不由得心生敬意，觉得她复原的年轻身体里装满了成就和业绩。像是要把这敬意传递给她，就选出好几样东西买下，老干妈辣酱、熏肚、翠花酸菜之类。她也像是领会了我的敬意一般，收钱的时候大大方方地少收了一百日元。我本没有要讨价还价的意思，仿佛是内心的善意当场换来了实惠。

把东西寄放在她柜台下面，又去了旁边日本人开的星期天早市。入口处是一个冷冻猪肉柜台。一个中国女孩指着一包冷冻猪尾用中文问：“这个多少钱？”日本售货员就麻利着唇齿用日语说：“请你用日语说！”她又用中文说了一遍同样的话，那日本男人也把同样的话说了一遍。我刚要替那女孩子把问题翻译给售肉男人，她却转身走了。

于是，我便用日语指着羊肉问：“这个多少钱？”那售肉人却用中文说："五百！""你会说中文？"他笑起来："我只会说'一百''二百'……'五百'。"难道他是有意刁难那女孩儿？这人看上去挺随和的，莫非是觉得女孩子不该吃猪尾？胡乱想着就走进店里。圆白菜、青椒、芋头、蛏子、火腿肠、黄瓜、茄子、韭菜、菜花，装满一大筐。这里的售货员多半是日本人，偶尔也见个别原中国人，顾客则几乎全是中国人。对白菜、土豆、青椒、茄子品头论足的话都是中国话。

交完钱在出口处装东西的时候，身边三个中国姑娘也在装袋子。我一看这三人中正好有方才用中文问猪尾多少钱的那个女孩儿，心想她可能刚来还不会说日语。没想到，就这当儿她却像抢答我的内心疑惑般地用流畅的日语对身边两个朋友说："那个卖肉的家伙特讨厌！还以为我不会说日语！"这情景真是让我犯起了糊涂。一个买肉的和一个卖肉的，就为着简单的一句话，怎么就能搞得像冻在透明袋里的猪大肠一样交错别扭？

看了一下表，免费停车时间还有三十分钟，就买了一根油条一碗豆腐脑坐进"李氏豆腐脑"家的简易棚里。来这里不吃上这两样，就觉得枉来了一趟。

对面坐着两个女同胞和一个小男孩儿。听她们说话，明白一位是"孩子他妈"，另一位是"他大姨"。

听她们的口音是东北人，我问："你们从哪儿来？""大姨"说："黑龙江。"会不会也是方正县来的，就追问一句："黑龙江什么地方？"男孩儿妈妈清脆地说："哈尔滨！"

两个女同胞发型一样，把黑黑的头发紧箍成一个马尾搭在脑后，上面还饰着一个镶假钻石的发卡。"大姨"的皮肤上看得出在烈日下干农活儿时受紫外线渗透的痕迹；"妈妈"还年轻，皮肤上看不出城乡差别，但是她只把孩子叫“儿子”而不叫名字的习惯仿佛在证实着农耕文化的传统。

这种话语特征像一个刻写在中国乡村生活中的文化符号。一百多年前美国的史密斯在中国农村传教兼考察民俗多年，归美后写出了《中国人的气质》(*Chinese Characteristics*，1890。1991年至2001年在国内先后有五种中文译本。）该书中有专章论及中国人国民性特征中的“不精确”和“愚蒙混沌”，其中就有彼此相称不用名字而用家庭角色的事例。比如一个成年女人就有好几个名称：“谁谁媳妇”“二黑他娘”之类，没孩子的就叫“二黑他三婶”。

眼前这三个人就演绎着史密斯对我中国人特征的经典归纳。刚看那本书的时候，我还以为那样的情景只在村庄里才有，没想到远离村庄跨越国境后依然不变，心下不得不佩服史密斯的观察之入骨。这样的小节不被外国人归结出来，我们自己是无论如何不会把它上升到国民性的层次上来认识的。国民性究竟是什么，似乎一言难尽。是否就是一个民族不受地域限制年代限制世代随身伴有的说不清道不明而又无所不在的一些东西呢？

口里吃着油条豆腐脑，脑子却这样上下纵横着史密斯“二黑他三婶”国民性之类，口中索然无味。“大姨”叹气说：“我儿子咋整？接回来吧我天天干活儿带不了，俺家老太太也帮不上忙，不接吧放那边儿又惦记……”我知道“活儿”是指工作，“那边儿”是指国内。心下想，这样两个不像读书人的乡村姐妹能双双来日本，一定是当年日本战争遗孤的混血后裔，就问：“你们是日本遗孤后裔吗？”“妈妈”说：“不是。我们是结婚来的。”“那么孩子爸爸是日本人？”“对。”我恍惚着做出笑容说：“是吗？”

孩子看上去有三四岁，说明她已经嫁过来至少四年多了。昨晚电视报道，一个来自黑龙江的妻子因杀人未遂罪遭到逮捕，三十三岁，已加入日本国籍，丈夫是五十四岁的日本农民。二人于1994年由婚介所介绍结婚。2003年，妻子用开水浇烫丈夫，造成丈夫严重烫伤住院达数月。丈夫住院期间，她从一个患者的日本妻子手中搞到了胰岛素，2004年4月将大量胰岛素注射进丈夫体内，使他至今昏迷不醒。伤害罪之外，她还有一项1995年放火烧死公婆的嫌疑，尸体上还验出了明显的外伤痕迹。她是火灾“第一发现人”和报案人。

上个月，在滋贺县发生了中国妻子杀死两个日本五岁儿童的事件。这两件事加起来无法让人只简单地认为中国妻子如何残忍，我宁愿理解成这是她们的不幸。据报道，犯伤害罪的妻子给丈夫买了高额生命保险，保险金领取人是她本人。2004年7月，她离开丈夫到东京独自开了一家游乐店，自己的两个儿子寄养在中国。

假如她们不进入涉外婚姻，是否就不会变得这样不能自控？日本庞大的中国妻子队伍中，婚姻和谐的究竟有多少？我认识的几对日夫中妻或日妻中夫的夫妇，都生活得平常美满，但都不是通过婚介所介绍而是自然相识走进一个家门的。我家附近的一家邻居也是中国妻子，她对我说日本丈夫是别人介绍认识的。我跟她在超市相识：一次我和另一同胞女友边选购边聊天，她就过来问：“你们是中国人？”就这样认识了。他们有两个还很小的女儿，她也曾带丈夫到我家来过，那人看上去沉默寡言，对中国小媳妇言听计从。一般来说，到中国去征婚的人，老实厚道偏高龄者居多。

出国留学、出国打工、出国访问、出国考察、出国旅行……“出国”后面这一系列的目的都容易理解，唯独这个“出国嫁人”或者“嫁人出国”令人费解。过去说“嫁汉嫁汉，穿衣吃饭”，现在的中国即使不嫁汉也吃得上饭，做出这样跨越国界语界的千山万水的决定，实在需要相当的勇气。勇气之外还需要压倒一切障碍的混沌欲望来唤起盲动的行动魄力。各种各样的欲求想象中，不知道爱情欲求能占多大比例。或许那些豁出去嫁人的也没想过这么多，认为嫁谁不是嫁，既出嫁又出国，未赌即赢，值得很。

去年，介绍一个二十一岁的中国男生来日本留学。来后不久，他就被同校一个日本女生追得昏天黑地，现在他们已经是举校皆知的恋人，连校部事务室的教务人员都知道那个日本女孩儿由单相思到与之相恋的过程。她毫不掩饰自己对这个语言半通的异国男生的倾倒，仰着脸凝视高个子的“他”的双眼充溢着春水一样的温柔和陶醉。前天，那个男生在驾驶学校打来电话，说：“老师啊，我和那个小日本儿在驾校呢，我想考执照，学费分期付款，您能不能给我当一下担保人？”他跟中国人说话时就把女友称作“小日本儿”，语调从容温情。

前几年，也曾有一个我认识的中国男生，打工读书积劳成疾因病住院，负责看护他的护士在几天里就爱这个患者爱到不能自制，男生出院回国后她居然追到了男生的家乡。这样的日本女孩和外嫁的中国新娘的不同之处，在于她们的动力不是嫁而是喜爱，她感觉到了她的爱情就在这个从天而降的人身上，根本联想不到喜爱和婚嫁的利害关系。

眼下的女子择偶规则，有点像在银行大厅角落里私下交易的炒汇生意，靠低出高入在差值中获益。青春女孩儿嫁有钱半叟，乡下姑娘嫁外国农民——同样是农民身份，但老公是外国人啊。更滑稽的情况是，有的日本农民老公竟也是从中国回来的遗孤二世，回日本几年办利索国籍归化手续刚会用夹杂着中国东北乡音的日语说“我是日本人”就去中国征婚。我在飞机上就看见过这样的一对儿，半叟紧握着红皮日本护照，崭新的西服肩上斜挎着大背包。身边皮肤白净的中国妻子看得出是个涵养不低的城市女性，她看也不看他一眼，一路上面无表情。我在她凛然的沉默里似乎读出这样一句话：我虽然嫁错了人但没嫁错国……

祝愿那些国际新娘的生活幸福美满。

买回一堆肉蔬食材，也带回一堆乡情繁绪。进麦当劳要一杯咖啡两个苹果派，手机显示时间 10:45。想起上次停车超时十分钟被收取一千日元，就斤斤计较着打定主意在 10:55 准时出车——不超时一分钟也绝不浪费一分钟。启动引擎时 10:54，准备等保安过来确认时间时，摆出一副绝对守时的姿态好好表现一下。10:55 到了，却无人过来。再看周围，已经没有穿制服的保安身影了。有点失落着开出麦当劳，才见早市边上的警察警心涣散，一个女警察和一个男警察站在那里聊天，只有警车上的红灯像雷达一样闪转着。早市摊主开始装箱撤货，马路边有十几台掀着后门的中型面包车，男人搬着箱子，女人为男人打着伞。

回到家整理完各种鱼肉蔬菜要做饭的时候，却怎么也找不到那一小把清凌凌的香菜了。明明是选进筐里的，也许是忘了装进袋子，也许是掉进了自己车里……自问：下着雨大老远的是去干什么的？不就是冲着香菜尖椒才去的吗？又没人让你去采访国际婚姻现状。庸人自扰。找不到香菜的主妇一时间烦躁起来。(2006.03）

两年后的 2008 年夏，那个拜托我做贷款担保付驾驶学费的男孩儿，打来电话道谢，说学费贷款已还清，并告两年前与那个“小日本”结婚，儿子快两岁了。年轻的爸爸，呵呵。他已经大学毕业，现在该在什么地方工作了吧。介绍他来日留学的时候，怎么也没想到无形中是给一个日本人家引进了一个中国帅哥姑爷，一不小心成了无名媒婆儿，还是跨国的。然本人绝无此好，该佳话为有情人终成眷属之天缘结成。祝福他们，你们，我们，认真生活的每个人。（2008.08.02）

东大阪有个华人早市（之三）

2006年底，西历除夕。

日本没有过农历春节的习俗，所以这一天就相当于中国的大年三十。这个自发性的华人早市每周只有星期天开市，今年的除夕恰恰是星期天。

8点半出门，时隔六个月再赴早市购物，一是要买几样日本超市买不到的中国风味，再一个是想看看早市经过前一段的警方取缔后是否发生了变化。

与上次来时相比，早市有了如下变化：

第一，旁边麦当劳的停车场随便停用，没有保安人员过来送那张记录进店消费类型及收费时间的卡片。或许是都在家过除夕？

第二，摊点数量明显减少，比从前减少了一半或更多。或许因为今天是除夕，摊主自己给自己放了假。从前，左边靠店铺一面是成行的摊床，右边是地摊，购物人走在中间左买右买，一路下来双手沉甸甸的。现在靠马路边的地摊一家也没有了，原来摆摊的地方被金属栏

✲ 摊子禁止

围了起来，上面挂着当地警署制作的“摊子禁止”（禁止摆摊）的红字牌。

第三，客流量与以往比变化不大，但是货样少于以往，所以，要买的几样东西都没买到。“有干豆腐吗？”“干豆腐？都几点了还要买干豆腐？早没了！”早上6点开市，看来今天货少客早，尽管不是春节是新年，很多人还是把它当成了正年来过。

与以往相同的是，依然有白色警车停在路边，警察五六人站在便道上，闲聊或者与零售国际电话卡的人搭话。远看以为是在盘问售卡人，凑过去听，发现是两个警察在看电话卡样本，边看还边笑着说：“哎呀真便宜！这张比定价便宜一半！”

日本超市门前，两位中国大妈站在那里发放另一种报纸。走过她们身边时，她们边递报纸过来边要说什么。我手里提着东西，没接报纸绕了过去。

用手机拍照片，每个摊主都视而不见。他们好像早已经适应了被采访被拍摄。羊肉串烤炉前围着三两个客人，见我拍照片还对我笑，坐在一边吸烟的摊主也表情友善。

一个小时，把这条短街从头蹓到尾走了一个来回，又到最尽头日本人开的超市里提出一满筐食品，总共花费两万多日元。点货如下：榨菜、黄瓜、生瓜子、老干妈辣酱、咸辣椒、黄日香腐乳、酱油、排骨两公斤、熏鸡一只、三文鱼五袋、乌冬面五包、果汁、黑豆、干鱼丝等。归途中又到附近的西点店购蛋糕、葡萄酒和明治牌黄油。

各位摊主，各位同胞：祝你们新年好！来年生意兴隆，财源广进！

（2006.12.31）

东大阪有个华人早市（之四）

2007年底。

早上9点20分，时隔十一个月再访。商品种类没有变化，但是摊床摊位明显减少。以往绵延近百米的各家地摊不见了，剩下的几处有固定店位的店铺的生意越发红火。把车停在麦当劳，身着蓝制服的人依旧填一张停车卡递过来，并追加一句："请遵守时间，超时付费。"

来往于此的逛市客人绝大多数是中国人，这里通行汉语。时而也有操汉语日语以外语言的亚裔人，男男女女领着孩子，穿着和我们差不多的衣服，说着我听不懂的话。炸油条麻花的摊前排着队，卖豆浆豆腐脑的台子不见了。或许是我来得晚，早上6点开市，他们卖完那几大桶货打道回府了也未可知。往油饼中卷菜抹辣酱的女人两手的动作麻利无比，口里喊着："新鲜韭菜盒子、馒头、花卷、筋饼啦！"

走过这条飘散着油炸香味和响亮乡音的路段，来到向北约一百五十米处日本人经营的超市。这家超市也只有周日早上营业，店里的格局像一个大仓库，经营的食品有蔬菜、干调、冷冻食品、鲜鱼肉、调料等，中国北方人日常餐桌上所需的差不多应有尽有。保鲜设备简易，商品份码大，价格低。腌咸菜用的塑料大桶，跟东北人家以往自制酸菜用的大缸差不多大小，里面是腌制好的整棵酸菜，四百日元一袋。我在这里购买的东西总是固定的几样，青辣尖椒、香菜、香菇、大个儿土豆等。收款员是一个中国女人，她一边打着收款机的键盘，一边跟眼前买菜的女孩聊天。

“挺长时间没见你来了，忙呢？”

“忙，忙死了。天天儿累得要死。”

“还在那儿干呢哈？”

“嗯，干呢。还那几个人，都可混和了。”

“那谁呢……怎么样了还不会说日语呀？”

“不会。让她学也不学，遇啥事儿说不明白了就问我们几个。人家说了，‘孩子日语都会说了，啥事也不问她了，问也没用’……”

“就是就是。咋自己就不学呢？”跟她聊天的人已经付款完毕，我的菜筐移到付款位置，她一边点算我的菜，一边继续跟她的熟人寒暄。“没事来玩儿啊。常来！”那边也应着：“哎！你也过来啊。”

提着菜袋走近原来专卖熟食的那家摊位，买三只熏猪蹄，各二百日元。这家的熟食当天早上做，新出锅的酱猪头肉、血肠、熏制童子鸡、五香鸡翅等摆成一大排，色香味诱着客人不断走过来。放熟食的桌下的一排塑料筐里，有鱼泉榨菜、花椒、大料、五香粉、银耳、鲜酱、宽粉条、袋装酸菜、冷冻宽豆角、老干妈辣酱、包装精良的新鲜干豆腐、台湾咸蛋、各式腐乳……

国外中华街里有售的东西，这里差不多齐全。这里的商品跟一般商店不同的是，差不多所有商品都畅销，供求关系平衡。这家靠卖熟食起步的小店规模越来越大，原来只见夫妇二人，现在守摊的已有六七个人。早市经销的商品中不仅有食品，还有中国香烟。有的摊儿上还有中国酒。今天见还增加了服装摊位，堆放着各色毛衣，旁边写着“高级羊毛衫”，千元三件，是上世纪 80 年代初那种纯腈纶纺织品。几个中国女人围在那里翻来翻去，守摊女人推销说：稀烂贱的，买了回去穿呗！穿在身上可暖和了，这色儿多好啊，要啥色儿有啥色儿……

买了一瓶老干妈系列的“风味豆豉”，二百五十日元。问：“记得以前是二百来着？”“涨价了！都涨一个多月了。国内涨价涨得厉害，不涨我们就白忙乎了。”一袋五百克的干豆腐，五百日元，制造者栏上写着“蓬莱中华食品”，公司所在地是长崎。长方形断面整齐好看的带皮五花猪肉，八十五日元一百克，一块约一千日元，可以切成薄片氽酸菜，再加一绺粉丝，是冬季晚餐家常菜，大菜。提着沉甸甸的两个大袋子，往停车场走。身边走过几个骑自行车的中国男孩儿，他们在说：“我在这儿还是第一次被警察查外国人登录证呢！”“我都被查两回了！”“查就查呗，也没啥怕的。”“他们不查干什么呀？站那儿也是闲着。”

把两袋东西放进后备箱，走进麦当劳要了一杯咖啡，一份简便早餐。选购完中国风味，再用一小时中最后的二十分钟进美国快餐店消费几百日元，这个早市逛得也算圆满。即便早市提供免费停车，熙熙攘攘中一阵体力劳动之后，坐下来休息一下也可以算是把星期天的早晨打发得稍有几分风情吧。

刚上路，想起忘了买水果，便靠路边停下走近超市水果摊床，正要付钱，回头看，四个警察已经围住了我的车，这前后只有一分钟的光景。赶快跑回来说“对不起我走我走”，警察拿笔比划着说“写了写了”。他只要在那张小票上写下我的车号，违章停车便立刻成立。十多年来，每星期天早上都有十来位警察早起出动在这里维持早市秩序，他们三三两两地散站在附近，两台警车分别停放在沿路的早市两端。

开车上路，想起男孩子们说的“他们站在那儿也是闲着”，心想，警察闲着是因为和谐安定，稍有不和谐就不会闲着了。可是，这个自发性华人早市的出现和存续，在这个国土上究竟算不算和谐呢？心里一直牵挂着这个问题，却没有答案。不管怎么说，日本警察驻守下的交易，买方卖方暂时尚可以心安。

到家把各色收获分包整理存入冰箱，今晚酸菜氽白肉，外加血肠。冬天的生活，开始了。（2007年12月吉日）

补记：

近几年没再去这个早市，大概与来自多方面的有关食品安全的信息报道有关，同时，也因为女儿上大学后搬出去独立生活，我们在外面用餐次数增加，食材用量减少。两星期前从和歌山旅行回来时路过早市，遂生怀旧之感，想看看这个有碍日本法规及街道文明的自发性华人自由市场如今是什么状态。

麦当劳犹安在，有巨大店板的面馆也在，只是不见有与中华饮食相关的任何一家摊床的痕迹。有一家叫“华龙”的中国物产店，店门紧锁，不知道是定休日还是已经停业。以往可供周日摆摊的人行道旁的绿化带，都被圈进金属栅栏中。有点在意这个早市究竟是否还存在，便检索了一下日语网页。早年网页上的一篇报道说，看到地摊上的猪头时惊恐欲昏倒……几年来有关早市的报道屡见不鲜。今天看见一篇2013年8月的采访，图文并茂，题为《重口味异国景象依旧未改！》，并有括号标明“再访”。文章的口气中有对中国人无视日本日常秩序大大咧咧的做派的谴责，也有对商品味道价格的品头论足。

看来，早市依旧在，只是我没去。以往的早市阅历，已成为一幅穿越时空的褪色“清明上河图”，收藏在我的心中。它曾经繁荣过市井一角，喧哗过星期天的早晨，丰盛过我的异国餐桌。早市在日本社会能够出现与存续，深究起来，恐怕要涉及商法、交通、税收、知识产权、食品质检乃至中日关系历史等一系列问题。不过，它与我的关系只有一条，我是中国人。

（2014.03.27）

1999 年岁末

1999 年底，感觉心里空空的，又像是鼓满了期待。把钱包里的现金都花光了，车里塞得没有缝隙，还是担心不够一个安全的丰年。2000，这个挂着一串 0 的数字，近在眼前，让人忐忑不安，又抑不住莫名的兴奋。像等待贵客一样地等待她，又怕她发作，让本来只是数字的过渡成为难关。对于我，向 2000 进位的一瞬间，还有一个个人的小意义——1 月 1 日是我的生日。

作为生日，这是一个有点儿不自然的日子。倒数很多年的一个除夕夜，妈妈怀着我去参加新年晚会，还骑着自行车，回来时连人带车翻在下着雪的冰冻大街上。到家折腾了一夜，次日是元旦，便把本来应该 2 月出生的我送到人世。生日是一个这么随意又偶然的日子，每个人却要顶着它走一辈子。一本万年历，像一面钟，人的一生是一个临时旋转的指针。2000，是一个整点，我的指针已经转了一半的里程。日历将丢掉 1999 和以前的许多个“19 若干”，进入新阶段，一如既往，我自己却面对着这挽不住的结束，若有所失。

看惯了写惯了说惯了的“19若干”，都将成为过去的记录。这记录里，充满缺憾。带着这么多的缺憾进入2000这样完整的年口，仿佛不能心安理得。心底里有一个小声音在说：我是第一次在人世里生存，许多事没学习好做得不如意。

2000年。这一年我们看到的最多的数字将是0吗？0是无还是圆满？我会活得更让自己满意吗？2000年以前的经历，会反射出怎样的倒影，会有怎样的延续？手里握着自己的生命，一刻不甘丧失感觉。我的身体是它的居所，我的日子是它的食粮。到现在为止，它只告诉我一个简单的道理：你要成为你自己。

我尚健康，可以对富足的未来发无关痛痒的感慨，对于把这个岁暮当作人生岁暮的人来说，只有一个无望的期待。跟我学中文的一个日本人，姓足立，五十岁，身患癌症，一个月前开始不能正常饮食。几天前，和跟他同在一班随我学习汉语的另一个人去看望他时，我送他一瓶自制的乌龙茶用以润口，那个人送他一本2000年的日历手册。足立缩卧在枕，枯瘦如柴，他用失去生机的手指点一滴茶水涂在干瘪的唇上，深陷的大眼睛盯望着手册上“2000”四个数字。良久，虚弱地说：“要是还能用上它，该多好。”

12月21日，写出上面这篇题为《1999年岁末》的短文，传真给报社。22日接到电话，已送厂印刷。26日晚11时接到中文班学生的电话，足立逝于大阪府界市市立病院。27日晚，于大阪市姬松教堂参加了他的前夜祈祷会。28日午，举行葬礼。他八十五岁的母亲身着黑礼服，对来吊唁的亲友一一鞠躬道谢。

葬礼在教堂举行。牧师讲述了足立接受洗礼的过程。他说足立是获知自己被诊断为癌的那一天来教堂找他的。足立对他说："尊敬的牧师，今天开始我要接受您的洗礼。我并非想通过主的力量使自己延年，只想请您为我祈祷一件事：不要让我先于我的母亲死去。"

足立良文，1950 年 10 月 21 日生，关西大学工学系毕业，遗体捐赠给了距我住所不远的大阪大学医学部。

短文发表过后我再没看过。记得，2000 年 1 月 1 日早晨，男主人和另一个前夜来一起过除夕的朋友下楼取回贺年片的时候把新刊递给我，他们巧妙地借用报纸当作送我的生日礼物。短文登在文学版头条，算得上是一份有纪念意义的礼物，可是我心里却高兴不起来，因为我的学生，他不在了。

更意外的是，那个跟我一起去医院看望足立的人，就是送给他 2000 年日历手册的人，也是我教的同一个班的学生，竟然在次年 2 月 8 日也离开了。星期六的早上，神户，卧轨自绝。好像是因为给去上海做家具生意的哥哥做银行贷款担保人，而哥哥的生意失败了。他供职于日本最大的保险公司几十年，属于稳定的中产阶层。可能贷款太多，要清偿的话，他现在的工资和将来的退休金以及养老金都加进去恐怕也不够。他自己是保险行业的专家，对此类规则很清楚。这个人待人友好和善，是我们一家申请永住签证时的担保人。为了对自己的家人负经济责任，他以死了结了这个沉重的纠缠。

我很悲哀。对于失去相识的日本人这个事实，也对于生命的无奈和无常。动笔写上面短文时，他们都活着。不可思议的是，这篇文字意绪低沉，就像对未来即将发生的事有预感。

送别杉田雅美

杉田喜欢卡通狗 SNOOPY，她的汽车里和住院后的病床边都摆放着白身黑耳的 SNOOPY 饰物，电子邮箱也用了这个名字。7 月 30 日，打开电脑，我收到来自 SNOOPY 的最后一个邮件：杉田雅美于 7 月 29 日晚 9 时去世。

杉田雅美，生前是一家著名私立高中的英文教师，每周一次来我一个历时十年的业余中文班学习中文。葬礼上，获知她享年五十一岁。跟她在一起时从未想过她的年龄，觉得就是一个谈得来的女友。她一直独身。她的身上，很少有一般日本人那种叫你感到隔膜的地方。她喜欢旅行，几年前曾跟我一起到过北京，参观卢沟桥、周口店，在“北海渔村”吃广东菜，逛王府井书店和西单商场。从她送给我的购于意大利米兰的丝巾，看得出她优雅的审美格调。

7 月 31 日，气温 37℃余。晚上 7 点要赶到奈良的殡仪馆。我第一次穿上正式的套装丧礼服，配戴了珍珠项链。出门前，我对着镜子认真梳理头发，觉得每一根发丝都变得和黑礼服一样沉默着归顺在肃穆里。把作为香典的纸币装进饰有黑白丝线的专用信封里，用毛笔写上“御香奠”，再用一枚黑布帕将信封包起来。女儿给我不常穿的黑皮鞋打油。临出门，她说：“代我对杉田阿姨说一声さようなら（沙扬娜拉）。”

开车从大阪东去奈良的路上，心中异常安宁。杉田，她终于从病魔手中获得了解脱。从7月3日最后一次探望她回来以后，她的安危成了我的心事。她最后的样子让每一个关注她体谅她爱她的人都不堪忍受。

十三年前癌细胞侵入了她的身体，先是噬去她三分之一的胃，然后又扩散到腿部肌肉，使她在去年秋天被迫截去右下肢。截肢手术成功后我去医院看她，她粉红的面庞像少女一样，挂满欢笑。她说所有的毒素都在腿上，现在全部清除了。她声音高扬着边吃东西边跟我说话。看着她手里的筷子我问她：“你喜欢这双筷子吗？”她眼睛瞪得圆圆的：“是老师买来的？”“是呀。”“我把家里人都问遍了，谁也不知道。这么可爱的筷子，我喜欢！”截肢手术前的半个月里，她一直处于半昏迷状态。我去看她，她跟我说话时颠三倒四的，还发脾气说粗话，仿佛变了一个人。喂她饭时没找到筷子，我便出去买了一双，筷头上镶印着SNOOPY。做完手术出院后，她去驾驶学校换了残疾人驾驶执照，把自己门前的台阶改成了轮椅专用坡道。坐着轮椅，她从奈良到大阪来上中文课。

可是，不到几个月，肿瘤又转移进她的肺脏。最后的二十几天里，她靠人工呼吸器维持生命。

由牧师领唱几首祈祷颂后，司仪介绍了杉田的生平。她弟弟宣读了她的遗嘱。她把房子送给弟弟夫妇，存款资助侄子去澳大利亚留学。仪式结束后，每人在遗体前献了一支白色的康乃馨。走过她父母兄弟向来宾致礼的大堂侧门，殡仪小姐递过来一个极轻的纸袋。那是给致丧者的还礼。手提起这个轻若无物的纸袋，我的泪水一下子滚涌出来。那个有说有笑的杉田，她，不在了。我能触摸到的，就只是这一个纸里包着的谢礼。礼，是这么庄严又这么虚无。

回家的路上，我开车走失在生驹山上的民宅街里，绕了几次才回到直通大阪的一六三国道上。并非有多少难耐的悲伤，只觉得自己在人生这条路上又长大了一节。杉田父亲的致辞在耳边挥之不去。站在麦克风前，他沉默良久。“雅美死了。”——八十九岁的老人只说出这四个字便泣不成声。

8月1日，比前一天更热。下午一点，烈日如火。杉田母亲端抱女儿照片跟在载满鲜花的棺后。司仪说出“现在开始出棺去火葬场”，灵车就一声不响地开出了殡仪馆。人们伫立目送，听不到一丝哭泣。

身着黑衣的吊唁客们在炎热里四方散去。环顾周围，没有一个我认识的人。她的同班同学大多都参加了昨夜的守灵仪式，今天去做各自的事了。望着消失在南行道上的灵车，我意识到来这里的目的已经达成。这里没人跟我说一句话。杉田是我唯一认识的人，她走了，我也该回家了。看一下表，从进来唱祈祷颂，到向遗体告别，最后目送灵车，总共一小时。这就完了吗？我觉得过于简单迅速。一个活了五十一年的人，离开了，只用一个小时就整理完了她的一生，交待完了她的结束？她教的学生们，身着白衫黑裤送走了老师，正沿河边朝她工作了二十多年的学校走。

我感到自己脚步踉跄目光恍惚，身心如悬空。去停车场，要走过一座短桥。桥上没有树，也没有一丝风。举起印着赞美诗歌词的葬礼程序单，遮着直扑下来的太阳光，不知是冷是热，耳无声目无形，仿佛进入虚幻境界。走过小桥，是狭窄弯曲的住宅街道。临街院墙边开着的各种夏天里的花，在骄阳下妍艳炫目。穿行在这样陌生的开着花的小道上，似听见每一朵花都在述说着无常和缥缈。这些花，是不是一百年前一千年前就这么开在八月的阳光里？一千年一万年后也依然会这么开着吧。可是，我再也不会和杉田相遇。不由得加快脚步，想尽早走完这段这一生也许再也不会重复的小路，心里生出一种强烈的渴望，此刻，渴望见到自己的家人，渴望得到亲人的安慰，渴望在亲人那里确认自己真实的软弱。

我往家走，心中却装满扑空的失落。亲自送一个永远走了的人，才知道什么是真正的有去无回。我似乎无力接受这个事实，可是事实就是这样。

此刻，日照中天，光芒四射。

开车走出停车场,又迷了路。来时有殡仪馆临时设置的停车场路标，归时却没有了。奈良的旧宅区，道路分布没有规律，又起伏不平弯曲多变，每一个路口都让我踌躇不知左右。在一个极窄的坡路丁字街口，我选择了左转弯上坡，勉强不碰壁拐上去的同时，听到左后车体发出金属被擦破的声音，知道那是房屋主人为保护自己的院墙而放置的大石块对我的抗议。

接近自己家的生活区时，开进平日出入的超市停车场。无心去看车伤。在这个炎热虚无的下午，脑子里极其清晰地盘点着我的财富：我有几位亲人，我有多少朋友，即使不再增加，也别叫我失去。这样想着，径直进店里给孩子买了西瓜和葡萄。此时此刻，能为亲人做的，不知道还有什么。

回到家做的第一件事，是小心翼翼地打开那个轻得好像什么都没装的纸袋。薄薄的素色饰纸里，是一枚 DAKS 牌手帕。展开手帕看，跟其他手帕没什么不一样。不一样的只是我的心情。我想到生命的消失虽无声却有形。一方布帕，是她向人世告别的最后一面旗帜。

迟子健在一篇写土豆的小说里写到主人公患癌时，说他踩了人生的地雷。这句话让我记住了迟子健。我们的双脚必须每天走路，要走到尽头。可是，我们的脚不具备探雷功能。

写完这段纪念杉田也是记录自己的文字，我将删去电脑和手机通讯录上的 SNOOPY 信息。在葬礼上获知，是她弟弟用她的电脑给她的网友们发出了讣告。我愿相信牧师的话，杉田已经去了天国。那么，我愿在我删除 SNOOPY 信息的同时，她在天国里已经做好了新的注册。

（2001.08.17）

北冈正子退官记

2006年3月26日晚，日本著名的鲁迅学者北冈正子教授的古稀祝贺晚会在大阪新阪急饭店举行。北冈教授在关西大学执教三十二年，今年迎来七十岁。按照日本私立大学的规定，她将走下第一线的讲坛，改任该大学的荣誉教授。

我知道北冈正子这个名字是在上个世纪80年代前半期。在从事中国现代文学研究的中国学者那里，我经常听到几位从事鲁迅研究的日本学者的名字，竹内好、伊藤虎丸以及北冈正子等。这些学者的研究著作给我的印象是，作为“战士”的“精神鲁迅”在中国，而等身大的“人间鲁迅”却在日本。无论是中文网还是日文网，只要把“北冈正子鲁迅”输进去做一下检索，就会知道她的研究成果在鲁迅研究领域的影响力。

会议大厅门口，主办人给每位来宾一枚别在胸前的名签以及一份中文祝辞复印件。两篇祝辞分别来自北京大学的孙玉石教授和原鲁迅博物馆副馆长陈漱渝教授。孙玉石教授在祝辞中概略讲述了北冈教授自上个世纪70年代开始的鲁迅研究历程，并回忆了与北冈教授在日本及中国两地学术聚会中的个人接触。文中说到，1995年应邀参加日方组织的研讨会时，丸尾常喜教授在会上就北冈正子教授的研究做了专题报告，而北冈教授本人却因照顾生病的婆婆未能出席，“虽然感到一点遗憾，但也使我更了解到先生作为一位女教授精神世界的另一个侧面而为之感动”。同时，贺辞还特别强调了北冈正子教授出版于80年代的《摩罗诗力说材源考》一书在中国和日本鲁迅研究界产生的广泛影响。陈漱渝先生的祝辞内容，则从一位中国鲁迅研究学者的角度对北冈教授的学问人品做了生动的描绘，容在此全文引用：

> 中国的狗年伊始，收到萩野脩二教授来函，得知要为北冈正子教授开一个祝贺宴会。闻讯情不可遏，也想说几句发自肺腑的话。我感到，一个人事业有成，家庭也很美满，这是很幸运的；一个人不仅学问好，而且品德也好，这是很难得的；一个人内心美，外表也美得圣洁，这是上天罕有的恩赐；一个人既受到本国同行的尊敬，也能受到国外同行的尊敬，这更是很难达到的目标。然而这一切都在北冈正子教授身上得到了统一。这很容易让人在十分羡慕之余又有几分嫉妒。作为一个凡夫俗子，我有时觉得造物主似乎不大公平。作为在中国“吃鲁迅饭”的人，在北冈老师面前我更加感到惭愧，因为她在实证研究领域所做的那些划时代的工作，很多原本是应该由中国学者来完成的。据说，人的寿命可以达到一百五十岁，2030年以后，人类还有可能返老还童。所以我们要破除“人生七十古来稀”的陈旧观念，仍然把北冈老师看成是一个生命力旺盛的中年人，

而且坚信她培植的学术之树永远青葱茂盛。

灯光柔和的新阪急饭店“花の間”会场内，九十名来宾起身迎接晚宴主人公北冈正子教授入场。在艾尔加（Edward Elgar）低缓的《威风凛凛》(*Pomp and Circumstance*) 背景乐曲声中，身着淡玫瑰色套装的北冈正子教授走进大厅。她一路躬身致礼，步履轻盈。

晚会由关西大学中国语中国文学专修学科的两位现任教师主持，开场仪式只有十几分钟。从事中国思想史研究的关西大学学长（校长）河田悌一先生首先作了简短的致辞。会场布置简洁有致，前台中央上方的横幅上写着“北冈正子教授古稀庆祝会”，前台中央放一把普通座椅，北冈正子教授坐在椅子上。侧面是司仪用的麦克风台桌。学长发言时北冈教授起身恭听，学长便笑说“请教授坐下，我是学长，发言肯定要很长”，一句话引发出在场来宾的笑声。紧接着，晚宴便在四处开启香槟的响声中开始。

与会者中有三位台湾的来宾，其中两位是台湾现任大学教师，一位在日本大学任教，他们都曾在关西大学师从于北冈教授。其他大多是关西大学教职人员以及北冈教授带过的历届学生。大家边就餐边听主持人宣读理事长及各方的贺辞，并有校方相关人士在麦克风前讲述与北冈教授常年共事中的各种话题。宴会氛围融洽和谐。北冈教授亲临每一张餐桌向来宾行礼致谢。环顾大厅中包括饭店服务人员在内的百余人，她的身影最是瘦小，可是这位看上去体重似乎不到三十五公斤的女学者，言谈举止中却显示着一种大先生的精神风度，智慧练达，周到明正。

关西大学中国语中国文学专修学科日中比较思想史教授陶德民先

生用中文对教授说：“北冈老师，我代表全学科向您赠送《关西大学中国文学会纪要·北冈正子教授退休纪念号》(学术论文集)。”北冈教授接过论文集，边鞠躬边用中文说：“非常感谢！”然后，由学科工作人员代表学科向教授赠送旅游券，最后由刚刚在该学科获得博士学位的中国留学生代表学生赠送花束。

晚宴结束之际，由北冈教授本人做最后发言。她怀抱鲜花，只用了十分钟左右的时间对自己投身鲁迅研究以及执教三十二年的工作经历做了简单概括。她说，她能有这样的人生要感谢日本的战败。战败对国家虽然不一定是好事，但对于她是一件好事，因为日本战败之后确立了女子可以接受高等教育的新宪法，否则她将没有资格接受高等教育；其次她感谢能够供她上大学的父母，因为那时候很多同龄女性即使想读大学却不具备相应的家庭条件。1954年她考入御茶之水女子大学，之后又考入东京大学大学院攻读中国语中国文学博士。那时候学习汉语既没有如今这样丰富方便的各类辞典也没有录音机，只能靠以声传声的直接模拟。当时，日本与中国没有邦交，称中国为“中共”。北冈教授说，每当听到这样的说法，她们就要订正说要“称‘中国’才对，因为‘中共’不是国家名称”。当时借宿宿舍的房东老人曾对她说：“你这么年轻，学习支那语将来能做什么呢？”

说到鲁迅，北冈教授说：“学生时代加入鲁迅研究会，移居关西地区之后又加入了中国文艺研究会，因此自己的研究工作得以保持下来。”她并未更多提及代表自己最高成就的鲁迅研究业绩，而是谈及与鲁迅、与中国相关联的中国留学生。她说起从教过程中与来自大陆和台湾的留学生的接触。“与这些学生接触时，我从未忘记自己是侵略者国家的一员这一身份。战争虽然结束很多年了，但是在我眼中，这些学生都是日本曾经侵略并占领为殖民地地区的人们的子孙。我随时告诫自己应处理好自己和他们之间在历史阴影下的平衡关系。同时，我也在这些学生身上学到了很多东西，让我对‘文化大革命’以后的中国以及日本败退后的台湾有了很多了解。”

以鲁迅研究著称的资深学者，在对自己做全面总结时避开鲁迅学术不谈，大概是出于这不是一个鲁迅专题研讨会的考虑，但我想更多是出于她的谦逊品格。说到自己与供职三十多年的关西大学的关系，她说与其说是教授他人，不如说自己在这所大学里学到的东西更多，从这个意义上说，“关西大学是我的人生学校”。

北冈教授话语简洁畅达并且诙谐生动。说到“古稀”，她说：“看见在座来宾中很多相识多年的人都变得这样老态龙钟，我才意识到自己也一定已经不年轻了。”（全场笑）她还说工作过程中从未感受到性别差异，既不曾受到轻视也不曾得到过来自性别差异的特殊待遇。讲话结束时，教授把话题拉回到晚会的主题“古稀”上，说虽然心里不服但不能不面对自己已经进入古稀这个现实，“我知道自己今后要面对很多即将到来的困难。到了这样的年龄，不知道三天以后会出现什么不测之灾，或许一会儿我退场出门的时候就会倒下也未可知。刚刚来关西大学就职的时候，觉得自己跟学生年龄相差并不大，渐渐地，看学生就像看自己的儿女了，到后来就像看自己的孙子孙女。”她对在场的年轻人说：“请大家珍惜青春，年轻的时候做事不慎可能会出现很多鲁莽错误，但是年轻人具有取之不尽的充沛精力，这实在是一件极为美好的事。”

全体来宾与北冈教授合影留念后，鼓掌欢送教授退出会场。然后，来宾排队依次退场。北冈教授站在会场门外向每位来宾握手说“十分感谢您在百忙之中特意赶来”，并躬身递上一份在新阪急饭店定做的礼品点心作为答谢。

作为纪念，与会者每人还得到一本北冈教授的最新专著《鲁迅 救亡之梦的去向》(『鲁迅 救亡の夢のゆくえ』，关西大学出版部 2006 年 3 月 20 日发行。该书中文版已由三联书店出版)。这本书可以看作北冈先生给自己准备的一份最丰厚也最能代表北冈风格的退休纪念品。她在该书后记中写道：“本书内容是几年前出版的《鲁迅在日本异文化中——从弘文学院入学到“退学”事件》(关西大学出版部 2001 年)一书的继续研究。做出以这一形式汇集成书的尝试之后，我觉得似乎是对鲁迅与文学的相遇问题终于有了明确认识。今年是鲁迅投身文艺运动一百周年，然而，却难以做出鲁迅最终未曾放弃的关于‘人’的创新之希望在今天已经获得实现的结论。”

非穷人的老后

和子七十六岁了。去年夏天，她为自己的老后生活做出了壮举：六千多万日元卖掉父母留下的一处院房，用四千多万购置了一间高级老年公寓。公寓背山面海，设备设施没得挑剔。搬进去之后，她邀请我去参观。迈进公寓门，里面的豪华温馨令人叹为观止。

大厅墙上是名画复制品，走廊里陈列着白色三角钢琴，不同的角落有不同的花瓶和鲜花。从每一个角度，都能看到情调不同的优雅画面。每个画面，又都像一件独立的作品。十多层的公寓里，所有公用空间都布置成这样的风格。走廊也不是通常的通道，宽敞而有变化。各层走廊公用空间中设有休息区，有古典风格的欧式沙发，有自动净水器，还有各种饮料自动售货机。墙壁里装进了电控水箱，各色热带鱼优哉漫游，看不出是真鱼假鱼。我们在这样如梦如幻的世界里走向她的房间，一路踏过高级提花地毯。

和子的房间只有五十平方米。原来那套院房里的全部居家用品，她都一并出钱委托给相关业主帮助处理掉，自己几乎是彻头彻尾地“净身出户”，不论那些家什能否继续使用，能否作为回收品换出一点折扣，统统废弃。新房子里的一切，一律是自己到百货店认真选购定制的。七十多岁，为自己的老后安泰，她选择了彻底的弃旧迎新。

我理解她何以这样决绝。看着她这样义无反顾地浪费，我觉得欣慰。和子终身未嫁，如今这一举措，如同为自己的人生策划了一次盛大的出阁仪式。因此，她要把自己的新家打扮得体面而可心。她的出阁，不是把自己嫁给一个男人，而是把自己的前大半生嫁接到后小半生。为晚年生活的保障，为了有个完满周全的死，她选择了放弃和投奔。签订旧院房出售合同之后，她一度十分难过，说自己不孝，不守着父母遗留的房产反而弃之移走他乡。但是她又总是自言自语地说，父母留给她遗产就是对她的关爱，就是为了让她活得好。

和子有一个同胞妹妹，妹妹有丈夫有儿女。从前，和子和妹妹一家围绕在父母身边，是一个平平常常的大家庭。但是，自从母亲突然去世，她和妹妹之间就开始出现隔阂。母亲是大院套产权人之一，去世后就发生了遗产继承问题。母亲那一份的二分之一划到父亲名下，另一半分给她和妹妹。妹妹一家跑前跑后，帮助她算清遗产继承税和划到自己名下的土地税，然后把分到自己名下的部分直接转卖了出去。这样，和子和父亲的院子里就动起工来，东边的一大块成了别人家的新居工地。原来每到季节就可以摘食李子和猕猴桃的地方，后搬来的人家种的小树也长成了大树。几年后，父亲也去世了。办理遗产继承手续时，妹妹一家的表现叫和子极为伤心。妹妹妹夫和外甥们对和子该继承的那部分遗产似已迫不及待地要拿到手，看见她意识到对自己所属的部分有了管理意识，就直接对她说“反正你死了也是我们的”——言外之意是，你人已老身无后，还跟我们计较什么？

父亲去世不久，和子患病住院。妹妹来医院探望，不仅没有安慰她反而趁旁边没人时说："医生跟我说了，你的血管已经很糟很弱……"妹妹走后，和子决定出院后不再跟妹妹来往。她开始意识到，这个唯一的手足不仅不关心她活得好坏，而且希望她早一天从世上消失。出院后不久，和子唯一的家属——她给取名叫"查理"的爱犬，在她外出的一个下午无疾而终。和子几次跟我说那狗一定是被妹妹毒死的。她外出回来的那天，狗没有去门口迎她，她找到狗的时候，狗躺在地上，口吐白沫……

参观和子新家出来的时候，走在豪华到棚顶的走廊里，再也感觉不到进门时对美和奢华的感慨。这一进一出中，无所不在的富丽堂皇，处处让我感到寂寥压抑。所有的一切都一尘不染，整体上却又有种尘埃凝固的沉闷。这里安静，没有一点点声音；色彩缤纷，呈现的是永远的沉默。大厅入口处接待人员的微笑，看上去都像只意味着送而不是迎。送，送终，我不计较；但心底里觉得沉，暗。

住进新家之后，和子有过一段短暂的新生活心情。每个月十三万日元的管理费外，还要支付一万多日元的伙食费——限一日一餐在食堂吃。过了不久，她就开始唠叨公寓那个特殊世界里的各类问题。有的老人，总是要炫耀自己过去的荣光。传说曾经是电影《华丽的家族》中原型公司的某代要人的遗孀，经常会神秘兮兮地说有人偷了她的首饰或者高级羊绒衫。曾经的大学教授，会指摘某人的价值观有问题。曾经的花道老师，站在大厅里对陈列的插花作品品头论足。公寓组织文化活动搞诗歌征文，和子的短歌被推荐登上公寓内发行的诗集，因句中用了"女娲"一词引起其他人嫉妒，遭受了好一顿尖刻议论："女娲？什么意思？""'女娲'是中国古代传说中的……"——哼！你还知道这么多？被不平衡感激怒了的曾经的上流显贵，在洗澡间泡温泉时指责她冲洗顺序不对，鸡蛋里面挑骨头。另有些人要么说自己是著名高校毕业，要么硬拉着别人重温自己逝去的老公如何风云一时。还有的人抗议公寓新进了轮椅老人，说看见身体不能自理的人在同一屋顶下共生心情不好，严重破坏了将此作为终生居所的老后生活计划……女人、男人、老人、孤独老人，这些为寻求保障、排遣孤独聚到一起的人，制造着另类的孤独和不安。有人忍受不了这里的无聊和“战争”，几个月后就卖房搬出了。但这一进一出就是一千多万日元的开销，赎得起身的，是富人。对于这些将活人纠缠到死的琐碎人事，和子也做不到超然不见。她的唠叨，证实着她的在意。好在，她还能独立行走、独立阅读。旅行，看歌剧，看画展，查字典阅读中文，看起来，做这些事都给了她足以蔑视那些短见富人之无聊的内在力量。

和子跟我说起公寓内部的事总是没完没了。听起来，她似乎并没有卷入什么具体是非，但是这些没有什么意义的长长短短确实搅扰着她的公寓生活。说了一大通之后，她做了一个归纳，说那些人特别是有钱人说到底就是空虚，都进了养老院一起等死的人，为什么还要自视清高拿出与众不同的姿态来凌驾于人呢？但她并未表示后悔。不后悔也许是因为没有退路。她已付费将自己的后事托付给相关机构，届时会有人出面全权代理善后。

许多事，她做得决绝到不近人情。比如卖房搬家，她没跟妹妹说，是一个人悄悄完成的。她的院子里盖起别人的新房子的时候，她收到邮局转递来的外甥来信，问她搬到何处，是否健康，等等。她不回信。她说不想在有生之年重新卷入跟妹妹一家的“尔虞我诈”。但是，她在自己财产继承人处还是写上了妹妹的名字，尽管财产到时候可能已所剩无几。老年公寓的入住合同规定，居住未满十三年者可退还清算出的部分金额；住满十三年以上者，百年之后房屋所有权归公寓所有。她的愿望和决心，是在自己的有生之年把自己的所有资产花尽用尽。可是，她无法保证自己一定能毫不吃亏，所以，还是将假如自己活不到划算的分寸上的那份余额在假设中留给了妹妹。

她说她是经过了激烈的心理矛盾才终于做出了这个决定。听她这样说的时候，不知怎的，我的胸中就翻滚起压不下去的热流。无论如何，和子不是孤寡老人，我想，她是有姊妹的，而且还在世。内心里，我深深希望她能在有生之年重温姊妹情。尽管跟她们非亲非故，但是，我愿意看见所有的人都充分享受到人间应有的亲情和友情。（2007.10.23）

齐藤先生
和
辻村夫妇的《童谣集》

齐藤先生

星期六下午，很久没有联系的齐藤老师突然打来电话，是为一件很小很小的事。他工作的小学新来了一个中国学生，三年级，正在学习乘除法运算。齐藤老师是要向我核实乘法运算中“积”的概念是否与日语的“積”相同。我说是一样的,也叫“积”。然后他又核实“积”字的简体字写法，又问跟学生解释时就说是“面积”的“积”，学生能否理解。我说应该能理解，中文中这个“积”也是“面积”的“积”。

齐藤老师的夫人也是小学教师,十几年前开始在朝日新闻社的“文化中心”跟我学习中文。她当时学习中文的动机，也是因为班里来了一个中国学生。一周只有一次的中文课，对会话能力的提高并不是很有效果。要进一步掌握阅读和作文能力,就要靠自学。她学习目的明确，即掌握基础汉语的阅读和书面表达能力，这样做，是为了与学生家长进行及时的沟通。一般说来，孩子的日语往往进步很快，用不上一年，就能自然而然地融入所处的语言环境。这种现象，越是低龄的孩子越明显。但是，相比之下，孩子家长的日语水平却进步很慢。

在日本的幼儿园和小学阶段，学生差不多每天都会给家长带回各类联络信息，低龄层的尤其多，比如：下周食谱、学习进度、活动内容、需带到学校的日常用品、卫生保健注意事项等。和子学习汉语，就是为了能把这些学校日常信息正确而及时地告知那个学生家长，同时也是为了能够与家长进行不需翻译的直接交流。有一次，她拿了一叠手写译稿向我请教。那是一份给家长的学生运动会通知，其中个别日本独有的游戏项目，字典上怎么也查不到。为着这一个学生，她要下很多功夫。日本没有类似评选优秀教师这一环，她这样做不是学校要求的，是她自己的主动行为，她认为这是自己分内的事。

或许是受妻子影响，和子的丈夫齐藤先生虽然没学汉语，但是也对中国学生抱有同样的热情。有一位已经完全掌握了日语的中国学生，家里生活不是太宽裕，他就把学生叫到自己家，给中国学生当起免费的课外补习家庭教师，补到这个学生升初中、升高中，直至进入大学。那个孩子考大学远离之后，和子来上中文课的时候跟我说，丈夫现在情绪有点失落，周六、周日像失业了一样郁郁寡欢，问我身边有没有中国小学生需要义务补习。

那时，我的小孩正好读初中，我说那我太幸运了，可能的话请先生帮助我家小孩。于是，孩子不去民间学塾补习的星期天下午，我家就成了一师一生的学堂。先生虽然是小学教师，但是不仅胜任初中、高中的所有课程绰绰有余，还能随时传授一些他本人学习及教学过程中的小小秘诀，比如怎样快速背诵英语单词，怎样用押韵日语串联历史年表等。课间休息时，学生弹钢琴，老师用他带来的笛子伴奏。一曲下来，他开心得不得了，呵呵笑着说：“啊呀真幸福，这样的星期天太充实太开心了！当老师居然有这么大的福分，不仅能跟中国小孩分享中国游戏，还能一起演奏音乐……若没有这个缘分，休息日的这个时候我可能正在家里跟妻子因为鸡毛蒜皮的小事拌嘴呢……”那时候正在上映宫崎骏的《千与千寻》，优美的主题曲从师生两人的指尖和唇边流淌出来，整个夏天都充满了这个美丽动漫的旋律。

讲到天文那一段，齐藤先生就背了自己的天文望远镜来，等到月亮升空，和我们一家人一起观测月球星相。讲到传统文化，他就带学生去京都参观金阁寺银阁寺平安神宫，并且告诉我们可以带上愿意一起去的日本同学以及认识的中国留学生。

对于齐藤老师夫妇，我们一家人充满感激，但是从未有过任何物质的报偿。即便是口头表达谢意，他们也是淡淡地说不需要谢，因为这样做是内心喜欢，能有机会为别人发挥一点作用是个人的偏得。

孩子接到大学录取通知书那天，我立刻打电话向齐藤老师汇报。他自然喜不自禁，连连祝贺。向他表示感激时，他说哪里哪里，是孩子自己努力，要说感激，我还要感激学生呢，一起学习的那些时光，我很快乐，体验到了生活的实实在在和人生幸福。

孩子入大学前我收拾书架的时候，发现有好多齐藤先生自费买给孩子的辅助教材，我把这些书还给他的时候，他的表情十分欣慰，微笑着自语说：“但愿以后还能给别的小孩用上。”

齐藤老师夫妇仅仅是我们在日本生活中的日常风景之一，因为与他们的相遇，我们得到了惠益。心里感激着，很想把他们的助人为乐行为做诗化的赞颂，可是却找不到加以诗化的冲动，因为他们的言谈

修为表现出的境界，看起来实在太普通太淡泊，丝毫不给人以自己在付出的感觉。（2008.10.18）

辻村夫妇的《童谣集》

辻村先生是我刚来日本时在朝日新闻社文化中心汉语班的学生。我离开那份工作已经十多年了，他却一直坚持用中文给我写信，后来改为给孩子写信。用他自己的话说，他的精神动力就是“快乐地活，快乐每一天”。他的快乐源泉中，包括学习中文、声援高中棒球比赛以及日常中所有的日常事。

信中，他总是提到对生活对人生的感谢和感恩。最近他再次说，反思自己的人生之所以幸福美满，是因为遇到了夫人，说她年轻时非常漂亮，现在虽然是老太婆了，但在自己心目中依然是美人。他曾经携夫人来过我家，来时特意带上了夫人年轻时的照片。照片上的年轻女人真的很美，不仅仅是因年轻而美，也确是出众的天然美女。叫人感叹的不是美女变成老太婆的岁月流转的虚无，而是一个男人能把看私有美女的眼光置于心中并天长地久。这似乎远远超越了个人的自我约束力和倾倒钟情等可歌可泣的忠贞之德，是一种源于自我完善的人生观。能自我觉知到自身生活中的美和好，才能真正体验现有的日常化的简单幸福。简单的幸福才长久，才不易遭到破坏。从这一意义上说，辻村先生不仅是我的人生先辈，还是我建设并享受幸福人生的楷模。

曾经应邀到他家去过一次。他来接我们，在从车站步行走向他家的路上，他给我们介绍沿途街店的背景和战争前后的变迁。到了家，他亲自下厨炸天妇罗。夫人和我的小孩温习清唱她给孩子制作的歌本上的童谣，一派诗情画意，烂漫天真。

刚刚认识时，听说我的孩子还在中国，并且很小，有一次上课的时候，他带来一份给孩子的礼物：一本日本童谣集（歌本）和一盘童谣磁带。歌本是夫人用文字处理机打印的，插图、装订、磁带翻录，都出自夫人之手，那是 1991 年。

次年春天，不满五岁的女儿来日本时，一句日语不会说，但是，她很喜欢这套有人专门给她准备的日本童谣集。与其说喜欢童谣集，她更迷恋的是跟妈妈身体相偎依着一起看着歌本边听边学唱的睡前光景。歌本插图上有她当时的涂鸦，那时候她不认识日本字，就一边听着歌儿，一边给歌本上的插图小人儿和小动物涂颜色。

女儿刚上幼儿园时，每次去接她，老师总是面带忧色说“孩子不懂日语，怕是很寂寞……”但是，不久后的某日，老师喜笑颜开地说：“孩子今天很开心！虽然不会说，但是我们今天唱歌的时候正好有一首歌她会唱，看见她能跟大家一起唱歌儿，我太高兴了。”这样说的时候，年轻的老师眼中要溢出泪水的样子。我也一样高兴。心花绽放的深处，是对辻村先生夫妇的感激。单单把这件事当作一件日常性的援助来看，它只是一件很简单的小事，可是，随着岁月的深入，它的发生和存在，日渐醇郁，投射着长长的光影，在长远的人生中，越发能感受到它的美好。这是饱含人间佑护的充满爱与善的春韵般的光环。想到这件事，脑中就浮现四个字：花香四溢。

退休之前，他在一家地方广播电台做台长，业余爱好是到甲子园球场给高中棒球大赛助威。年轻时，他曾是甲子园高中棒球大赛啦啦队队长。他把当年做队长时代在球场上振臂高呼的大照片复印在信纸上，配上中文解说词介绍给我。那是当年报纸上的新闻图片报道，是他一生的自豪。图片上十七岁的他，头发像是被他大张的口和高扬的臂蓬起来一般，且浓密黑厚。在信纸上的解说词里，他写道："我现在头发虽然所剩无几了，但是甲子园的梦仍在我心中……我永远享受着青春。"

我们接触过很多日本人，有过各种各样的来往。二十多年相处下来，有了几位保持一年一张贺年片、两三年通个电话的朋友。跟这位辻村先生一家的关系，若即若离，从未达到过你来我往亲密无间的程度。它淡淡的，铺展在异国他乡的岁月里，成为我们与很多日本友人来往的关系中一个思之生慰的人生风景，回味起来，似可感悟到交响诗般的旋律。

美好的感觉，往往蕴含在一些微不足道的琐事中。当然，如果用好人好事的定义去拔高它，便索然无味。

2009年，曾给辻村先生夫妇寄过一封信，信中添加了当年歌本儿的图片。这本不知被孩子翻看过多少次的小歌本儿，四角已经翻卷了。信的片断如下：

> 夫人手制的《日本童谣》，是我们家的贵重珍藏。那盘磁带不知听过多少遍，可以说女儿就是听着这些童谣度过了异国的童年。每当想到这件事，心中充满感激。不仅是对先生和夫人的友好、善良、体恤、多才多艺的感谢和钦佩，还有对世间和平慈爱的人之爱心的感动。遇上这样的友人，是我们的幸运，感谢今生有这份缘。

初到日本的时候，我们日语不好，对日本文化了解浅显，经济上亦无充裕可谈。但是，承蒙很多像辻村先生夫妇这样的友好人士的帮助和关心，我们度过了最初几年的困难时光。现在，那些帮助过善待过我们的朋友，年纪都大了，有的已经离开人世，但他们曾经给过我们的帮助，我们永远也不会忘记。制作歌本的 1991 年 7 月，距今已经二十多年了，我们一直感念。每一个关爱的笑容，每一句温暖的话，每一件小小的礼物，都是扶助我们渐渐融入日本社会的力量。辻村夫人的爱心、细心以及文字处理、插图和装订技术，不是每个人都能具有的。这本小册子和磁带，不仅是我家的珍贵收藏，也是我们向亲友和后代炫耀的一份资本，我们有充足的理由为它骄傲。

近江秋旅

2008年11月1日。

一位分别了十几年的日本友人，刚从千叶搬到滋贺县近江地区，打电话来邀我去玩。去路七十公里，出门加油，上高速。

至滋贺境内，远处有独座青山缓缓近来。山虽不够巍峨，却庄严俊逸，奔山而行中，目标感遂增。常言道，望山跑死马，此马非彼马。望山行驶半小时，来到山前，GPS指示右转。见友人方知这山便是素有“近江富士”之称的“近江富士山”。两日一夜，绕在小富士这边那边，睡也睡在它脚下不远处一座木屋的榻榻米上。人生如同旅游，到一处有一处的良辰美景。一直欣赏执行着这个说法，现在更是仙气有增，居然到一处做一处的梦。此夜梦见到农田去拔萝卜，又到农庄吃热腾腾的乌冬面。睡前并未与友人提到去看菜地也未计划吃面条，有点神奇。欲知神奇何在，请看后话。

次日下午，她说带我到附近看看乡间秋景，顺便去果园买葡萄，让我尝近江地鲜。她担心枫叶尚不够红，怕是没什么秋色可赏，同时还谦笑着说，她也是刚搬来几个月，对周边不够熟悉，两个人开车边探路边踏秋便是。

这个小小的城市叫湖南，是几年前刚刚由郡（镇）划为市的。说是市，其规模离一般概念中的城市标准相去甚远，面积 70.49 平方公里，人口五万余，旷野连片，有好多家大型工厂的厂房。出门之后，我们沿上班路线抄近路穿山行驶。小路细窄得难以想象居然可以行车，更不能想象自己是行在山中，脑中浮出“不识庐山真面目，只缘身在此山中”的诗句。心想，这句话确实经典，走在这样的山路上，若没有这么一句现成的话浮出来，该多么缺少诗意。

不到十分钟，来到一个农业公园。这里有农村田园资料馆、农村环境改善中心、农产品直销店、面包店、咖啡店、小餐馆以及露天舞台和广场。公园设于湖边高地，湖边有一个舞台，不知来自何处的团体，正在秋风中演唱。来公园购物兼游玩的大人孩子，三三两两有一搭没一搭地走着看着，坐坐听听。我们进直销店买了两棵粗大的地产葱、两把菠菜、一袋红薯。又到面包店买了几个新出炉的面包。友人买了柿子，要做柿饼，并说等我来吃。

农业公园东边是大片的田野，居然真看见梦中长在地里露出青首的萝卜。田头有不少人聚在一起忙乎着弄什么吃喝，有老人有孩子，好一幅农家乐的场面。我天生喜欢这种亲天亲地的土味儿，便提议过去看看。原来，是当地自治会在搞活动，农人们也在过这个一年一度的文化节。

远处白烟袅袅，正在烧稻壳。友人说她小时候也干过这样的活儿，把稻壳堆起来，插上一支通气筒，点燃。稻壳堆里埋进红薯，烧出来喷喷香。烧过的稻壳撒进田里做肥料。一男人用一小棍在稻壳堆里认真地探着，想象着他触到的那红薯，凉风中的我，不由得舌底生津。正想着怎样花言巧语讨个烧红薯吃，一阵风将稻烟吹过，送来对面荡漾在秋风中的一大片花田。

哇啊！太好看了！顿时忘却讨红薯的俗念，直奔花田而去。这里的农人真浪漫也真大方，这么大面积的田用来种花，怡然悠然得了得。走近花田，旁边立有当地绿化组织的大看板，上书“黄秋樱，请随便采回家”。哈哈！一下子乐坏了，拎着一袋菠菜大葱直接走进去，饱享一番身居花海的喜悦。置身花田中，左看是花，右看是花，前看后看还是花。天啊,天堂啊！这不是成了花中人？株株绽放,朵朵黄。细看，黄又黄得不一样。从淡黄到橘黄，色泽过渡微妙，各有佳色。很黄很鲜艳，很多很灿烂，很美很秋天。流连花田，欣赏半小时之久。见别人在挑选着采撷,便也开始动作起来。和友人各采了一大束,抱在怀中,一步一回头地告别芬芳地。

花儿为什么这样黄？黄得就像花一样。

临上路，举起花束向田头那些农人高喊一声“谢谢！”，那边人都十分高兴地现出笑脸,也欢声“谢谢！”。不仅得了花,还得了“谢谢”,无意中在一个陌生地欣享秋色，抱花而归，阵阵幸福感涌上心头，不由得默念一句谢天谢地。

之后，去一家叫“八云”的日式小饭店吃饭。

拿过菜谱点菜时，她问我吃什么。我说今天我请客，你想吃什么点什么。那怎么行，你是客人，我该尽地主之谊。不，在日本西部我是地主,你刚从东部过来。她还是执意要请客,我便不得不说出心里话,希望她理解我的心意。听了我的一番话后，她开玩笑说：“那好吧，那我要挑最贵的吃。”

她叫满子，是我二十年前到日本时最早认识的日本人之一，当时她在家附近的区文化馆跟我学中文。那时我几乎还不会说日语，班里只有五六个人，有大学生，也有七十多岁的老大爷。她是组织者，排课表收学费付报酬都由她负责。每周一次课，9点多下课后，她都带我到站前一家小餐馆吃晚饭。两人非常积极地努力交谈——她用最初级的汉语，我用连初级也算不上的日语。

我是学生，课业外讲课收入微薄，正在积攒学费，吃饭从来都是她买单。很多事物的日语说法都是她教我的，她是帮我走近日本的导师之一，是热情接受我这个外国人的日本人的代表。我到日本后的第一个暑假里，她做出带我们去她故乡九州旅行的计划。去程乘“向阳花”（サンフラワー号）号客轮，归程搭飞机。到九州后，又租车绕九州一周。全程费用由她负责，我们负担伙食费。在她的带领下，我们第一次体验了九州的各类特色温泉，目睹了连绵起伏的阿苏山，领略了常年喷发的樱岛活火山景色。一天行驶途中，她把车停在一个小村落附近，说这是她的故乡，是她的出生地。那么进去看看吧。不用进去了，父母早已去世，这里已经没有亲人。站在村外，她面向村庄合掌低首，沉默片刻。之后，说她在这里读完了小学和中学。

满子没有子女，夫妇都是普通的职员，没有自己的房子，租住在很旧的两室木屋里。那时候，我从不知道去想一想她为我吃饭买单，为我出旅费，是否会给她的生计带来负担，根本没有经济上AA制的平等意识，以为所有主动帮助和援助中国学生的日本人不仅天生就有助人为乐的爱好，还有相应的经济力量。老师、友人、友人介绍的友人，不知道有多少像她这样的人为我们做过各种各样的事。

后来，满子随丈夫搬去了千叶，那以后，一连十几年没见面。今年夏天，突然接到她电话，说搬回西部来了，安家在唯一的亲属姐姐家附近。问其缘故，说丈夫两年前去世，她的公司也倒闭了，便回到这边度晚年。听她说“晚年”，才想起来她已经六十岁。她照顾我的时候，比我现在还年轻几岁。时光，一边储存记忆，一边将人推向社会边缘。满子现在在附近一家大公司做清扫短工，擦走廊，清扫工人浴室及卫生间。

在“八云”吃的是乌冬面火锅套餐，面条便是前夜梦中见过的那种。边吃饭，边听满子讲述丈夫住院时的艰难时日。丈夫患了肾癌，一连几年的治疗，使得生活陷入困顿，不得不节衣缩食，处处节俭。可是，丈夫还是走了，剩下满子一人，和一只叫“塔拉”的猫。塔拉已经十六岁，相当于九十岁的老媪。塔拉是自己走到她家门里来的，当时还是一只童猫，脖子上套着一个项圈，上面写着 TARA，她就叫猫塔拉。满子一边抚摸着塔拉，一边说为把塔拉运到新家来，花了十万日元。“本来就没钱，为塔拉花了一大笔，呵呵。”满子坐电车来，电车禁止带宠物，委托有关部门，说需要空运，费用六万，相当于人民币近四千元。她先到这边来看房子办手续，只好把猫寄养在宠物 HOTEL，几天的费用又是四万日元。满子坐在我对面，塔拉偎在她身边。隔壁房间的佛坛上供着丈夫的遗像，像前摆着香座。满子说丈夫特别宠爱塔拉，节省下零用钱给塔拉买高级猫粮。

满子的家在我住的大阪的东北七十多公里处，气温要低三四度。秋风袭来，别样凉。看着满子，听着满子的话，脑子里走着人生，走着相依为命这些感慨不出口的感慨。慢慢喝着茶，意识到我已经来到异国很久，经历了很多。

当年，请她到我家吃过饺子，她非常喜欢吃，所以，这次我特意带了擀面杖和调味料，还带了东北的木耳以及福建的乌龙茶，当晚给满子包了饺子。吃饺子的时候，满子特别高兴，说还是那个味道，饺子就是好吃。我暗想，以后，要经常去看看满子和塔拉，一起包饺子，一起回忆当初的中文班，回忆九州之旅，游览近江的山色田野。

满子是佐田雅志的粉丝，当年，她不仅送我佐田雅志的磁带，还几次帮我记住佐田雅志的日语读音叫さだまさし。佐田雅志到关西来演唱时，满子买票带我一起去听了演唱会。来日本之前，就知道唱那首《男子汉宣言》的佐田雅志。有趣的是，到日本后是一个主妇带我去目睹了这位男子汉宣言歌手。如果说与满子相遇是命运的偶然，时隔二十年的今天，和满子一起怀抱秋樱走在近江田间道上的这个下午，已是从偶然到巧合，甚至升华到接近圆满。佐田雅志更著名的一首歌，便是为山口百惠创作的《秋樱》。

从满子家回大阪时，正是三连休的末日，交通堵塞严重，走行三个多小时，到家天已黑尽。一路颠簸干涸，鲜灵灵的秋樱变得蔫状可怜。进门第一件事，便是整理剪切，插入花瓶。不到一个小时，黄花们振作起来。我的家，因着这些绿化使者们栽培出的鲜花的装点，比以往任何一年都更富有秋夜浓情。（2008.11.14）

日本的张国立“粉丝”

植田女士在我家里学中文十几年了。从“你好”开始，到现在一起读《史记》原文,她的进步幅度差不多相当于从学前班到研究生毕业。除去上课以外，她还时常去旁听与中国相关的专题研究会，之后还会就研究会课题给自己布置作业并认真完成，比如买来获诺贝尔文学奖作品的中文版和日文版，夜以继日地对照着读。

前两年，向她介绍了日本的中文电视台，那以后，她便迷上了中国电视剧。来上课时，进门第一句话往往是：“张国立真帅！”我知道中国有个演员叫张国立，是经她介绍的。说起张国立，她神采飞扬。连张国立的儿子演什么她都知道，还连带着提及纪晓岚什么的，并说到王刚。我不看电视剧，不知道纪晓岚上了哪出剧，但还记得王刚播过《夜幕下的哈尔滨》，就说“王刚声音好听”，刚一脱口，她就拍着我喊：“是的！我对他的声音着迷！”但是她马上又会接一句：“还是张国立！我为张国立倾倒。”也不知道张国立什么地方迷住了植田，让她这样专一。去年看《手机》，我第一次看到张国立，那是一个说方言的“厚道”人，但是并没觉得魅力非凡。植田描述的张国立，从个头儿身材神态声音到角色的性格人格，无一不是理想水准。她对日本女性追韩国男星表示不屑，说那类男明星男人味儿不够。

认识她的时候她已经退休，原来是高中国语教师。人一旦退休，就成了社会的边缘人，一切由自己打发，打发得好坏全靠自己，外界基本上是不会跟你打什么招呼了。她就是从那时候开始了中文学习。我们无约在先，相隔千里，却在我一到日本后便相遇了，这真是缘分。她常说：“我真是感激你们！没有中文我就会活不下去，中文是我活着的精神支柱，中文给了我一个巨大的精神世界。《史记》真是太精彩了，读完了我还想读更多的中国好书。我真想长寿，把好书都读完了再死。”听她说这些话时，我心里就会涌出一层感激和欣慰，为她把数不尽的日本信息日本符号带进我家而感激，为她从与我们的相遇——中文学习——这个入口自己寻找到一个丰富的精神殿堂而欣慰。跟她在一起，没有谁是日本人谁是中国人的意识，她就是植田，我们就是我们，彼此融合在中国和日本里，仿佛跟那些“侵略”“友好”什么的无关，尽管这些概念总是我们讨论的话题。

一年四季里，每个季节她都衣着适时，每星期都是不同的色彩不同的款式。但是，每年的同一季节里，她几乎都是同样的衣着。七八月份，她总会戴上那顶昭和早期很时尚的宽边丝帽，春秋装则明显看得出20世纪70年代的工整风格，冬天的A字形大衣，则记录着日本二三十年前服装潮流的形影。她的服装似乎过时了，可是文化生活却似乎比我还领先。

前一段，有一天她突然来电话说不能按时上课，说电视深夜里重播张国立，她把眼睛看坏了，要去医院住院手术。我听了又担心又想笑。

手术之后她大为振奋，说医生告诉她了，几年之内可以放心大胆地看电视。最近，她把自己住了几十年的独门独院卖掉，购置了一套可终生享用的高级老年公寓，正在忙着办各种手续。她说搬家的时候所有的东西都要处理掉，但是电视是要带上的，那是“我的另一个世界”。她那份兴奋，就像在给一个将满七岁的孩子办理入学手续，满眼睛里都是对新生活新境界的憧憬。

我女儿刚到日本的时候还不到五岁，她一见到我女儿就会说：“啊，真可爱！”现在，女儿上大学了，轮到她说植田阿姨可爱了。开始的时候，每次见面，她都要跟女儿比身高，现在只能仰着看了。她说这孩子是一星期一星期地眼看着长起来的，并且总要拍着女儿肩膀发一番女儿同龄人般的感慨：“我真羡慕你！你看，你有爸爸妈妈照顾你，我却什么都得自己做。”要论年龄，植田比我女儿的奶奶还大将近十岁，可是她心里给自己的定位好像是一个跟年龄无关的自然人。

植田终生未嫁。她说在她该找对象的时候，正赶上日本战败男人短缺。但从未见她为此流露过遗憾，这也许是由于未曾感到有什么寂寞和缺失。看着她的天真单纯和平稳充实，我常想，人对自己“老”的意识是不是来自生活给安排的辈分升级呢？做上“妈妈”就有可能升为“奶奶”或“姥姥”，这样升来升去的，想不老也得老，不老不像话，不老不成体统。但植田女士到最后也还是一位女士，顶多是一位阿姨，没有一个非把她推向老人级的固定生活圈。人的活法有千种万种，她给自己选择的这一种也称得上够体面够风流。只要自己不觉得缺少什么，就是健全。凡人大多会习惯性地结成夫妇，再为人父母。一旦造出这些亲缘关系来，就如同凭空给自己添上许多身体以外的器官，虽无肢体相连，却有血肉情感的牵挂。于是人生就会生出许许多多的枝节和波澜，忧也多，喜也多。

后来有一次上课时，我把自己在华文报纸上发表的记录了与她相关的事情的文章给她看，看完后她很感动，说："谢谢你！这个世界上还有人关心我的存在，我太高兴了！我以为自己就是一个被世界遗忘的孤寡老人呢！"我说我写的都是实事介绍，她说："这是我最高兴的地方。这篇文章是我今年得到的最好的礼物。我会好好珍藏，并拿给朋友看。"最后她又加了一句："学习中文学对了，现在，我更喜欢张国立了！哈哈……"

追思堀切道子

堀切道子，享年九十二岁，2013 年 5 月 18 日长眠。

堀切道子女士是我到日本后最早认识的几位友人之一。初见时，我几乎不能说成句的日语，她就努力用自己掌握的不超过五个词的中文跟我对话，从来都是满面含笑，时而自我调侃说没出息，学了多年中文却不能用充分的汉语与我沟通以表达她对我的关心，不能帮助我解除初到异国他乡的寂寞等。

我曾经给她组织的中文班代过几次课。上课的时候她几乎从不认真听讲，而是在本子上做出席者记录、数钱、记账、装信封。我自以为自己真是那个时空的老师，提问时自然不会绕过她，满脑子是名单账本的她，就呵呵笑着说："哈哈，你好！你好！"大家齐笑。她就自嘲说："我就会这么一句中国话，哈哈……"

现在想来，那时的我是多么不知深浅。她发动周边的人积极加入汉语班，甚至到了游说的程度，可是她自己却不上心学，其实只想通过这样的方式来帮助我们。

上完课正好中午，她一定要把我带到公民馆二楼餐厅吃饭。简易餐厅菜单上最贵的几样不高于五百日元，一份烤吐司加咖啡也不到五百，但每次她带我去吃饭，绝不允许我自己付钱，我一有这样的表示，她马上沉下脸，偏过脸瞪我。整个 90 年代，都是如此。

1990 年春，一起逛大阪梅田地下街，好像是去看一个什么展览。她给了我好几样礼物，多半是毛巾、香皂、小布袋什么的，还有购买化妆品时商家赠送的小容量试用粉底霜。她多次斩钉截铁地对我说，你要趁着年轻好好打扮自己，“ねえ、雪霏さん、若いうちに絶対お洒落にして！私のような婆ちゃんになったら後悔しないように”（雪霏呀，一定要趁着年轻好好打扮自己哦，别等到成了我这样的老太婆再后悔！）。说着，她掏出自己的化妆包，取出一支口红，用手把表层擦一擦，说：“别嫌弃啊，我刚用了几天的，给你，要涂口红啊。”我当时就找了个洗手间涂抹上，鲜红鲜红的，她看了非常高兴，说这才好看。

也是刚来日本时曾经一对一辅导过中文的一位“学生”，与她住在同市，后来加入了她组织的那个中文班。几年前，这位“同学”当选了当地市长，她给我打电话，希望我去参加一个庆祝活动。活动结束后，我和她在附近咖啡店喝咖啡聊天，她几次对我专程前来表示感谢。聊天儿间，她把手上的三只金戒指取下来，拿起一只说送给我。我很吃惊，说不行不行，您戴着这个非常合适，我第一次见到您时您就戴着这三只戒指，这是一套，怎么可以破开呢？她说：“对对，已经戴了很多很多年了。但是想送给你一只，你戴上试试。”我试戴了一下，大小正合适。她非常开心。

年轻时她曾经在长春满铁工作过，她的中国情结，或许就因着这段经历。我们相距不太远，但是见面频度并不高：每年两次互赠寒暑礼物，几个月打个电话。三年前，听说她病了，一天，约了下班后去探望她。到的时候，她在楼下等候着。那时她走路已经有困难了，但是那晚她心情振奋，张罗着让女儿邦子做饭一起吃。我事先已经跟邦子说好不吃饭，说说话就走，所以邦子就直截了当地说人家不吃饭，都忙着呢，再说什么也没准备啊。她就说有罐头，再煎个鸡蛋。女儿无奈地对着我们苦笑。

说着话，她抖动着双手，拿出一个透明小塑料袋，把里面的东西拿出来，对我说这是中国钱，自己以后不用了，给你。我看了一下，有一张伪满时期的军票，现在流通的百元钞新旧各一张，还有几枚毛票。我就拿出几张日元，说跟她兑换收下。她又是沉下脸来，不要不要！

前天下班回来开信箱，看到邦子发来的讣告明信片。读着上面的信息，手抖动起来。

又一位有恩之人离开了。

今天下午去她家见邦子。把“御香奠”和“御灵前”放在佛坛前，点香，合掌，打铃。如今，这是能够与堀切道子女士进行交流的唯一方式了。心里默念着，堀切桑，我来送您了，感谢您，感谢您。

邦子拿过来一个精致的竹盒，上面印着牡丹花，一面有“丹心向阳”四个字，像是上世纪七八十年代友谊商店等面向外国友人特供的中国文化纪念品。盒子里有两块印章石料，两尊印章大小的绿色雕刻玉狮，还有一小块墨。这些都是她去中国旅行时购来的纪念品。邦子说她不懂这些东西的意义，觉得送给我们本国人更好，母亲也一定会感到欣慰。她又拿出几小包各国硬币，说：“我也不知道都是哪国的，都送给房桑吧。”我看了一下，有泰国、韩国、美国和中国香港、台湾以及大陆现在流通的硬币。把这几十枚硬币按国籍分类后，对邦子说我只收下中国的这几个，作为纪念，其他的邦子自己留着，将来由您女儿收藏才合适。

我把手上的戒指取下，对邦子说了几年前她母亲送给我时的情景。我说我觉得这是您母亲几十年的随身物品，作为纪念还是您收留更合适。她看了一下说是是，母亲手上一直戴着这个。说着，拉开抽屉拿出一个小袋，倾囊倒出。几枚指环中，我看到了同一套的另外两只无饰金环。把我手上摘下的那只和这两只放在一起，三只一模一样。

邦子说这两只戒指是前不久去医院探望时，母亲从手上取下来让她带回家的。这一小袋遗物中，只有这两枚金戒指属贵重金属，其他都是饰戒。邦子没有收下我从她母亲那里得来的这枚戒指。她说既然母亲送给你，就是她打算这样分配遗物。

堀切道子没有任何遗产，反倒留下了治病贷款。昨天晚上和几位日本朋友见面，其中有位老人刚好白天参加了葬礼。我对她说我今天要去给离世一个星期的故友上香，向她请教怎样做才合适。她说亲属之外属于一般关系，基本是三千日元，如果想外加礼物的话可以是小点心、一盒香什么的。她八十已过，差不多每个月都有葬礼要出席，她说起这些丝毫没有生死之慨，完全是在向我介绍一项大众生活规则一般。我说我们已经买来了专用信封，装进去三万日元。大家听了吃惊，说这个数字已经是亲属关系了。我说我觉得这样一点儿也不多。一位说，给的多的话，家里人也有负担，按日本习惯是要还礼一半的。我说考虑到这一点了，要不然还想更多一点。

市营福利住宅里，和邦子围坐在小小的简易桌前，聊了大概两个小时。她拿出葬礼照片给我们看，出席者只有三位：邦子、邦子过去的男友和邦子的女儿。她说这是母亲的嘱托，从患病开始她就不希望见到别人，不想让他人看到自己的病容弱态，不想给任何人添麻烦。她一辈子都顽固、坚强。邦子说起母亲来，又气、又愁、又爱。最后都病得不能走路了，她还动辄要跟女儿断绝关系，女儿就说："好啊，您自己去民政部门办手续啊！"邦子说自己小时候遭受母亲严厉管制，没少遭受打骂，那时候就想等母亲老得卧床不起了，用脚踢她复仇。可是真到了母亲不行的时候，就不忍心不管了……

邦子满腹的话，一直说，一直说。她没有兄弟姊妹，没有丈夫，独生女已经工作，尚独身。她说三年前突然收到市政部门发来的通知，她父亲希望见她，问她是否同意。"母亲听说后气得发疯，离婚五十年了，从未有音信，并且当年是父亲携款与外面女人出走的……可是怎么说那也是我的生父啊，跟母亲的恶缘是另一回事，于是我瞒着母亲跑到东京去见了父亲。他在介护设施里，半痴呆了，但是见了我还是高兴得哭了，我也止不住泪，我和女儿都长得像父亲……见到父亲之前，我还想是不是时来运转天上馅饼掉下来了，父亲会有遗产向我交代什么的，哈哈……原来跟母亲一样，呵呵。过一段我还要去看他……女儿也要去，她说没有这两位老人，就没有她的出生……"

从邦子家出来后，把车停进附近的公共停车场，把当年去上课时走过的路又走了一遍。然后，到公民馆二楼餐厅，坐在曾经和堀切女士对坐过的地方，要了和当年一样的份餐。（2013.05.26）

色泽丰实的季节

公寓对面是一个自然公园，有高过七楼的各种树木，所以，到了这个时节，窗外每天都是不同的色调，一天比一天沉着，一天比一天丰实。看着这样的风景，心里是一种放松的舒坦。我这样的俗人，心情好一点了就想摆弄个什么，比如拍照片，还比如沏上一杯茶，放在小木桌上，喝半个多小时。这时候，敏童一定会凑过来。她好像很乐于分享这样的情境，并且好像有点欣赏我的做派。

敏童好美，也喜欢安静和干净，这些地方跟我很像，所以我和她互相理解尊重并欣赏。我把两盆“仙客来”放在桌上，倒一杯茶端过来，坐下喝茶的时候，她从地毯上跳到圆木桌上，轻盈得一点声音也没有，然后，去观察和亲近新来的花。那份优雅，只有中年期的女猫才有。这情景，用一种我尚不太懂什么意思的话来描述就是，本来坐在窗内看窗外色调下意识要摆腔调的我，看着花儿与猫儿的早晨，也是醉了。——“什么什么也是醉了”这个句式到底是什么意思？谁能告诉我？

邻居多香枝昨晚送来三个大柿子。她说最近几年买的柿子都只强调无核，这种标注着“冬柿”的品种坚硬清脆，甜度适中，好久不见了，所以想让我尝尝。她同时还提了两盆“仙客来”。我说只要一盆，她一盆我一盆。她说，不行，桃红和纯白一样一盆放在一起才好看。

她今天下午作为嘉宾参加了吟诗会的比赛。她给我看资料里她的名字。名字出现在两处，一处是“中村多香枝”，“中村”是她已故前夫的姓；另一处是“阪东多香枝”，“阪东”是她现在丈夫的姓。资料里收入名字的都是大赛获奖者。就是说，多香枝在嫁到我们这个公寓之前之后都拿过吟诗大奖。她说之所以有第二次，就是因为改嫁换了名字，才又参加了比赛，目的是想把新名字也登在这份资料上，没想到还真获奖了。听她这样说，我想起春天她穿着华丽的和服，怀抱着鲜花，手提从车站买的“蓬莱”热包子送来的那一天，当时她说刚参加完吟诗大会。“你真了不起啊多香枝桑！”她听了说，哪里哪里啊，就是吟诵吟诵嘛，说起来都是承袭了贵国五千年灿烂文化的优雅传统。这话我听着有点欣喜又有点心虚。掩饰着心虚，我把欣喜外面挂上欣赏的表情问她：“是吟诵自己的作品还是……”她便从包里掏出一张磨卷了边的纸片，上面是用毛笔写的一首日本人写的汉诗，黑字旁边注着日语读音。毛笔字是那种有点幼稚的好看，是练过的，每一笔都透着一丝不苟的认真，这种认真不是追求好到完美的认真，而是倾注着全神贯注接近于宗教信仰般的用心。我问这字是谁写的，她说是自己写的。听我夸赞，她就高兴地拍手捂嘴少女般地晃着头说：“噢，好开心！”

我试着读了一行她注在汉字旁边的日语假名，她就势在我面前吟诵了一句，让我专场领略了大阪地区吟诗大赛优胜者的风采。这时的她和端着花盆柿子走进来的多香枝判若两人，让我联想起初中时音乐班学生下午在走廊尽头吊嗓子的往昔。我赞叹说："哎呀谢谢！你让我第一次欣赏到了地道的吟诗。"她说哪里哪里，真正地道的是中国古代的吟诵。我说，哦，这个嘛，古代中国的吟诵风格我也不知道，我只会用普通话背诵唐诗，比如"白日依山尽，黄河入海流。欲穷千里目，更上一层楼"。她听呆了，似乎我说出的是中文以外的什么语言，因为她习吟汉诗几十年留下的印象是，原版汉人吟出的原版汉诗一定是抑扬顿挫曲高调长，而不是像我这样二十个音节齐刷刷走正步的仪仗队式的。所以，我也没提在日本家喻户晓的李白什么的，怕影响李白在她心目中的诗圣印象。

多香枝会吟诗，开车猛，昙花也养得好，一晚上开十三朵，连开几夜，一年几度地开。但是她不擅长做饭，而丈夫又很爱吃饭。当然，她自己也爱吃饭。我做饺子或者烙盒子的时候，偶尔叫他们过来一起吃，他们很高兴。阪东先生一吃高兴了就说他母亲家祖上是中国人，把中国的丝绸印染技术带到了日本，在京都是大户，但是说到具体处他就说不详了，说是他母亲的奶奶家什么的。这位八十八岁的工程师童心永在，说到年龄啊寿命健康之类，他就指着自己的心脏说，我这里下了十一个支架，身上能换的地方基本都换过，嘿嘿，一点问题没有噢！看到他们，我就有点惭愧，三十年前他们的年龄就比我现在大了，我怎么好意思抱怨眼神不好记忆衰退……还有，吃饭吃到高兴的时候，阪东先生总要重复一句话："房桑祖上一定是烹饪世家，一定的，你做的饭太好吃了！"

横山弘先生

横山先生是我的老师，承蒙他通过一个简易的面试和笔试接受我做他的学生，我得以以旁听生身份进入奈良女子大学，并于次年春天通过硕士入学考试，正式修读研究生以及两年后的博士课程。

第一次和先生见面是在1989年秋，当时是由北冈正子教授带着我前往奈良女子大学的。去之前，北冈教授先面试了我，之后答应由她在女大任历史教授的先生北冈诚司向横山先生推荐。

横山先生毕业于京都大学，是与吉川幸次郎齐名的小川环树的学生，所以，六年间在先生的课堂上，总能听到他挂在嘴边的“吉川先生”“小川先生”。我家的书架上有先生送给我的小川环树注释的《苏轼》上下两册，1962年岩波书店的新书版，裹着半透明的蜡纸书皮。我知道，凡是这样包裹着的书，都是先生藏书中的珍贵品。先生爱书，他手里有书翻看的时候，是他最幸福的时候，他的表情仪态会把这个时刻的幸福感展现得一览无余。

先生专攻中国古典文学，但是他的中国情结是没有时代划分、无所不包的。上个世纪 80 年代，先生携全家去北京一家高校工作过。听一个先辈说，当年横山老师去她家串门时，推着自行车，车把上的网兜里是一个大西瓜。“全北京，不，全世界也找不到一个这样的外国专家！”女子大学本来就难以见到几位男性，先生是校园里为数不多的男性教职员工中最具有中国特色的人。整个校园里，唯一一位衬衫下摆放在腰带外面的男士就是横山先生，那是他从中国带回来的时尚。先生的两个女儿都会说中文，小女儿弘美可以胜任日本公司里的中文业务，大女儿珠英端庄聪慧，既有日本女性礼数周到的柔美，又有中国女子的文静大方，也能操用中文进行简单交流。

先生对中国的方方面面都抱有热情，自始至终怀着善意和包容看待中国和与中国有关的一切。全女大中国留学生都知道有个横山老师，这位国立大学的堂堂教授，只要有人有事找到他，无论是校方还是学生，他都会全心全意去帮助。他像在给全体中国留学生做陪读，就像一个在日中国人的明卧底，需要时他会站在中国学生一方向校方解释中国国情以疏通事宜，或是站在日本角度和校方立场诠释这里的规则。有时候，他的规则说明迫切而絮叨，唯恐我们因领会不周而办事不畅。他强调凡是印在纸上的相关条例、规定都是必须严守的，否则就可能吃大亏。比如，关于学费支付，每年的新学期，学校会发一个通知，写明缴纳期限以及减免手续的申请期限等。对此，新来的留学生往往马虎大意，错过了规定日期，这样就不得不无条件地支付全额学费。那时候大多数中国留学生都不具备自费留学的经济能力，基本都可以享受到日本政府、民间机构以及学校的不同程度的助学金，但是，条件是必须按照规定程序申请办理。所以，先生课余为帮助中国学生耗费了大量的时间精力。

出了近铁奈良站向学校走的路口有一家文具店，店面不大，各种文具应有尽有，玻璃柜台里面陈列着的笔帽顶着白花的钢笔，价格昂贵。1991 年 3 月，我收到硕士录取通知的同时，也收到了先生的升学礼物，一支 14k 金万宝龙钢笔。当时这是我家里家外最高级最贵重的物品。而先生自己用的只是一个合成革的手提包，因为总是往里面装过重的书而被撑破，破到太惨了，先生就拿去缝补。先生的皮制手提包和上等品牌的风衣只有在外出参加学术会议和学生毕业典礼时才用。1993 年 2 月我收到博士课程录取通知书的时候，再次得到先生送的礼物：软皮包装的第四版《广辞苑》。装字典的袋子里夹了一页书店放的美国《新闻周刊》(*Newsweek*) 日文版的杂志广告，我就填写了广告中的明信片寄了出去，每周一本，一直订阅了二十年。

在校期间，承蒙横山先生的约请，我有幸在女大教室里亲聆周祖谟先生的讲座，还曾与先生及已故中岛碧教授陪同中国社科院来访的赵园老师一同参观大阪的古坟遗迹。先生执教奈良女子大学之前，曾在天理大学任教，所以我也不止一次跟随先生观赏过他的母校京都大学以及天理大学图书馆珍藏的古籍善本。

几年前，一次与先生一起喝茶时，聊起他夫人。先生从包里拿出一个小布袋，翻开几层包叠，里面是一方十字绣的布帕。“这是我太太绣的，她平时喜欢做这个，但是我以前不知道。”说话的时候，先生表情有点羞涩，却又掩不住满满一心的深情。羞涩是因为他和他的一家人都一向为人谦和平易，不习惯在人前表现自己和与自己相关的事。但是，我在这一方绣帕里领会到了先生痛失夫人的寂寞与遗憾。我女儿刚到日本时，应夫人邀请，我带着刚满五岁的她去先生家中做客。门厅花瓶里插着满满一大瓶粉色郁金香。夫人怕我女儿刚到日本吃不惯日本菜，特意做了中式煎包，还把自己两个女儿小时候爱读的绘本和上幼儿园时的手帕拿出来给我女儿看，说如果喜欢就送给她。我女儿非常非常喜欢那本画册，现在还收在她的书架上——书名是《第一次买东西》(はじめいてのおつかい)，由福音馆书店发行，1977年的畅销书，书里讲的是一个五岁的女孩儿受妈妈之托，小手捏着两枚硬币去给婴儿买牛奶的故事。先生一家围着我的女儿说话，她还不太会说日语，但是很努力地应答。问她最喜欢什么颜色，她答说粉色。夫人听了特别高兴，低声说猜想中国的小女孩儿大概也会喜欢粉色所以选了粉色的花。夫人和先生一样来自北海道，出生在函馆。我没有去过函馆，和那里的唯一关联，就是那是横山夫人的出生地，所以，函馆在我心中呈现的景象就是那里的女性美丽优雅，四季静放着粉红色的郁金香。

一位研究中国古典文学的日本教授，一位亲近所有与中国相关事物的友好人士，一个朴实无华书香四溢的普通日本家庭，一位无论家里还是研究室都被书本堆填得水泄不通却能随时抽出说话时涉及的那本书找到那一页那一段那一句的知书藏书家——横山弘，我的恩师。

二十三年级的中文班

在大学之外，我还给几个民间市民班教授过中文。目前仍在上课的一个班级，是早年开始于《朝日新闻》主办的“朝日文化中心”的初级班，按年级计算的话，这个班是第二十三年级，是我带过的年级最高的班。“朝日文化中心”学习班结业之后，大家还想继续跟随我学习汉语，他们就自己在大阪市港区市民学习中心租了教室，成立了一个“中国语会”，还设立了事务局，起草会则十四条，选举出会长、会计、干事，做了小册子，人手一册。中文班成员中有钢琴教师、小学教师、大学教授夫人、丰田汽车公司员工以及《朝日新闻》、松下电器、JTB 旅行社、关西电力、广播电台等机构的现役职员。他们把对企业乃至理家的认真甚至教条的规范作风带入班级，使这个小小的团体具有标准的日本“国民性”气质。

山本和世女士年逾八旬，是班里最高龄的学生。战时在北平读过女子高中的她，头脑清晰，语气和蔼，为人周到而有分寸。每次上课时，教材和字典以外，她总要带着她的自制字典。那是她亲手编写的生

✲ 山本和世自制的字典

词本，沉甸甸的软皮小手册，写满工整秀气的小字。有一次偶尔被同学发现，问起来，她说那是多少年来每遇到新词就写上去的积累，是她在预习、学习、复习过程中必不可少的万能工具书，已经有好多本了。说这些话的时候，她的笑容里有几分少女般的羞涩，羞涩中看得出她的为人谦逊、行事认真。曾经是钢琴教师的河合美枝子女士，优雅知性，提起中国，她总是有各种充足的小理由表达她对这个国家的尊敬。比如，仅仅因为看见一个中国小孩儿对待食物的品评挑剔，她就得出结论说那么小的孩子就有那么丰富的味觉体验，生在有美食文化底蕴国家的孩子就是不一样。中井雄一先生退了休去中国留学后，加茂隆弘先生接任会长为大家服务，负责预约教室、收会费、联络诸事，等等。他本人爱好登山、大小旅行和太极拳，熟知中国太极拳诸代宗师。他每去日本一个新地方就把中文繁简字

✻ 二十三年级的中文班和他们的手工作品

导游资料带回来给我，以便提供给中国来的朋友。自从 2004 年日本邮政发行第一套干支文字特种邮票以来，每年 11 月我都会收到他特意买给我的全联新票。附有农历纪年的中国挂历，他也从来不曾忘了给中国人房老师。退休后，他又添了一个新爱好，用天然材料做各种小手工。今年做的蚕茧小白猴，萌得令人尖叫。还有新闻记者足立猛先生，是教室里谈天说地时的“百科全书”，日本事天下事今昔事无所不知。在山东高密度过幼年时期的他，在莫言获得诺贝尔文学奖后，高密情结一发不可收拾，连续几个月差不多上课必说高密，仿佛那里是他的故乡，诺奖得主是他的乡党。

当年供职于关西电力公司的谷村英一先生，喜欢看我写的文章，为了先睹为快，他常年订阅《中文导报》，每见我的专栏有文章，就复印下来带到教室发给大家，有时候还喜不自禁地向大家描述房老师文章中的“精彩段落”，让大家感觉他不仅读解力很强，而且有直接丰富的中文信息资源。三周前那天晚上去上课时，一走进教室，一位陌生老夫人就站起来向我鞠躬，自我介绍说：“房老师，我是谷村的妻子，初次见面请多关照！”几个月没来上课的谷村先生，坐在她对面。他们是特意来向我和班级另外几个老同学告辞的。谷村先生春天时因心脏不好住院，出院后身体衰弱，夫人说如果今天不陪着他来，恐怕他一个人连教室也找不到。谷村先生像个被家长领着见老师的孩子一样，坐在一旁乖乖地看着老伴儿和我说话。夫人搀扶着他走出教室时，两位老人一步一回头地向我和大家道谢道别。我也一样，目送着他们垂老的身影，鞠躬，道谢，道别。二十多年以来，他们是我的学生、客户、衣食父母，更是我的朋友。我们之间是师生关系、中日关系、朋友关系……这一别，不知能否再见。

1995年阪神大地震后，同胞十来口人到我家里避难一个多星期，其间忙乱得忘了去上课，大家知情后不仅没有责备而且坚持付课时报酬以补贴我接待难民的费用……2013年夏，我大学毕业三十周年聚会后，老同学们自己编辑出版了一本纪念文集，拿给他们看时，获得异口同声称赞，于是便选作了教材。阅读每一篇文章，都能唤起他们的感慨、回忆、赞叹，叹服中国的20世纪80年代，那也正是他们开始关注中国的年代。在某种意义上说，这些和我年龄平均

房　雪霏　中国語教室の経歴

先生	年	生徒：加茂隆弘	河合美枝子	足立猛	山本和世	谷村英一	齋藤和子	米澤静男	森和彦	宮崎美子	中井良雄	杉田まさみ	阪本広志	堀尾朋代	堅田和彦	備考
劉立民	1987・10～1991・3	88～91	89～91	89～91			87～91	87～91	89～91	88～91	90	87～91	90～91			
周雲喬	1991	◯	◯	◯	◯		◯	◯	◯	◯	◯	◯	◯			
房雪霏	1992	◯			◯	◯	◯	◯	◯			◯	◯			
房雪霏	1993	◯	◯		◯	◯	◯	◯	◯	◯	◯	◯	◯			4月岡山倉敷旅行
房雪霏	1994	◯	◯		◯	◯	◯	◯	◯	◯	◯	◯	◯	◯		中国語の会第１回総会
房雪霏	1995	◯	◯		◯	◯	◯	◯	◯	◯	◯	◯	◯	◯		4月和歌山旅行
房雪霏	1996	◯	◯		◯	◯	◯	◯	◯	◯	◯	◯	◯	◯	◯	北京で忘年会
房雪霏・劉木	1997	◯	◯		◯	◯	◯	◯	◯	◯	◯	◯	◯	◯	◯	4/6奈良桜見物
房雪霏・劉木	1998	◯	◯	◯	◯	◯	◯	◯	◯	◯	◯		◯	◯	◯	
房雪霏・劉木	1999	◯	◯		◯	◯	◯	◯	◯	◯	◯	◯	◯	◯		4/29藤原京ハイク
房雪霏・劉木	2000	◯	◯		◯	◯	◯	◯		◯	◯	◯		◯		
房雪霏・劉木	2001	◯	◯		◯	◯	◯	◯		◯						杉田さん死去
房雪霏・劉木	2002	◯	◯	◯	◯	◯	◯	◯								
房雪霏・劉木	2003	◯	◯	◯	◯	◯	◯	◯								
房雪霏・劉木	2004	◯	◯	◯	◯	◯	◯	◯								
房雪霏・劉木	2005	◯	◯	◯	◯	◯	◯	◯								
房雪霏・劉木	2006	◯	◯	◯	◯	◯	◯	◯								7/9房両親懇親会
房雪霏・劉木	2007	◯	◯	◯	◯	◯	◯	◯								
房雪霏・劉木	2008	◯	◯	◯	◯	◯	◯	◯								
房雪霏・劉木	2009	◯	◯	◯	◯	◯	◯	◯								
房雪霏・劉木	2010	◯	◯	◯	◯	◯	◯	◯								
房雪霏・劉木	2011	◯	◯	◯	◯	◯	◯	◯								
房雪霏・劉木	2012	◯	◯	◯	◯	◯	◯	◯								7/14劉　結婚祝
房雪霏・劉木	2013	◯	◯	◯	◯	◯	◯	◯								
房雪霏・劉木	2014	◯	◯	◯	◯	◯										2/6劉　送別会
房雪霏	2015	◯	◯	◯	◯	△										△谷村さん3月退出

※1993年3月まで朝日カルチャーセンター 同年6月から大阪市立市民学習センターへ　　記：加茂

相差近三十岁的人，和我更有共同语言。关于1979年我刚入学时的伙食话题，总能引发他们关于日本困难时期生活经历的热议。他们对文集谈及的校园生活所处的中国社会抱有浓厚兴趣，对我和我的同学倾注着热情和欣赏。有这些人在，支持、关怀和包容就在，尽管我们很少有个人间的交往。这是一种相互珍惜、彼此尊重的有距离的友谊。

关于先后加入退出的十来名学员，加茂先生都能说出他们大致的背景。每个人都亲和友善，经历过来的所有事情都一一记述的话，可以集成一本厚书。去夏有一次上课时我说起自己要出一本关于日本的随笔集，大家很感兴趣。突然想到多年来记录的数以百计的日常日本中，居然没有一篇以这个班级为话题。我和这些学员之间无论见面次数还是对话时间，都远远超过我与我父母的相聚共处，却把他们忘在集外，这真是应了那句“灯下黑”。当我说到“灯下黑”时，他们都笑起来，议论说“日语和中国话一样啊”，这时候都叫“灯下黑”。他们的愉快源于自己听懂了我第一次说的这个纯中文词汇，并且立刻悟出这三个字对应的日语“灯台下暗し”。于是，为了帮助我完成这篇文字，加茂先生提供了一份“中文班师生历程表”，师生姓名、参加年份均有标注，备注栏还有“大型”课外活动注释。

如同留学的收获不仅限于校园课堂，教成年人汉语，我从很多人那里学到了很多不需言传身教而自愿效仿的东西。女士做好头发，男士们换上得体的衣服，教室里的他们总是仪容端庄，笑容亲切，友好谦和。大约一千个星期六的晚上，我都在这样的氛围中和他们一起度过。获知我遭遇恶病侵扰，他们每个人的眼中都满含关切和焦虑。此后的每一次课上，我都能感受到来自每个人内心深处的真诚祝愿与呵护。突然患病这件事，让我第一次深切领悟到时光流逝的匆匆，从而意识到自己已经在日本生活了很久，这些陪伴着我的人都已经是我人生的一部分，而且是对我的成长有帮助的部分。这篇短文从大半年前着笔到现在，他们已经升到二十四年级……亲爱的老朋友，我该拿什么来报答你们？如果不久后能实现在教室里一起读我写的这些“日常日本”，那将是对他们和对我自己以及把我们关联在一起的中国和日本的一份报答，并且我们都会在这份报答中分享到与自己相关的亲切和充实。这是一份令人期待的礼物。（2016.02.01）